Anni Deckner

Die Krabbenfischerin

Das Buch

Eine neue Liebe an der Nordseeküste?

Die 40-jährige Swantje Hansen hat sich ihren Traum erfüllt: Sie arbeitet als Krabbenfischerin auf ihrem eigenen Kutter. Als einzige Frau unter den Büsumer Fischern muss sie sich oft beweisen. Während eines Sturms verliert sie fast die Kontrolle über ihr Schiff, doch zum Glück ist die Seenotrettung in Person des attraktiven Jannis zur Stelle, der ihr hilft, das Schiff sicher in den Hafen zu bringen. Swantje kennt Jannis seit vielen Jahren und hat das Gefühl, dass er mehr als Freundschaft für sie empfindet. Doch nach einer bitteren Enttäuschung glaubt sie nicht mehr an die Liebe. Als dann auch noch das Navigationsgerät ihres Schiffes verschwindet, wird Swantje langsam klar, dass es doch nicht so leicht ist, frischen Wind in die Büsumer Fischerei zu bringen ...

Von Anni Deckner sind bei Forever by Ullstein erschienen:

Barfuß am Strand

Leuchtturmtage

Die Sehnsucht der Inselärztin

Friesenglück

Sylter Meeresrauschen

Die Krabbenfischerin

Das kleine Blumencafé am Strand

Die Autorin

Anni Deckner, geboren 1961 in Winnert bei Husum, lebt mit ihrer Familie in Hanerau-Hademarschen. Ihre Liebe zur »Grauen Stadt am Meer« kann man in ihren Werken spüren. Die kreative Luft des Nord-Ostsee-Kanals inspiriert die Autorin genau wie damals den berühmten Dichter Theodor Storm, der an diesem Ort seinen Schimmelreiter zu Papier brachte. Ihre Leidenschaft zum Schreiben entwickelte sich schon in früher Jugend, ihr erstes Buch »Heimathafen Husum« erschien jedoch erst im März 2014, gefolgt von »Knocking Out« 2015. In ihrer Freizeit geht die Autorin gern mit ihrem Mann auf Reisen. Ihr Beruf und gleichzeitig Berufung ist ihre Arbeit bei der Kirchengemeinde Hanerau-Hademarschen.

Anni Deckner

Die Krabbenfischerin

Ein Nordsee-Roman

FOREVER

Forever by Ullstein
forever.ullstein.de

MIX
Papier
FSC FSC® C083411

Originalausgabe bei Forever
Forever ist ein Verlag der Ullstein Buchverlage GmbH, Berlin
November 2018 (1)

Umschlaggestaltung:
zero-media.net, München
Titelabbildung: © FinePic®
Innengestaltung: deblik Berlin
Gesetzt aus der Quadraat Pro powered by pepyrus.com
Druck- und Bindearbeiten: CPI books GmbH, Leck

ISBN 978-3-95818-386-5

Sturmzeiten

Swantje Hansen schwitzte unter ihrem Ölzeug, welches zum Schutz gegen die Nässe diente. Hohe Wellen schlugen auf das Deck der MS Helene. Sie musste die automatische Navigation ausschalten und folgte ihrem Instinkt mit Unterstützung eines Kompasses. Der Wetterbericht hatte es so schlimm nicht vorhergesagt, trotzdem hatten die anderen Fischer den sicheren Hafen nicht verlassen. Sie hatten auf ihre Erfahrung vertraut. Swantje hatte sich jedoch nicht so schnell beirren lassen, schließlich kannte sie das Wattenmeer und vor allem ihren Kutter. Doch nun befürchtete sie, ihre letzte Fahrt angetreten zu haben.

Mit gewaltiger Wucht schlugen die Wellen über das Dach der Brücke. Die Gischt sorgte zusätzlich für schlechte Sicht. Sie hoffte, dass ihr Deckshelfer Anton sich in Sicherheit gebracht hatte. Er war ein Draufgänger, für ihn konnte die See nie rau genug daherkommen. Nervös zupfte sie an ihrem Ohrläppchen mit dem goldenen Ohrstecker. Ein Geschenk der Familie Hansen, zum bestandenen Kapitänspatent. Der Schmuck war in früheren Zeiten das Sparbuch der Seeleute gewesen. Er diente auch zur Deckung der Beerdigungskosten, für den Fall der Fälle. Swantje hoffte, dass er nach diesem Sturm nicht zum Einsatz kommen musste. Ihr Vater persönlich hatte mit heißer Nadel und einer Kartoffel dafür gesorgt, dass das Löchlein für den Ohrring an richtiger Stelle platziert wurde. Zum Entsetzten des Familienhausarztes. Denn der hatte die Entzündung, die daraufhin unweigerlich entstanden war, behandeln müssen. Die Geschichte wurde später bei Familienzusammenkünften immer gern zum Besten gegeben und trug zur allgemeinen Belustigung bei.

Der Kutter geriet in gefährliche Schieflage und Swantje hatte Mühe, das Steuerrad auf Kurs zu halten.

»Verdammter Mist«, fluchte die Fischerin. »Wenn ich hier heil rauskomme, schmeiß ich eine Runde in der Fischereikneipe.«

Vorher würde sie allerdings die Sprüche der Kollegen über sich ergehen lassen müssen. Sie hätte auf die Alten hören sollen und den Hafen nicht verlassen dürfen. Nun war es zu spät für Einsichten, sie musste es irgendwie schaffen, ihren Kutter nach Büsum zu bringen.

Reflexartig zog Swantje den Kopf ein, als eine Welle auf die Brücke einschlug. Die Fensterscheiben knirschten unter der Last der tosenden Wellen. Innerlich beweinte Swantje bereits ihren Kutter und befürchtete, Schiffbruch zu erleiden.

Dann riss sie sich jedoch zusammen, so schnell gab eine Hansen nicht auf. Die Wetterkapriolen im Frühjahr waren ihr täglich Brot. Gerade jetzt im April sorgte die See für manche Überraschungen mit ungewissem Ausgang.

Als Swantje an Steuerbordseite eine Bewegung wahrnahm, blinzelte sie durch das Fensterglas. Sie glaubte, sich getäuscht zu haben, doch dann erstarrte sie augenblicklich. Sie hatte sich nicht geirrt. Anton! Der Sturm rüttelte an seinem Ölzeug, als ob er jeden Moment mitgerissen werden sollte.

»Teufel, Anton, was tust du da draußen?« Der Schweiß lief an ihrem Rücken herunter, ihre Schutzkleidung ließ zwar kein Wasser herein, aber auch nicht heraus. Anton trug mal wieder keine Schwimmweste, er freute sich über die Naturgewalten, die an seinem Körper zerrten, als ob der Klabautermann nur auf ihn gewartet hätte.

Swantje überlegte fieberhaft, wie sie ihm Einhalt gebieten sollte. Wenn sie ihn von Deck holen wollte, blieb ihr nichts anderes übrig, als ihn persönlich aus der Gefahrenzone zu befördern. Dazu musste sie die automatische Navigation wieder einschalten und zum Deck hinuntergehen. Ihre Rufe erreichten ihn nicht, der Sturm trug sie ins Nirgendwo.

Mit aller Kraft stieß sie die Tür auf, ein fast unmögliches Unterfangen. Dann warf sie ihren Körper dagegen und es gelang ihr tatsächlich, hindurch zu schlüpfen. Der Sturm verschluckte den Knall der zuschlagenden Tür.

Swantje umklammerte die Reling, dann rief sie aus Leibeskräften: »Anton, du Idiot!« Unterdessen nahm der Sturm ihr gnadenlos die Luft zum Atmen. Die Worte blieben Swantje im wahrsten Sinne des Wortes im Halse stecken. »Mach, dass du da verschwindest.« Sie wedelte mit einem Arm durch die Luft, mit der anderen Hand versuchte sie, sich festzuhalten.

Aber Anton lachte vergnügt, mit weit geöffnetem Mund. Ihm gefiel der Sturm, Swantjes Warnungen interessierten ihren Helfer nicht.

Verzweifelt klammerte sie sich an die Reling. Warum hatte sie nur die Brücke verlassen? Für diesen Vollidioten? Eine heftige Welle schleuderte Swantje übers Deck. Am Kragen des Ölzeugs lief kaltes Nordseewasser ihren Rücken herunter. Wenn nur das Deck nicht so glitschig wäre. Auf allen vieren kroch sie zur Tür zurück. Unter größter Kraftanstrengung erreichte sie ihr Ziel. Sie musste das Ruder übernehmen, sonst machte der Sturm mit ihnen, was er wollte. Wenn er das nicht ohnehin schon tat.

Hektisch zog sie an der Klinke, aber der Sturm drückte so stark gegen die Tür, dass es unmöglich für Swantje war, sie zu öffnen. Die Naturgewalten gaben ihr keine Chance, die Tür blieb verschlossen.

Plötzlich war Anton hinter ihr, sein beängstigendes Lachen drang an ihre Ohren. Mit Swantje im Arm riss Anton die Tür auf und schob sie hinein, gleichzeitig stolperte er hinterher.

Swantje rappelte sich mühsam auf, dann schlug sie wütend auf ihn ein.

»Bist du von allen guten Geistern verlassen? Was sollte die Aktion da draußen? Willst du dich umbringen?« Sie funkelte ihn vor Wut schäumend an. Triefend nass übernahm sie das Ruder.

»Das ist doch ein riesen Spaß, Käpten, du musste dich nur in den Sturm werfen, du kannst es mit ihm aufnehmen. Dann bist du die Stärkere. Glaub mir.« Anton strahlte sie an, offenbar, hätte ihn ein Lottogewinn nicht glücklicher machen können.

»Verschwinde von der Brücke, ich will dich nicht mehr hier sehen«, schrie Swantje.

Die Helene machte einen Satz durch die nächste Welle und Anton stürzte zu Boden. Eine hässliche Wunde klaffte an seiner Stirn.

Mit klammen Fingern schnappte Swantje sich das Funkgerät. Es blieb ihr nun nichts weiter übrig, als die Seenotrettung zu rufen. Es war unmöglich, den Kutter auf Kurs zu halten und gleichzeitig Erste Hilfe für Anton zu leisten.

»Mayday Mayday! Die MS Helene hat einen Verletzten an Bord. Süd-Süd-West vor Büsum!«

»Verstanden Helene, ich sehe deine Koordinaten auf dem Bildschirm. Einsatz läuft!«

Trotz der schwierigen Situation grinste Swantje. Benny hatte die Funkdisziplin schon immer ignoriert. Aber ihr war das egal. Hauptsache es kam Hilfe, um diesen Verrückten von Bord zu schaffen.

Ihre Kräfte ließen nach und Swantje begann zu zittern. Sie konnte nicht einordnen, ob die Wut oder die Kälte ihren Körper rebellieren ließ. Zusätzlich nagte die Angst um ihren Kutter an ihr und hielt sie unerlässlich gefangen. Es wäre nicht auszudenken, wenn die Helene Schiffbruch erlitt. Ihre Existenz stand dabei auf dem Spiel. Warum hatte sie auch ihren Dickkopf durchsetzen und bei Sturmwarnung aufs Meer fahren müssen?

Die Helene war einer der größten Kutter im Büsumer Hafen und sie hielt auch hohen Wellengang aus. Swantje musste nicht in Küstennähe fischen wie die meisten kleineren Fischkutter. Weiter draußen war das Fischen erfolgreicher.

Bereits als kleines Mädchen war sie mit ihrem Vater zum Fischen rausgefahren. Er hatte sie bei ruhiger See oft mitgenommen. Dann stand sie mit einem Lutscher in der Hand auf der Brücke und sah ihrem

Vater und Lothar, seinem Helfer, dabei zu, wie sie die Schalentiere kochten und sortierten. Schon bald hatte Swantje den Lutscher über Bord geworfen und frische Krabben verlangt. Jeden Handgriff beobachtete sie und verinnerlichte die Reihenfolge. Mit größtem Interesse hatte sie sich die Abläufe eingeprägt. Eines Tages hatte sie ihren Vater gebeten, für sie ebenfalls Ölzeug zu besorgen, damit sie an Deck mithelfen konnte. Denn bei der Krabbensortierung wurde man triefend nass. Laufend wurden die Winzlinge in Salzwasser gewaschen, gekocht und sortiert. So lange bis die begehrten Schalentiere fangfrisch für den Transport zum Großabnehmer Klaas Trulsen in die vorgesehenen Körbe verfrachtet werden konnten.

Als Swantje das Alter erreicht hatte, sich um ihren beruflichen Werdegang Gedanken zu machen, stand für sie fest, dass nur die Fischerei für sie infrage kam. Sie wollte die Ausbildung zur Kapitänin machen, um in die Fußstapfen ihres Vaters zu treten und den Beruf des Fischers fortzuführen. Zum Leidwesen ihres Vaters hatte er nur Mädchen gezeugt. Aber Swantje, die jüngste der vier Töchter, hatte die Leidenschaft vom Vater geerbt.

Ihr Vater Tristan Hansen war anfangs dagegen gewesen und hatte gewettert: »Das ist nichts für Frauen. Das ist ein harter Beruf, da brauchst du nicht nur Nerven wie Drahtseile, sondern auch Muskelkraft.« Doch er war schnell weich geworden. Tristan Hansen ließ es sich zwar ungern anmerken, aber er war glücklich darüber gewesen, dass Swantje in seine Fußstapfen treten wollte.

Swantje hatte ihm entgegengelacht und gesagt: »Ich bin stark genug, das werde ich dir schon beweisen!«

Inzwischen fuhr Swantje sechs Jahre zur See und hatte längst den Respekt der männlichen Fischerkollegen erlangt. Doch nun stand sie vor einem schwer lösbaren Problem. Sie brauchte schnell einen Ersatz für Anton. Sie konnte unmöglich weiter mit ihm arbeiten. Aber zuverlässige Helfer zu bekommen, war fast unmöglich.

Konzentriert hielt Swantje den Kurs auf Büsum zu. Sie stand bis zu den Knöcheln im Wasser. Als sie Anton von Deck geholt hatte, war es hineingedrungen. Dadurch war es noch schwieriger, festen Halt zu finden. Die Planken glichen einer Rutschbahn aus Schmierseife. Aus dem Augenwinkel sah sie Anton, wie er aus der Bewusstlosigkeit zu sich kam. Ein kehliges Lachen ertönte.

»Na, Deern, kannst du eigentlich schwimmen?«

Erbost wandte Swantje sich zu ihm. »Bestimmt besser als du. Ich trage nämlich eine Schwimmweste!«

Anton kicherte. »Die nützt dir aber nix. Uns findet niemand.«

Er lachte jetzt lauter, und Swantje fürchtete, dass er den Verstand verloren hatte. Anton versuchte aufzustehen, rutschte dabei aber immer wieder aus. Swantje vermutete, dass ihm das Wasser im wahrsten Sinne des Wortes bis zum Hals stand. Er störte sich offenbar nicht daran.

»Du bleibst dort liegen, wo du bist, ich kann dich hier nicht brauchen«, schrie sie ihn an.

Die Schiffsschraube röhrte beim Auftauchen über der Wasseroberfläche bedrohlich. In diesen Momenten war ein Lenken des Kutters nicht möglich. Für Sekunden lag ihr Schicksal in Gottes Hand.

Swantje kannte ihren Kutter. Unbekannte Geräusche hörte sie sofort, aber die Helene stampfte erhaben durch die unruhige Nordsee. Alles lief, wie es sollte. Die Helene würde unbeschadet nach Büsum tuckern. Trotzdem wünschte sich Swantje, endlich den sicheren Hafen zu sichten.

Das Knacken des Funkgeräts weckte Swantjes Aufmerksamkeit. Der Seenotretter gab Meldung.

»Swantje, wir sind auf Backbordseite. Wir kommen jetzt an Bord.« Die Stimme krächzte durch die Sprechanlage, und Swantje glaubte, Jannis zu erkennen. Sie nahm Füllung weg, sodass die Helene mit drei Knoten tuckerte. Dadurch hatte die See leichteres Spiel. Die Helene lag wie ein Spielball in der Hand der Nordsee.

Doch die Theodor-Storm drehte ab. Bei dem Wellengang war ein Herüberkommen so gut wie unmöglich. In sicherer Entfernung wurde das Tochterboot herabgelassen. Ein erneuter Versuch misslang. Swantje sah, wie das Boot sich langsam näherte, doch ein Knirschen ließ die Retter abdrehen.

Swantje stöhnte. »Auch das noch.« Sie hoffte, der Schaden hielt sich in Grenzen. Aber wichtiger war, dass der Mannschaft nichts passierte. Swantje mochte sich gar nicht ausmalen, dass ihr Dickkopf einen Personenschaden hätte verursachen können.

Ein Poltern ertönte und schon lief ihr der Angstschweiß wieder über den Rücken. Ein Besatzungsmitglied der Theodor-Storm war unter gefährlichen Bedingungen an Bord geklettert.

»Swantje«, keuchte er, »du musst von Bord!« Jannis Clausen stand schwer atmend neben ihr am Ruder.

Swantje zeigte auf Anton. »Den musst du mir von Bord schaffen. Ich komme hier klar!«

»Bist du irre? Die Helene ist verloren, die bekommst du nie über die Priele zurück. Du musst runter!«

»Wenn ich von Bord gehe, ist die Helene verloren. Ich gebe sie nicht auf!«, rief sie, das Ruder fest umklammert.

Die Stimme des Vormannes der Theodor-Storm drang durch das Funkgerät.

»Kommt ihr jetzt von Bord oder braucht ihr noch eine förmliche Einladung? Ich kann die Kiste nicht mehr lange längsseits halten. Die Winde ist ausgefahren, wir bergen zuerst den Verletzten!« Die Nis Puck, das Tochterboot, krängte wie ein Spielball in der Nordsee.

»Siehst du, bring Anton rüber, ich komme schon klar!« Mit der linken Hand fingerte Swantje eine Zigarette aus der Schachtel, die für Notfälle in der Schublade unter dem Kartentisch lag. Sie klemmte sich den Glimmstängel in den rechten Mundwinkel, ohne ihn anzuzünden.

»Ich will auf den Retter!«, grölte Anton, dabei kicherte er kehlig. »Die Gelegenheit kommt so schnell nicht wieder.« Swantje verdrehte die Augen. Sie musste jetzt höllisch aufpassen, nicht mit der Nis Puck zu kollidieren. Offensichtlich konnte Jannis Swantje nicht verstehen, er fluchte leise vor sich hin, als er Anton hochzog und ihn auf das Deck wuchtete. Anton grölte diesmal nicht vor Vergnügen, sondern vor Schmerzen. Swantje vermutete, dass er noch andere Verletzungen davongetragen hatte.

Mein Gott, wer ist mir da nur ins Netz gegangen.

Swantje war erleichtert, ihn endlich losgeworden zu sein.

Der Rettungskreuzer drehte mit Anton an Bord ab. Sie preschten mit voller Füllung durch die Wellen und entfernten sich schnell von der Helene. In sicherer Entfernung nahm die Mannschaft das Tochterboot auf.

Swantje war allein mit ihrem Kutter und der wilden Nordsee. In gewisser Weise war sie erleichtert: Anton war von Bord, und sie würde einen Teufel tun, ihn je wieder einsteigen zu lassen. Natürlich hätte ein Partner auf der Brücke sie entlasten können. Sie brauchte unbedingt eine Pause, daran war aber nicht zu denken. Sie konnte die Helene und sich selbst nicht ihrem Schicksal überlassen. Swantje wollte gemeinsam mit der alten Dame Büsum erreichen. Das war ihr wichtigstes Ziel.

Ihr Sollkonto betrug immerhin eine Million Euro. Die Helene musste noch so einige Krabben ins Netz holen, bis alle Schulden beglichen waren.

Zur Enttäuschung ihres Vaters hatte sie nicht den Kutter der Familie übernommen, sie hatte etwas Eigenes gewollt. Aus eigener Kraft ein Unternehmen führen, auf das sie stolz sein durfte. Die Käthe, auf den Namen ihrer verstobenen Großmutter getauft, hatte die Familie verkauft, als Tristan Hansen in den vorzeitigen Ruhestand gegangen war. Das Herz hatte ihn gezwungen den Beruf aufzugeben, schlussendlich hatte es ihren Vater dann das Leben gekostet, welches er so gerne mit seiner Frau Ilse genossen hätte.

Sie fuhr zusammen, als die Brückentür aufschlug. Das Erste was Swantje sah, war die knallrote Jacke eines Seenotretters. Jannis schob seinen Körper mühevoll herein. »Moin, moin, da bin ich wieder.« Er lachte ihr aufmunternd zu.

»Jannis! Warum bist du nicht von Bord gegangen?«, schrie sie ihn an. Eine Welle beförderte ihn für einen Augenblick aus dem Gleichgewicht. Sofort hielt er sich am Kapitänssessel fest und grinste.

»Immer mit meiner Ruhe«, brummte er der Welle hinterher, die scheinbar wütend von Deck rollte. Swantje sah ihn fragend an. Jannis packte sie an beiden Schultern und schob sie auf den Sessel, der kurz zuvor noch dazu gedient hatte, ihm das Gleichgewicht zu geben. »Setz dich, ich übernehme mal. Du musst dich ausruhen. Dabei rutschte der Südwester, ihre Kopfbedeckung, weg. Ihre lockigen roten Haare klebten feucht am Kopf und verdeckten ihr hübsches Gesicht.

Nach ihrer Geburt vor vierzig Jahren war ihre Mutter entsetzt gewesen beim Anblick des Rotschopfs. Ihr Vater hatte gelacht. »Da kommt Temperament ins Haus, Ilse, am besten du gewöhnst dich gleich daran.«

Warum ausgerechnet sie, das jüngste Kind ihrer Eltern, rothaarig geworden war, wusste niemand. Ihre Schwestern waren honigblond, genau wie die stolzen Eltern. Aufgrund von Swantjes Eigenwilligkeit hatte ihre Mutter oft behauptet: »Da steckt der Teufel drin!«

Swantje verstand nur langsam, was auf ihrer Brücke vorging. Normalerweise duldete sie es nicht, dass jemand ihr den Platz am Ruder streitig machte. Aber Jannis schickte in dieser Situation der Himmel. Ihre Glieder lagen wie Blei irgendwo in ihrem Körper verteilt und ihre Muskeln schmerzten und rebellierten gegen die unmenschlichen Anstrengungen. Sie rümpfte die Stupsnase mit den vielen Sommersprossen.

»Ein Kaffee wäre jetzt gut«, sagte sie tonlos.

»Auch ein Krabbenbrötchen?« Jannis lachte.

»Mit Backwaren sieht es schlecht aus, aber Krabben sind so ungefähr hundert Kilo an Bord.« Sie grinste.

»Schau, dort ist mein Beutel, ich habe der Theodor-Storm eine Kanne gemopst.«

Schwerfällig sah Swantje sich um. Tatsächlich lag da ein Beutel mit begehrtem Inhalt. Sie jubelte: »Jannis! Wir sind gerettet!«

Jannis sah sie seltsam an. »Dazu bedarf es noch etwas mehr. Aber wenn du den Kaffee als Rettung ansiehst, freut mich das natürlich.« Er lachte.

Swantje beobachtete Jannis. Er kannte sich gut aus. Ihren Kutter bediente er leicht und gefühlvoll. Jetzt sang er auch noch:

»Beim ersten Mal tut's noch weh ... beim zweiten ...« Swantje lachte.

»Nö, die Helene kommt mit nach Hause, da kannst du noch so laut vom Untergang singen.« Swantje versuchte, den Kaffee in einen großen Becher zu geben, ohne etwas zu verschütten. Sie füllte ihn nur bis zur Hälfte. Trotzdem war es unmöglich, den Kaffee zu trinken. Sie wartete eine Welle ab und trank, bevor die nächste über das Deck rollte. *Irgendwie bekomme ich ihn schon in meinen Körper. Ich brauche etwas Warmes.*

»Merkst du das? Es wird deutlich ruhiger. Der Himmel hat ein Einsehen mit uns.« Jannis grinste sie zuversichtlich an

Swantje atmete tief durch. Aber sie waren noch nicht im Hafen. Es konnte noch einiges passieren.

»Warum bist du zurückgekommen? Die Theodor-Storm ist doch weitaus sicherer als mein Kahn.«

Jannis zog sie in seine Arme.

Swantje konnte Berührungen nicht leiden. Verärgert wandte sie sich ab. Nähe zulassen war, was ihr schwerfiel, seit sie vor zwei Jahren eine kurze, aber hefige Beziehung mit einem Urlauber gehabt hatte. Die Enttäuschung des Verlassenwerdens hatte sie nie verwunden. Seitdem achtete sie zwanghaft darauf, ihre Gefühle nach außen hin zu verbergen. Ihre eigensinnige Art sollte ihr dabei helfen, die Trennung von der Liebe ihres Lebens, an die sie geglaubt hatte, zu verwinden. Sie sah Jannis verärgert an.

»Weil du Hilfe brauchtest. Weiter nichts«, antwortete er und ignorierte ihren Blick.

Danach starrten beide schweigend auf das tosende Meer hinaus. Bis sich Swantje von ihrem Platz löste und links neben Jannis trat.»Ich übernehme wieder«, sagte sie bestimmt.

»Danke.« Jannis gab das Ruder frei, offensichtlich darauf bedacht, Körperkontakt zu vermeiden, und fiel mit der nächsten Welle auf den

Kapitänssessel. Swantje spürte seine Blicke, die ihr trotz der Kälte für einen Moment heiße Schauer bescherten.

Beide waren in Büsum geboren, Jannis war fünf Jahre älter als Swantje. Auch er hatte bereits als kleiner Junge vor den Seenotrettern gestanden und davon geträumt, eines Tages darauf zu arbeiten. Dafür musste er nach Flensburg, um an der Nautiker-Schule sein Patent zu erlangen. Swantje hatte damals ein bisschen für ihn geschwärmt. Ein junger Mann, der genau wusste, wohin sein Weg ihn führen sollte.

Der Leuchtturm von Büsum erschien vor ihnen und zeigte der Helene den Weg in sicheres Fahrwasser. Swantje nahm Füllung zurück und schenkte dem Einfahren in den Hafen ihre volle Aufmerksamkeit. Früher war das Einlaufen in den Büsumer Hafen ein heikles Unterfangen gewesen. Gefährliche Strömungen hatten es den Fischern fast unmöglich gemacht, bei schlecht Wetter unversehrt einzulaufen. Erst durch den Bau einer Mole, die die Naturgewalten abhielt, war die Gefahr abgemildert worden.

»Swantje! Pass auf! Der Poller auf Backbordseite!«

»Ich seh es, aber Helene reagiert nicht so schnell.« Sie schlug das Ruder etwas mehr auf Steuerbord. Nicht zu viel, sonst wartete die Gefahr auf dieser Seite. Swantje blieb ruhig, bei der Hafeneinfahrt machte ihr so schnell niemand etwas vor. Sie kannte die Tücken.

Trotzdem war sie erleichtert, als sie diese Hürde ohne Beulen überwunden hatten.

Jannis pfiff anerkennend durch die Zähne.

»Mit dir würde ich überallhin schippern, Käpten.«

»Na ja, ich wäre mir an deiner Stelle nicht so sicher.« Sie grinste ihn dankbar an.

Ihr Vater war einer ihrer größten Fans gewesen, nach seinem Tod hatte Swantje niemanden mehr gehabt, der ihre Arbeit lobte oder sogar stolz auf sie war. Ihre Mutter sähe Swantje lieber an Land. Dennoch verkaufte Ilse Hansen Krabben direkt vom Kutter, an Einheimische und Touristen. Swantje war froh über die Unterstützung. Die Großhändler zahlten für einen Liter Krabben nur einen Bruchteil des Erlöses, den man bei Direktverkauf erzielen konnte. Lohnende Einnahmen, die für die Fischer wichtig waren.

Swantje entdeckte ihre Mutter am Pier. Sie schien aufgeregt und konnte es offenbar nicht erwarten an Bord zu kommen. Zahlreiche Personen beobachteten das Festmachen des Kutters. Swantje hatte den Eindruck, als ob die gesamten fünftausend Einwohner Büsums die Helene begrüßen wollten.

»Auch das noch«, stöhnte Swantje. Gleich würden ihr so einige Vorwürfe um die Ohren fliegen.

Jannis lachte. Er konnte eine gewisse Schadenfreude nicht verbergen. »Die Queen Mary hätte keinen größeren Empfang bekommen«, bemerkte er, bevor er die Brücke verließ.

»Gut möglich, die passt hier aber nicht rein«, zischte Swantje ihm hinterher. Mit geübten Ruderbewegungen beendete sie das Anlegemanöver. Einige Fischer standen bereit, um die Leinen aufzunehmen und das Boot festzumachen. Jannis schob währenddessen die Gangway an Land.

Kaum hatten sie festgemacht, stürmte ihre Mutter an Bord. »Swantje! Gott sei Dank. Was hast du dir nur dabei gedacht, bei diesem Wetter hinaus zu fahren?« Überschwänglich nahm Ilse Hansen ihre Tochter in die Arme.

Swantje entzog sich der festen Umklammerung ihrer Mutter. Sie konnte es nicht ertragen, wenn die sie betüttelte. »Mama! Es ist doch alles gut, jammre nicht rum. Ich muss die Krabben an Land bringen und danach brauche ich eine heiße Dusche!«

Fleißige Helfer packten mit an, die Fracht war schnell an Land befördert und in den wartenden LKW verladen. Beim Verlassen des Kutters klopften ihr viele Fischer auf die Schulter.

»Hast deinen Dickkopf wieder mal durchgesetzt, was Swantje?« Heinrich von Held sah ihr vorwurfsvoll ins Gesicht.

»Ja, ja! Wer den Schaden hat ...«, antwortete sie. Eine Träne der Erleichterung füllte ihre Augenwinkel.

»Brauchst dich nicht weiter kümmern, wir schrubben das Deck, geh nach Hause und wärm dich auf«, sagte Justus einfühlsam. Als er ihre Träne entdeckte, fügte er hinzu: »Bist eben doch ne Deern.«

»Jo, und ein Dickkopf, danke dass ihr mir helfen wollt, aber ich dulde nicht, dass ihr das ohne mich macht.«

»Swantje, überleg es dir bitte«, meinte ihre Mutter. Sie tat sich schwer mit ihrer starrsinnigen Jüngsten, die ihre Fürsorge schon lange nicht mehr brauchte. Bis Ilse das endlich verstanden hatte, war es für Swantje harte Arbeit gewesen. Gelegentlich startete Ilse einen Versuch, ihre Tochter dennoch zu beeinflussen, aber Swantje blieb hart.

In dem Gewühl entdeckte Swantje Jannis. Sie steuerte auf ihn zu und zupfte an seinem Jackenärmel. Leuchtend blaue Augen sahen sie an.

»Danke, Jannis«, flüsterte sie, um Worte verlegen.

»Gerne. Wirklich gerne!«

Swantje lächelte. »Hast einen gut bei mir.«

»Ich komm drauf zurück. So, nu mach, dass du ins Warme kommst.«

»Bald, ich muss erst Klarschiff machen.« Verschmitzt grinste sie ihm zu und kletterte an Bord.

Unverhofft

Am Morgen erwachte Swantje mit leichten Kopfschmerzen. Hatte sie überhaupt geschlafen? Der Sturm, Anton und die Hilfsbereitschaft der Büsumer Fischer waren unaufhaltsam in ihren Träumen umhergeschwirrt. Dankbar dachte sie an die Aktion des Deckschrubbens. Alle hatten mit angepackt, bis der Kutter jungfräulich sauber am Pier gelegen hatte. Allein hätte sie Tage benötigt, um ihren Kutter einsatzfähig zu bekommen. Der Sturm hatte ganze Arbeit geleistet. Jannis hatte sie laufend darauf hingewiesen, dass ihr Ölzeug einen Wasserschaden hatte und sie schnell in trockene Kleider schlüpfen sollte. Er hörte damit auf, als sie ihn angeschrien hatte, er solle sie endlich in Ruhe lassen.

Jetzt tat ihr der Wutausbruch leid, aber das war ihr aufbrausendes Naturell. Swantje ärgerte sich oft darüber, sich nie beherrschen zu können, wenn ihr etwas oder jemand auf den Keks ging. Irgendwie war ihr das in die Wiege gelegte worden.

Durch die Vorhänge strahlte die Sonne herein, als ob sie sich entschuldigen wollte. Kaum zu glauben, dass nichts mehr an das Unwetter erinnerte. Lediglich ihre schmerzenden Glieder verrieten, dass Swantje an den Grenzen ihrer Kräfte gekämpft und die Helene letztendlich in die Sicherheit des Hafens geführt hatte.

Obwohl ihr Kutter einsatzbereit war, bis auf eine kleine Beule, die der Rettungsaktion zuzuschreiben war, beschloss Swantje, nicht hinaus zu fahren. Sie hatte eine Pause verdient. Eine Zwangspause, denn alleine sollte sie ohnehin nicht auslaufen. Swantje würde ihre ganze Überzeugungskraft aufbringen müssen, um beim Arbeitsamt einen Termin zu bekommen. Aber vielleicht hatte sie ja Glück und ein Telefonat reichte aus, um die Datenbank der Arbeitssuchenden zu aktivieren. Die Jobvermittlung hatte schließlich Interesse daran ihre Schützlinge unterzubringen. Zusätzlich wollte sie sich in Büsum unter den Kollegen umhören, ob es jemanden gab, dessen größter Wunsch es war, auf einem Kutter zu arbeiten. Kälte, Wind und Nässe waren eher Kriterien, sich einen anderen Job auszusuchen. Erschwerend kam hinzu, dass dieser Arbeitswillige sich auskennen musste, wie es an Bord eines Kutters zuging. Swantje seufzte.

»Keine leichte Aufgabe, Kapitän Hansen«, sagte sie zur Zimmerdecke. Sie lag ausgesteckt in ihrer Koje, dabei überlegte sie, wo sie anfangen sollte. Am besten, die Bettdecke über den Kopf ziehen und weiterschlafen.

Es polterte an der Zimmertür und ihre Schwester Dana stürmte herein. Ohne Vorwarnung hüpfte sie zu Swantje unter die Decke.

»Na, du Sturmbraut, alles gut?«

Swantje erschauderte. Dana berührte mit eiskalten Füßen ihre Beine.

»Du solltest dir angewöhnen Strümpfe zu tragen. Deine Treter haben Eisbergtemperaturen.«

»Wird überbewertet.« Dana kicherte.

»Dann lass meine Beine in Ruhe.«

»Entschuldigung«, sagte Dana wenig überzeugend. Sie kroch noch näher an Swantje heran. Nur ihrer älteren Schwester Dana erlaubte Swantje diese Nähe. Sie hatte zu ihr ein besonderes Verhältnis. Dana hatte sie vor gefühlten hundert Jahren vor einem Hundeangriff gerettet, indem sie den Hund einfach gepackt hatte und in das Hafenbecken gestoßen hatte. Er wurde dann von einem Fischer an Bord geholt. Seit diesem Tag genoss Dana Freiheiten, die Swantje niemand anderem zugestand. In ihrer damaligen kindlichen Naivität hatte Swantje ihre große Schwester zu ihrem Schutzengel erkoren. Die Eigenschaft, ihre kleine Schwester behüten zu wollen, hatte Dana auch als Erwachsene nicht abgelegt.

Dana trug als einzige Hansen-Tochter die honigblonden Haare kurz. Meistens standen sie wild von ihrem Kopf ab. Mit beiden Händen raufte Dana sie jetzt.

»Ich hatte gestern verdammte Angst um dich«, sagte sie vorwurfsvoll.

Swantje seufzte. »Wenn ich ehrlich bin, ich auch.«

»Ich hoffe, in Zukunft zügelst du deinen Dickkopf. Ich habe keine Lust, dich eines Tages im Schleppnetz an Land ziehen zu müssen.«

Swantje kicherte. »Das würdest du für mich tun?«

Dana boxte den Arm ihrer Schwester. »Ich überlege es mir noch mal.« Plötzlich wurde Dana ernst. »Swantje, das ist nicht lustig. Begib dich nie wieder in solche Gefahr!«

»Übertreib nicht, Dana, die Fischerei ist mein Job. Da ist das Risiko einkalkuliert.«

»Wie darf ich das denn verstehen? Hast du eine Lebensversicherung mit mir als Begünstigter abgeschlossen?«

»Wem sonst sollte ich meine Schulden vererben?« Swantje lachte vergnügt über Danas entsetzten Gesichtsausdruck. »Willst du mich morgen auf der Helene begleiten? Mir fehlt ein Deckshelfer.«

»Erst, wenn im Himmel Jahrmarkt ist. Mich bekommen keine zehn Pferde auf den alten Seelenverkäufer. Außerdem muss ich arbeiten. Schon vergessen? Es gibt Familienangehörige, die für ihr Geld etwas tun müssen!«

Swantje zog sich die Decke über den Kopf.

»Sorry! Hab ich tatsächlich vergessen.« Swantjes Füße kamen am Ende der Bettdecke zum Vorschein.

»Äh, hast du auch vergessen, deine Füße zu waschen? Die sind schwarz wie deine Seele.«

Swantje fuhr hoch und stützte sich auf ihre Ellenbogen. Nachdenklich sah sie zum Ende des Bettes. Der rechte Fuß sah merkwürdig dunkel aus! In diesem Augenblick durchzuckte sie ein Schmerz.

»Ach du Scheiße, wie sieht der den aus?«, rief Swantje.

Dana krabbelte auf allen vieren zu dem Verunglückten Havaristen.

»Ich würde sagen, du bist nicht seetauglich. Beweg mal deine Zehen!«

»Geht nicht ohne Schmerzen«, fluchte Swantje. »Wird schon wieder. Ich muss jetzt aufstehen, ob mit oder ohne Schmerzen.«

Dana zupft an Swantjes Shirt. »Du, Schwesterherz? Ich habe doch von Vanessa diese Einladung zum Geburtstag … nun, ich möchte gerne hingehen, ist ja selten genug, dass in Büsum eine Party steigt.«

»Meinen Segen hast du.«

Dana sah sie vielsagend an.

»Kommt nicht infrage, ich gehe da nicht mit!«

»Liebste Schwester, tu mir den Gefallen. Bitte!« Dana sah Swantje flehend an. »Ich helfe dir auch beim Verkauf der Hafenkantenkrabben.«

»Du?« Swantje glaubte ihr nicht. Dana verabscheute die Fischerei. Und mit Touristen Smalltalk zu halten erst recht.

»Es wäre mir eben wichtig, dass du mitkommst.«

»Wozu?«

»Damit ich nicht allein bin.«

Swantje lachte, sie kannte ihre Schwester, sie blieb nie lange allein auf einer Party. Mit ihren fröhlichen Augen, ihrer schlanken Figur und ihrem unverwechselbaren Charme zog sie die Blicke der männlichen Verehrer magisch an.

»Du hast die Kerle doch schnell um den Finger gewickelt, meine Hilfe brauchst du nicht.«

»Kann dich nichts umstimmen?«

»Doch.«

»Sag schon, was muss ich tun?«

»Ich werde dein Angebot annehmen.«

Dana riss die Augen auf. »Krabben verkaufen?«, fragte sie kleinlaut. Offenbar hatte sie nicht damit gerechnet, dass ihre Schwester auf ihr Angebot einging. Swantje nickte gefällig.

»Also gut ... ich mach es, versprochen.« Dana wirkte niedergeschlagen. Sicher bereute sie, einen solchen Vorschlag gemacht zu haben.

»Wann geht es los?«

»Samstag, um zwanzig Uhr.«

»Abgemacht.« Swantje grinste. Dana Krabben an den Mann bringen zu lassen, war mit Sicherheit eine gleichwertige Strafarbeit wie die Party bei Vanessa für Swantje.

Vanessa Lange gehörte zu den Frauen, die wie aus einer der Modezeitschriften entsprungenen in Büsum umherstolzierten. Perfektes Make-up, stets einen Mann an ihrer Seite, der ihr den Himmel auf Erden versprach und mindestens so begehrt war wie ein Superstar. Aber mit niedriger Intelligenz. Mark Kuhn, ihr gegenwertiger Held, schien da keine Ausnahme zu bilden.

Die Auswahl der Partygäste traf Vanessa sehr gewissenhaft. Warum sie Dana eingeladen hatte, war klar. Eine Steuerberaterin hatte Potenzial für eine lohnende Freundschaft. Swantje überlegte schadenfroh, ob der Beifang ihrer letzten Fahrt als Mitbringsel geeignet wäre.

Der Spaß war es ihr wert. Sie sah Dana schon mit Schürze und Kopftuch die Krabben in Beutel füllen. Ein verhaltenes Lächeln den Kunden gegenüber inbegriffen.

Ihre Mutter würde sich freuen, einmal nicht am Hafen stehen zu müssen. Die beliebten Meeresfrüchte von einer Steuerberaterin verkauft, das war eine Besonderheit in Büsum. Swantje überlegte belustigt, ob sie die Preise für diesen Tag anheben sollte.

»Ich mache dir die Steuererklärung kostenlos.«

Swantje sah Dana amüsiert an.

»Das machst du doch ohnehin.«

»Echt? Großzügig von mir.«

Swantje erhob sich. »Ich muss endlich aufstehen.« Vorsichtig setzte sie ihre Füße auf den Teppich vor dem Bett. Der rechte Fuß pochte. Jetzt fiel es ihr wieder ein. Sie war gegen die Kante der Duschabtrennung gestoßen. Der unterkühlte Fuß war am Vorabend gegen Schmerzen unempfindlich gewesen. Ohne sich um die Verletzung zu kümmern, war sie ins Bett gekrochen. Doch nun fuhr ihr der Schmerz bis in die Kniescheibe. Langsam humpelte sie ins Bad.

»Ich bitte Mama am besten, dir einen Salbenverband anzulegen«, meinte Dana.

Swantje fuhr genervt herum und funkelte sie an.

»Untersteh dich, die bringt es fertig, mich ans Bett zu fesseln.«

Dana kicherte. »Du hast doch gelernt, dich zur Wehr zu setzten. Mutterliebe ist eben doch unerschütterlich.« Dana schlug sich vor Übermut lachend auf die Schenkel.

Sie hatte nie diese Probleme mit ihrer Mutter gehabt. Als älteste Tochter musste sie früh Verantwortung für die Geschwister übernehmen. Stine und Mia, die nach ihr zur Welt gekommen waren, hatten zu Dana aufgeschaut, sie aber auch oft genervt. Sie hatte bald herausgefunden, dass sie sich den beiden gegenüber durchsetzen musste. Mit der Geburt der jüngsten Schwester hatte sich etwas Maßgebliches geändert. Dana liebte das Nesthäkchen abgöttisch und verwöhnte Swantje entsprechend ihrer kindlichen Möglichkeiten.

»Ich warne dich, auf derartige Anstrengungen habe ich keine Lust.«

Dana lachte. »Wusste gar nicht, dass es danach geht.«

Swantje schüttelte ihre rote Mähne. Dana fand es offensichtlich lustig, mit der Fürsorge ihrer Mutter zu drohen.

Wenig später holte Swantje die drei Liter Krabben vom Vortag aus dem Kühlschrank. Ihre Mutter hatte eigentlich geplant, daraus leckere Frikadellen zu machen. Swantje hatte aber einen anderen Plan. Mama würde noch oft Gelegenheit bekommen, diesen Gaumenschmaus zuzubereiten. Sorgfältig verstaute sie den Beutel in einer kleinen Kühlbox, nahm sie auf und verließ das Haus. Zwei der vier Schwestern lebten mit ihrer Mutter unter einem Dach, aber jede der Frauen hatte einen separaten Wohnraum. Nur die Küche teilten sie. Bisher hatte es keine Probleme damit gegeben. Mal sehen, wie ihre Mutter reagierte, wenn die Krabben verschwunden waren.

Das Hansen-Dreimädelhaus war aus zweckmäßigen Gründen ins Leben gerufen worden. Swantje hatte sich um ein eigenes Haus bemüht, aber der Wohnraum in Büsum war knapp und teuer geworden, für die meisten Einheimischen unerschwinglich. Deshalb erhielt das Haus in der Fischersiedlung einen passablen Anbau, der keine Wünsche offenließ. Swantje besaß sogar ein Gartenstück, in dem sie ungestört in der Sonne brutzeln konnte, wenn die Zeit es erlaubte. Dana bewohnte das Obergeschoss. Treffpunkt der Frauen war meistens die gemütliche Küche. Obwohl Swantje sich ihre Freiheit anders vorgestellt hatte, war sie mit dieser Lösung zufrieden.

Nachdem sie ihr Selbstbewusstsein mit einem Hauch Make-up aufgefrischt hatte, fuhr Swantje zum Hafen. Die Besatzung der Theodor-Storm hatte ein Dankeschön verdient. Sie kannte die Vorlieben der Retter. Mit Krabben und einer Flasche Whisky würden ihre Herzen höherschlagen.

Die Theodor-Storm schaukelte sanft im Hafenbecken. Die Besatzung befand sich nicht an Bord. Das alte Schleusenhaus war zu einer zweckmäßigen Unterkunft umgebaut worden, direkt am Liegeplatz der Hafen-Westseite. Noch vor wenigen Jahren schliefen und wohnten die Seenotretter auf beengtem Raum an Bord. Heute verfügte die Mannschaft über geräumige Kojen. In der kleinen Kombüse lösten sie sich täglich ab. Jeder war mal dran, für das leibliche Wohl der Kollegen zu sorgen. Wenn kein Notruf einging, saßen sie wie eine Familie beisammen. Lobten oder kritisierten die Mahlzeit. Scherzhafte Sticheleien waren auf der Tagesordnung der Seenotretter-Familie. Vormann Sörensen sagte stets:

»Der Spaß darf nicht zu kurz kommen, sei es auch auf Kosten anderer.«

Büsum war der zweitgrößte Hafen an der Schleswig-Holsteinischen Nordseeküste und ein Magnet für Küstenurlauber. Die Theodor-Storm fuhr regelmäßig Einsätze, um verirrte Touristen aus dem Wattenmeer zu bergen. Swantje war früher gelegentlich als Freiwillige mitgefahren. Sie hatte die Gefahren, denen die Männer täglich ausgesetzt waren, hautnah miterlebt und wusste um die Leistungen, die sie täglich erbrachten. Sie fuhren hinaus, wenn andere längst im sicheren Hafen lagen, sie nahmen ein hohes Risiko auf sich, um Menschen zu helfen. Für Fischer wie auch küstennahe Seeleute eine Art Lebensversicherung. Swantje gehörte inzwischen zu den Idioten, die immer mal wieder Hilfe benötigten. Für die Retter gab es keinen Unterschied, ob an Weihnachten, Ostern, Silvester oder Neujahr. Dienst an den Feiertagen war nichts Besonderes, sondern professionelle Routine. Das Wichtigste an ihrem Job war, dass die Familien hinter ihnen standen. Die Schicht dauerte zwei Wochen. Danach hatten die Lebensretter zwei Wochen Frei Törn.

Swantje erreichte die Unterkunft, sie klopfte polternd an die angelehnte Tür. Ihr Fuß pochte mit monotoner Heftigkeit stumm im Takt. Der Marsch zum Hafen hatte seinen Tribut gefordert. Warum hatte sie das Auto nur stehenlassen? Tapfer ignorierte sie den Schmerz.

»Moin, zusammen!«, rief sie. Vormann Greg Sörensen saß mit dem zweiten Maschinisten Hanno Hinz beim Kaffeekränzchen.

»Störe ich?« Zögernd blieb sie an der Tür zur Mannschaftsmesse stehen.

»Moin, Deern, komm rein. Wir haben eben über dich geschnackt. Wenn man vom Teufel spricht ...«

»... steht er plötzlich in der Bude«, vervollständigte Swantje Gregs Satz. Sie lachte ihnen beschämt zu.

Greg Sörensen wirkte, im Gegensatz zu seinem Kollegen Hanno, nicht wie ein echter Seebär. Er hatte die wenigen übrig gebliebenen grauen Haare zu einer Glatze geschoren. Der kugelrunde Kopf saß wie ein Ballon auf seinen Schultern. Die hellen Linien ließen Augenbrauen nur erahnen, ein Spitzbart wippte beim Sprechen gemächlich mit. Er hatte oft den Versuch gestartet, seinen runden, fülligen Körper mit Diäten zu formen. Mit dem Erfolg, dass die Kollegen den mürrischen Vormann am liebsten über die Reling geworfen hätten. In seiner Freizeit kurvte Greg leidenschaftlich gern mit seiner Harley durch Schleswig-Holstein. Optisch passte die Lederkombi sogar viel besser zu ihm. Die rote Jacke der Gesellschaft zur Rettung Schiffbrüchiger wirkte an ihm eher wie eine Verkleidung. Aber der Eindruck täuschte. Er führte die

Meinungsverschiedenheiten seiner Mannschaft mit gutmütigem Geschick immer wieder zurück in das Fahrwasser der Menschlichkeit.

Swantje kannte ihn sehr gut, nachdenklich sah sie in sein Gesicht.

»Willst einen Kaffee?« Greg stand auf, um eine Muck für sie zu holen.

»Gerne.« Swantje setzte sich auf die rote Kunstlederbank. Hanno beäugte sie spöttisch.

Swantje hob beschwichtigend die Hände hoch.»Ich weiß, Hanno, ich habe euch Stress bereitet. Es tut mir unendlich leid.« Sie hievte den Beutel mit den Krabben hoch. »Ich bin hier, um es einigermaßen wieder gut zu machen.«

Beim Anblick der Schalentiere bekam Hanno leuchtende Augen. Mit der rechten Hand strich er über seinen Vollbart. »Donnerwetter! Die sehen aber gut aus.«

»Die schmecken auch. Ihr müsst nur erst die Schale entfernen. Dafür hatte ich leider keine Zeit.«

»Wir haben alle gesunde Finger, der Rest der Besatzung müsste jeden Moment eintrudeln.«

Swantje sah sich verstohlen um. »Wo sind denn alle?«

»Kontrollgang«, antwortete Hanno und ließ den Blick nicht von den Krabben. Wenn er die Flasche Whisky entdeckte, würde die Freude doppelt groß werden.

»Das wäre nicht nötig gewesen, Deern. Wir sind froh, dass du heil im Hafen bist, und das auch noch aus eigener Kraft«, sagte Greg.

»Hat einer was von Anton gehört?« Swantje sah von einem zum anderen.

»Der ist schon wieder zu Hause. Im Krankenhaus wollte ihn keiner behalten. Der hat alle verrückt gemacht. Ich glaube, nun ist er endgültig abgedreht«, brummte Greg.

»Hat er bei dir angeheuert?«, wollte Hanno wissen.

Swantje schnaubte verächtlich. »Der braucht nicht mehr zu mir zu kommen, den schmeiß ich von Bord.«

»Wie sieht es mit Ersatz aus?«

»Noch nichts, Greg, aber ich hoffe, dass ich bald mit ausreichend Besatzung auslaufen kann.«

Hanno rührte nachdenklich in der Muck. »Ich habe leider auch keine Empfehlung für dich.«

Swantje ließ sich ungern entmutigen, aber Hanno hatte recht. Die Aussichten auf einen Deckshelfer waren nicht gut.

Plötzlich erhellte sich Hannos Gesicht. »Jannis kann doch mitkommen. Er hat ab morgen Freiwache. Er hat sich, soweit ich weiß, nicht schlecht angestellt, oder?«

Swantje fühlte die Röte in ihrem blassen Gesicht aufsteigen. Sie erinnerte sich an die Berührungen, die sie abgewehrt hatte. Sie schlürfte eilig an ihrem Kaffee, dabei starrte sie auf das schwarze Getränk, als ob dort eine schlagkräftige Antwort zu finden war.

»Der hat frei, so soll es auch bleiben«, sagte sie und sah abwechselnd die beiden Männer an. »Ich habe bisher immer eine Lösung gefunden. Aber danke für den Vorschlag.« Sie rutschte von der Bank, um sich zu verabschieden. Die Flasche Whisky hatte sie bis zum Schluss verborgen gehalten. Nun stellte sie die Flasche auf den Tisch, der in der Seemannssprache kurz Back hieß.

»Ich muss los, danke für den Kaffee, lasst euch die Krabben schmecken.«

Hanno grinste Swantje an.

»Jannis kommt gleich mit den anderen rein, willst du nicht noch warten?«

Die Möglichkeit, auf Jannis zu treffen, ließ Swantje zusammenfahren. Sie verstand ihre Reaktion selbst nicht, aber sie hielt es für klüger, schleunigst zu verschwinden. Ihr Fuß rebellierte unter der plötzlichen Belastung, doch tapfer ignorierte sie den Scherz.

»Du lahmst ja, Deern, was ist mit deinem Fuß?« Greg sah sie besorgt an. Hanno schien eher belustigt.

»Nix weiter, geht von allein weg. Moin, Moin, Jungs. Passt auf euch auf.«

»Dito!«, rief Hanno glucksend hinter ihr her.

Warum war er nur so amüsiert? Swantje hasste es, wenn er sich über sie lustig machte. Besonders, wenn seine bernsteinfarbenen Augen ihren Blick einzufangen versuchten. Er flirtete mit ihr, seit sie als Freiwillige an Bord gewesen war. Swantje mochte ihn in gewisser Weise, aber verlieben könnte sie sich nie in ihn.

An der Tür stieß sie doch noch mit Jannis zusammen. Auch das noch.

»Das ist aber ein entzückender Besuch, willst du etwa schon gehen?«

Swantje zwang sich zu einem unbeschwerten Lächeln.

»Ja, leider«, stotterte sie. Mit zusammengepressten Lippen schob sie sich grußlos an ihm vorbei.

Dann humpelte sie rüber zur Helene. Nur, um kurz nach dem Rechten zu schauen. Sie kletterte über die Gangway. Es war Niedrigwasser, daher war das ein schwieriges Unterfangen. An Deck sah sie sich prüfend um. Es schien alles in bester Ordnung. Nachdem sie die Netze kontrolliert hatte, war sie zufrieden. Sobald sie einen Helfer gefunden hatte, war die Helene wenigstens seetauglich.

Was man von ihrer Kapitänin noch nicht behaupten konnte. Sie humpelte über das Deck wie Käpten Ahab.

Jemand klopfte mit der Festmacherleine an das Schiff. Ein Hinweis darauf, dass sich Besuch ankündigte. Neugierig sah sie nach oben. Dort wartete Fiete, ein Junge aus Büsum, der als Trickbetrüger und Einbrecher bekannt war.

Was will der von mir?

»Darf ich an Bord kommen?«

Swantje musterte Fiete misstrauisch.

»Wozu?«

»Ich will dir einen Vorschlag machen.«

Swantje überlegte kurz, dann stimmte sie zögerlich zu.

»Gut, komm runter.« Sie beobachtete ihn dabei, wie er geschickt an Bord kletterte. Er landete mit beiden Füßen gleichzeitig auf dem Deck und strahlte sie siegessicher an.

»Hab gehört, dass du einen Helfer brauchst?«

»Ich wüsste nicht, was dich das angeht.«

Fiete breitete die Arme aus und drehte sich um die eigene Achse. »Hier ist er!«

Swantje hustete. »Du? Und bei der nächsten Gelegenheit raubst du mich dann aus?«

Fietes Selbstsicherheit war offenbar verflogen. »Ich bin sauber, ich dreh keine Dinger mehr. Ich schwöre es.«

»Seit wann?«

»Seit einer Woche«, flüsterte er mit gesenktem Kopf. »Bitte, gibst du mir eine Chance?«

»Das ist natürlich eine lange Zeit, für'n Knacki«, erwiderte Swantje trocken.

»Ich hab es kapiert, Käpten, ich brauch nur eine Gelegenheit, es allen zu beweisen.«

Swantje drehte ihm den Rücken zu und starrte zur Mole hinüber, als ob dort die Lösung ihrer Probleme zu finden wäre. Einerseits schickte ihn der Himmel, andererseits war Fiete ein unkalkulierbares Risiko. Sollte sie sich für ihn als Helfer entscheiden, war dies ein Unterfangen mit ungewissem Ausgang. Sie seufzte. Dann wirbelte sie entschlossen herum, wer nicht wagte, der gewann auch nichts.

»Gut, wir versuchen es miteinander.«

Fiete schien vor lauter Freude die Luft anzuhalten. Die wasserblauen Augen glänzten feucht.

»Ist das dein Ernst?« Er jubelte wie ein kleiner Junge vor dem Karussell.

»Wie alt bist du?«

»Zweiundzwanzig.«

»Dann bringe mir morgen deine Bewerbungsunterlagen vorbei. Danach bekommst du eine Einweisung und wir testen, ob unsere Zusammenarbeit funktioniert.«

»Damit hätte ich nicht gerechnet.« Fiete lachte ausgelassen.

»Ich auch nicht, stell dir das nicht so leicht vor. Krabbenfang ist harte Arbeit.«

»Ich weiß, davor habe ich keine Angst.« Er reichte Swantje die Hand. »Bis morgen dann, ... danke. Ich werde dich nicht enttäuschen.«

»Morgen um neun Uhr.«

»Ich werde pünktlich da sein«, rief er ihr zu, als er über die Gangway zurück an Land ging.

»Dein Wort in Gottes Gehörgang«, murmelte Swantje skeptisch. Fiete war im Grunde ein netter Bursche. Vor zwei Monaten war seine Mutter an Krebs gestorben. Der Vater war vor Jahren auf nimmer Wiedersehen verschwunden. Seitdem war Fiete laufend in krumme Geschäfte verwickelt gewesen. Jedes Mal hatte man ihn erwischt. Mit einem solchen Führungszeugnis war es schwer, anständige Arbeit zu finden. Sie würde ihm eine Chance geben.

Swantje schätzte seine Konfektionsgröße ab, während sie ihm nachschaute. Fiete brauchte Ölzeug, sie würde ihm die erste Ausstattung sponsern. Er konnte schließlich nicht in zerrissener Jeans und T-Shirt zur See fahren. Da fiel ihr ein, dass Antons Arbeitskleidung auf der Helene geblieben war. Vielleicht würde die Fiete passen.

»Nee, kommt nicht infrage«, sagte sie. Womöglich wäre das ein schlechtes Omen und Fiete geriet doch wieder in Schwierigkeiten. Er sollte neue Klamotten bekommen. Swantje hoffte, dass es kein Fehler war, ihn einzustellen.

Ihre Blicke schweiften ein letztes Mal über das Deck, dann verließ sie die Helene. Glücklich darüber, zumindest fürs Erste eine Lösung gefunden zu haben. Ob Fiete sein Versprechen halten würde, stand in den Sternen.

Um einen Helfer musste sie sich vorerst nicht mehr kümmern. Sie überlegte, was sie mit der gewonnenen Freizeit für diesen Tag anfangen sollte. Da entdeckte sie Justus auf seiner Frauke und schlenderte zu ihm hinüber.

»Moin, Swantje! Hab ich das eben richtig gesehen, humpelst du?«

»Moin, nur ein büschen, ich komm klar.« Sie lachte vergnügt. Ihre grünen Augen blitzten Justus an. »Kann ich dir helfen?«

»Nee, Deern, du hast gestern einen Großeinsatz ausgelöst. Ich kann an Bord keine Katastrophen gebrauchen«, scherzte er frech. »Fährst du heute Nachmittag raus?«

»Leider nicht, Zwangspause. Ich brauche einen neuen Helfer, den ich auch schon gefunden habe.«

Justus stutzte. »Das ging aber schnell. Kenn ich ihn?« Justus kniff die Augen zusammen, als ob er überlegte.

»Jo, den kennt hier jeder.«

»Nicht etwa ...?«

»Doch, Fiete war eben bei mir.«

»Hab ich gesehen. Meinst du nicht, du legst dir da ein faules Ei ins Nest?«

»Weiß ich noch nicht, das wird die Zukunft zeigen.«

»Du traust dir ne Menge zu, nicht wahr? Aber ich fürchte, bei Fiete stößt du an deine Grenzen«, sagte Justus besorgt. Er schob seine Prinz-Heinrich-Mütze vor und zurück auf seinem Schädel und kratzte sich gedankenverloren. Justus war über sechzig Jahre alt, aber an Rente dachte er noch lange nicht. Sein wettergegerbtes Gesicht, geprägt von langjährigen Fischerfahrten, wurden von seinen wissenden, grauen Augen dominiert. Swantje nahm gerne Ratschläge von dem Seniorfischer an. Aber nun wäre es ihr lieber, wenn er sich nicht einzumischen versuchte.

»Ich wünsche dir Glück mit deiner Wahl.«

»Danke Justus, kann ich gebrauchen. Aber ich glaube, jeder hat eine Chance verdient.«

»Hast ein gutes Herz, unter deiner rauen Schale, Deern. Dein Pa' wäre stolz auf dich.« Verstohlen wischte Justus eine Träne fort. Es rührte ihn jedes Mal, wenn er von Swantjes Vater, seinem Freund, sprach. Obwohl er lange tot war. Swantje wusste das zu schätzen, sie war dankbar für die Freundschaft, die über den Tod hinausging. Dadurch fühlte sie sich Justus verbunden. Freunde unter den Kollegen waren wichtig, Justus aber war für sie ein besonderer Mensch.

»Wollen wir drüben in der Hafenkneipe einen Kaffee trinken?«

»Komm an Bord, ich hab einen Kocher hier, dann machen wir es uns an Deck gemütlich und halten Küstenklatsch.«

Swantje, die auf dem Pier stand, ging freudig an Deck. »Gute Idee.« Sie folgte ihm auf die Brücke, wo der Wasserkocher auf seinen Einsatz wartete. Langsam erklomm Justus die wenigen Stufen. Er war in den vergangenen Jahren etwas eingerostet. Justus litt an chronischer Gelenkentzündung, die Fahrten auf der meist kalten Nordsee waren sicher nicht mehr gut für ihn.

Swantje griff nach den Bechern, die gut gelascht, befestigt in der Seemannssprache, in einem Schränkchen aufbewahrt wurden. Bei Seegang musste alles gut gesichert werden. Swantje kannte die Geheimverstecke auf der Frauke und wusste auch, wo der Whisky verborgen war, den Justus sich an manchen Tagen nach der Rückkehr im Hafen gönnte.

Mit dem duftenden Wachmacher setzten sie sich an Deck auf die Sortiermaschine. Gemeinsam blicken sie über den Hafen.

»Wann willst du die Fischerei endlich aufgeben?«, fragte Swantje.

Justus sah sie verblüfft an. »Willst du damit sagen, ich gehöre zum alten Eisen?«

»Übertreib nicht, du bist noch lange nicht alt.«

»Siehst du, deine Frage war unnötig.« Justus lachte. Dabei hob und senkte sich sein Bauch. Seine krummen Finger umklammerten die Muck, als er sie an die Lippen führte. Bevor er trank, pustete er in Gedanken versunken hinein. Abrupt setzte er den Becher ab und sah Swantje schwermütig an. »Wenn ich einen Nachfolger für die Frauke hätte ..., vielleicht, aber so ... ich kann den Kutter nicht einfach aufgeben.«

»Warum nicht?«, fragte Swantje, obwohl sie die Antwort kannte.

»Ich hänge zu sehr an dem Kahn. Es würde mir das Herz brechen, sie in fremden Händen zu wissen.«

Swantje legte ihre Hand auf Justus' Arm. »Ich weiß doch, aber irgendwann kommt der Tag, ganz gleich, ob früher oder später. Ich möchte dich nicht in einem Pyjama aus Holz von der Brücke holen!«

Der alte Mann nickte bedächtig. »Später«, sagte er bestimmt und wechselte das Thema. »Wann fährst du mit dem Knacki zum ersten Mal raus?«

Swantje zuckte zusammen. »Bitte nenn ihn nicht so, ich habe beschlossen, es mit ihm zu versuchen. Wertungsfrei.«

Justus beugte sich zu ihr. »Und ein hübscher Junge ist er auch noch, nicht?«

Swantje schubste ihn verärgert von sich. »Er ist ein Junge, zweiundzwanzig, er könnte mein Sohn sein.«

Justus kicherte. »Ist er aber nicht.«

Swantje verdrehte die Augen. »Lass das bitte, der Küstenklatsch geht schneller rum, als man denkt. Ich will keine Gerüchte schüren.«

»Aber ich möchte noch mitbekommen, dass ein Kerl dich glücklich macht, Deern.«

Swantje war dankbar, dass ihr Handy die unangenehme Diskussion beendete. Als sie auf dem Display das Konterfei ihrer Mutter sah, ahnte sie, dass Justus' Heiratspläne das kleinere Übel gewesen wären. Sie drückte den Rücken durch, um sich für das Gespräch zu wappnen.

»Hallo, Mama.« Sie bemühte sich, gelassen zu klingen.

»Liebes, wo sind die Krabben geblieben? Ich muss das Essen vorbereiten und stelle nun fest, dass die Grundzutat verschwunden ist!«

Swantje lachte leise. »Tut mir leid, Mama. Da freuen sich jetzt die Seenotretter drüber. Ich habe sie ihnen als Dankeschön an Bord gebracht. Du bekommst morgen neue.«

Ilse Hansen schnaufte in den Hörer. »Das hättest du mir auch früher sagen können, was soll ich denn jetzt kochen? Aber immerhin eine gute Tat. Morgen wirst du ohne Anton wohl kaum auslaufen können.«

»Ich habe eben einen Ersatz gefunden.«

»So schnell?« Ilses Stimme klang enttäuscht. Sie hätte offenbar nichts dagegen gehabt, wenn ihre Tochter eine Weile an Land geblieben wäre. »Darf ich fragen, wen?«

»Darfst du«, sagte Swantje und schwieg. Sie schob die Antwort absichtlich etwas hinaus.

»Mach es nicht so spannend, kenn ich ihn?« Wieder eine leicht zu beantwortende Frage.

»Ja.« Es raschelte in der Leitung.

»Willst du es mir nicht sagen?« Ilse hakte nach: »Wer ist es?«

Swantje atmete tief durch. »Fiete Larsen.« Swantje hielt den Hörer etwas weiter weg vom Ohr. Wenn ihre Mutter laut wurde, schwoll ihre Stimme zu einem Posaunenchor mit Orkanstärke an.

»Jetzt bist du total übergeschnappt. Du willst nicht wirklich mit dem Verbrecher in See stechen? Das erlaube ...« Ilse brach ab. Offenbar bemüht, eine bessere Formulierung zu finden. »Kind, überlege dir gut, ob das die richtige Wahl ist.«

Swantje drehte Justus den Rücken zu. Er schien den Protest ihrer Mutter mitzubekommen, nickte dabei bedächtig und unterstrich damit die Meinung ihrer Mutter.

Swantje stützte sich mit einer Hand an der Reling ab. Ihre Fingerknochen wurden weiß, so fest umklammerte sie das Holz. Warum kämpfte sie nur? Warum war es jedes Mal so ein Kampf, ihren Willen durchzusetzen? Nach außen hin gab sie sich dickköpfig, aber im Inneren tobte sie. Ihre Mutter meinte es gut. Das wusste Swantje in gewisser Weise zu schätzten. Aber sie war vierzig Jahre, Fischerin und konnte sich ganz gut allein behaupten. Wenn ihre Mutter nicht immer versuchte, sie zu bremsen.

»Es ist so beschlossen, Mama. Ich muss jetzt auflegen.« Swantje betätigte erleichtert die rote Taste des Telefons.

Justus hob die Muck hoch und prostete ihr zu. »Allzeit gute Fahrt ...«

»... und immer eine Handbreit Wasser unter dem Kiel.« Sie hielt ihren Becher ebenfalls hoch.

»Morgen lauft ihr aus?«

Swantje nickte.

»Er hat auch schon mal bei Heinrich von Held angeheuert. Laut Heinrich hat er sich gar nicht mal so blöd angestellt. Nur dass die beiden nicht miteinander auskamen.«

Swantje sah Justus erstaunt an. »Dann könnte die Einarbeitung relativ leicht werden?«

»Glaub schon.« Justus lächelte.

»Danke, Justus, der Kaffee war mindesten so gut wie der in der Hafenkneipe. Sie klopfte ihm auf die breite Schulter. »Bis dann!« Swantje kletterte an Land und winkte zum Abschied.

Eine helfende Hand

Swantje war nervös. Hatte sie die richtige Entscheidung getroffen, als sie Fiete einstellte? Würde er überhaupt kommen? Dana hatte nach ihrer Mutter auch noch versucht, ihr die Schnapsidee, einen Knacki mit auf Krabbenfang zu nehmen, auszureden.

»Dein Dickkopf wird dich irgendwann ins Unglück stürzen«, hatte ihre Mutter gemeint. »Du bist schon mit Anton auf die Nase gefallen, was glaubst du, wie es dir mit Fiete ergehen wird?«

»Anton hast du mir vor die Schleusen geworfen und gesagt, er wäre ein guter Junge. Nur weil du seinen Eltern einen Gefallen schuldig warst.«

Ilse sah betrübt auf ihre Hände. »Weiß ich doch Kind, darum habe ich das Gefühl, ich muss dich wenigstens nun schützen.« Tränen hatten in Ilses Augen gestanden. »Ich würde mir nie verzeihen, wenn du wegen diesen Unfähigen auf der Nordsee bliebest.«

Swantje grinste ihre Mutter an. »Ich denke nicht daran, mich von der See kleinkriegen zu lassen. Erst recht nicht wegen Fiete.

»Richtig«, tönte Dana dazwischen, »da gibt es schließlich auch noch Jannis, der dich retten kann.«

Swantje hatte Dana böse angesehen. Der Gedanke an Jannis bereitete ihr mehr und mehr Unbehagen, sie weigerte sich, dem Kribbeln in ihrem Bauch Beachtung zu schenken. Eine Hansen verliebte sich nicht so schnell.

Er war zu ihr auf den Kutter gekommen und hatte dem Sturm mit ihr gemeinsam die Stirn geboten. Jetzt glaubten alle, dass sie ohne ihn die Helene verloren hätte. Dabei hatte sie alles unter Kontrolle gehabt.

Swantje parkte ihren Wagen am Seitenstreifen des Hafens, morgens standen genügend Plätze zu Verfügung, am Nachmittag sah die Sache schon anders aus. Dann belegten die Tagesgäste den stadtnahen Parkstreifen. Sofort nach dem Aussteigen suchten ihre Augen den Pier ab. Fiete war nirgends zu sehen.

»Pünktlich ist er auch nicht.« Sie seufzte verzweifelt. Allein konnte sie unmöglich auslaufen. Dann wäre der Fang für diesen Tag verloren. Sie holte das nagelneue Ölzeug aus dem Kofferraum und ging hinüber zum Kutter. Eine Bewegung an Bord ließ sie misstrauisch werden. Geisterte dort jemand herum? Unter der schweren Last der Arbeitskleidung eilte sie so schnell wie möglich zur Gangway. Sie holte aus und warf die Kleidung an Bord. Dann balancierte sie hinterher.

Swantje fuhr vor Schreck zusammen, als Fiete plötzlich vor ihr stand. Er strahlte.

»Moin, Käpten«, rief er fröhlich. »Bist ein bisschen zu früh dran. Aber in zehn Minuten sind wir klar zum Auslaufen.« Fiete salutierte.

Swantje verkniff sich ein Grinsen. »Du musst nicht strammstehen, wir sind nicht bei der Marine.« Erstaunt sah sie sich um. Alles befand sich an richtiger Stelle. Die Baumkurre mit dem Fangnetz hatte er probeweise ausgefahren und eingeholt. Swantje sah, dass die Netze nicht ganz ordentlich lagen. Fiete scharrte mit den Gummistiefeln auf dem Deck.

»Ich habe die Netze nicht ganz richtig sortiert, aber ich war auch noch nicht fertig.«

Swantje lachte. »Das sehe ich, hundert Quadratmeter Netze haben ein nicht zu unterschätzendes Gewicht. Lass sie ruhig so liegen, wir fahren heute nicht so weit raus und lassen sie bald zu Wasser. Mal sehen, ob wir etwas fangen.« Swantje lachte ihn ermutigend an. »Ich bin beeindruckt, du kennst dich gut aus.«

»Du hast gedacht, dass ich nicht komme, oder?« Fiete beobachtete ihre Mimik genau.

»Stimmt«, gab sie ohne Umschweife zu. »In zehn Minuten laufen wir aus.« Swantje bewegte sich auf die Brücke zu. Sie hatte beschlossen, Fiete freie Hand zu geben. So lernte er am schnellsten, worauf es ankam.

Früher waren die Krabben ein Arme-Leute-Essen gewesen. Der Fang wurde ausschließlich von der untersten Bevölkerungsschicht betrieben. Meist waren es Frauen, die die willkommene zusätzliche Mahlzeit nach Hause brachten. Mühevoll wurden die Schiebenetze, an denen Rahmen befestigt waren, durch das flache Wasser oder durch tiefere Priele des Wattenmeers geschoben.

Zu Beginn des Booms der begehrten Schalentiere gab es über hundert Kutter im Büsumer Hafen. Die Krabben wurden inzwischen als Delikatesse gehandelt und waren für arme Leute kaum erschwinglich. Sie wurden zu Höchstpreisen verkauft und weltweit gehandelt. Allerdings wanderte nur ein Bruchteil der Erlöse in die Geldbörsen der Fischer. Manchmal war das hart. Aber Swantje konnte sich trotz der wirtschaftlichen Sorgen keinen anderen Beruf vorstellen.

Heute lagen gerade mal zwanzig Kutter zum Krabbenfang im Büsumer Hafen und es war eher den Männern überlassen, auf das Meer hinaus zu fahren. Swantje erfüllte es mit Stolz, als einzige Frau einen Kutter zu besitzen und zu bewirtschaften. Die Fischer waren nicht nur Fischer. Sie waren Maler, Schlosser, Nautiker, Ausbilder und Leiter eines Betriebs. Swantje stand ihren männlichen Kollegen in nichts nach. Wenn es darauf ankam, konnte sie den Dieselmotor ihres Schiffes zerrlegen und wieder zusammenbauen. Für die schweren Maschinenteile hatte sie eine Vorrichtung gebaut, um es leichter zu haben. Swantje war eine Frau und musste sich daher manchmal Grenzen eingestehen, auch wenn es sie Überwindung kostete, Hilfe anzunehmen. Kleine Reparaturen erledigte sie selbst. Die Helene war vor zwei Monaten ohne Mängel durch die große Klasse gekommen, eine Art TÜV für Schiffe.

Swantje sah zu, wie Fiete die Leinen löste, und startete den Motor.

Im gemäßigten Tempo lief die Helene aus dem Hafenbecken. Das Wetter war ihnen gnädig und es wehte kaum ein Lüftchen. Swantje lauschte entzückt der Melodie des Dieselmotors. Es gab einfach nichts Schöneres. Die Nordseeluft, dazu ein Gemisch aus Diesel und Seetang. Swantje öffnete auf Steuerbord und Backbord die Türen der Brücke. Frischer Fahrtwind strich durch ihre roten Haare. Mit einer Hand hielt sie das Ruder auf Kurs. Sie musste an den Kraftakt der letzten Fahrt denken, bei der sie zwar glimpflich davongekommen war, aber die Spuren, die Jannis zusätzlich bei ihr hinterlassen hatte, waren nachhaltig. *Wie konnte mir das nur passieren?*

Swantje liebte das Wattenmeer, für sie war es eine der schönsten Weltnaturerben. Die bizarren Furchen, die das Meer bei Ebbe auf dem Meeresboden zurückließ. Die Millionen Kleinsttiere, die dort ihren Lebensraum hatten. Swantje fischte aus Überzeugung möglichst naturverträglich, um den Lebensraum der Tiere zu erhalten. Auf diese Details hatte ihr Vater sie aufmerksam gemacht und ihr die Wichtigkeit prägend vermittelt. Ihr Herz schlug für die Erhaltung des Watts. Swantje hielt inne. Ihr Herz hatte gestern auch beim Anblick von Jannis schneller geschlagen. Sie zerwühlte ihre Mähne, als ob sie die Gedanken an den Seenotretter herausschütteln könnte. Die Hand am Gashebel erhöhte sie die Geschwindigkeit der Helene auf sechs Knoten und fuhr ihren Gefühlen davon.

Nach einer Weile stellte sie die automatische Navigation ein. Sie liebte es, ihren Kutter ohne Automatik zu führen. Dabei entstand ein Freiheitsgefühl der besonderen Art. Aber manchmal war die Technik auch nötig.

Das Wattenmeer sah nie gleich aus. Heute zeigte es sich von seiner sanften Seite. Die besten Voraussetzungen für eine Lehrlingsfahrt. Swantje sah durch das kleine Fenster hinunter auf das Deck. Fiete hatte die Netze erneut kontrolliert und wartete auf ein Zeichen. Sie war zufrieden, bisher hatte Fiete seine Aufgaben gut gemeistert. Offenbar hatte Heinrich gute Vorarbeit geleistet, indem er Fiete in die Geheimnisse der Fischerei eingeführt hatte.

Sie sah ihm dabei zu, wie er in sein neues Ölzeug stieg. Sie steckte ihren Kopf heraus und rief: »Fiete, du musst dich erst umziehen, wenn du die Sortiermaschine angeworfen hast. Noch bleibst du trocken.«

»Ich weiß, aber ich hatte noch nie nagelneue Arbeitskleidung, ich musste sie einfach anprobieren!« Fiete strahlte sie glücklich an. Seine kindliche Freude berührte Swantjes Herz. Der Junge gab sein Bestes und er hatte offensichtlich vor, ein guter Fischer zu werden. Sie war plötzlich überzeugt, die richtige Entscheidung getroffen zu haben. Jeder hatte eine zweite Chance verdient. Fiete eingeschlossen.

Die automatische Navigation zeigte an, dass die Fanggründe, in denen Swantje fischen wollte, fast erreicht waren. Swantje schloss für einen Augenblick die Augen. Sie hatte hier bisher nur selten ihre Netze ausgeworfen und war gespannt, ob ihre Nase sie richtig geleitet hatte. Sie ließ sich oft von ihren Gefühlen leiten und lag selten falsch. Für Fiete wäre ein erfolgreicher Fang sicher auch eine Belohnung und Motivation.

Swantje drosselte die Füllung. Sie gab Fiete ein Zeichen, dass sie gleich die Netze aussetzen konnten. Der Kutter taumelte nun leicht in der unruhiger gewordenen See.

»Du kannst die Baumkurre rausfahren, Fiete!«, rief sie ihrem Helfer zu. Fiete hatte sie verstanden und hob zur Bestätigung die Hand. Bedacht schob er das schwere Eisengestell zuerst auf Backbord, dann auf Steuerbord über die Reling. Swantje beobachtete die Ausführungen genau. Den Blick auf das Deck gerichtet betätigte sie die Seilwinde, um die Netze abzufieren. Diese Situation war der heikelste Moment bei der Fischerei. Sie mussten darauf achten, dass die Netze, die Steuer- wie Backbord gleichzeitig herabgelassen wurden, nicht in die Schraube gelangten.

Fiete hob die Daumen.

»Dann mal los«, sagte Swantje leise. Sie erhöhte die Geschwindigkeit auf drei Knoten. Die Fangnetze wurden nun über den Meeresgrund gezogen. Der Fahrtwind blies durch die Brücke und Swantje atmete aus. Die brenzlige Arbeit war abgeschlossen.

Fiete gesellte sich zu ihr. »Darf ich den Beifang mit nach Hause nehmen? Ich könnte zur Feier des Tages eine Fischmahlzeit vertragen.«

»Wenn etwas dabei ist, natürlich gerne. Aber ich arbeite mit modernen Netzen, da bleibt nicht viel Beifang. Allenfalls ein paar kleine Bücklinge, die wir zurück ins Meer werfen.«

»Keine Scholle?«

»Ganz selten, die verschwinden durch die größeren Löcher, die von den Krabben nicht gefunden werden.«

»Ach so. Schade.« Fiete blickte über die Nordsee.

Swantje empfand Mitleid.

»Ich lade dich zum Essen ein, meine Mutter brät heute zufällig Scholle.«

Fietes Gesichtsfarbe veränderte sich. Er schien zu überlegen.

»Danke, aber ... lieber nicht. Gibt bloß Ärger.«

Swantje verstand ihn gut, nicht nur Ilse war ihm gegenüber misstrauisch. Ganz Büsum hatte ein wachsames Auge auf ihn gerichtet. Sie trauten dem Jungen nicht bis zur Deichkante. Swantje sah ihm in die Augen. Er wirkte trotz seiner Vergangenheit verletzlich, oder auch gerade deshalb. Er war so jung und unerfahren, aber die Erlebnisse, die er im Gefängnis gemacht hatte, waren sicherlich prägend für sein Leben. Offensichtlich wollte er nirgends anecken. Ein schwieriges Unterfangen, die Gemeinde verzieh nicht leicht. Eine Mischung aus Rebellion und Traurigkeit spiegelte sich in seinem Gesicht wider. Swantje bedauerte es nicht, ihm einen Platz in der Mitte des Lebens eröffnet zu haben. Seine alles erkunden wollenden grauen Augen sollten eine Zukunft sehen, für die es sich lohnte zu kämpfen ...

»Du müsstest sie nach Feierabend pulen, aber wie wäre es mit einer Krabbenmahlzeit?«

»Die sollen doch verkauft werden.«

»Och, ein bis zwei Liter könnte ich schon entbehren.« Swantje schmunzelte.

»Dann gerne, danke.« Fiete freute sich sichtlich über das Angebot.

Swantje sah über die Reling. »Wir müssen einholen, ich fürchte, es gibt hier zu viele Bücklinge. Ich will es weiter draußen weiter versuchen.« Fiete eilte sofort von der Brücke und machte sich bereit, den Fang zu bergen.

»Die Baumkurre bleibt draußen, du musst nur den Stert, also das Netz holen!«, rief sie ihm hinterher.

Während der Kutter auf neuen Kurs hielt, verarbeitete Fiete die Nordseegarnelen. Swantje stellte fest, dass er diese Aufgabe ebenso geschickt erledigte wie zuvor die anderen. Sie ließ die Helene jetzt auf das offene Meer tuckern. Dabei beobachtete sie die Arbeitsgänge wachsam. Fiete löste den ersten Knoten des Netzes und der Fang rauschte in die Sortiermaschine. Swantje eilte an Deck. Ihre Befürchtungen hatten sich bewahrheitet. Unbrauchbarer Beifang und wenige Krabben. Fiete warf die zappelnden mini Bücklinge über Bord. Jetzt kam endlich das neue Ölzeug zum Einsatz. Das Sortieren war eine nasse Angelegenheit. Der Fang wurde mit Salzwasser gespült. Aus diesem Grund konnte der Beifang überleben und der Nordsee zurückgegeben werden.

»Sieh, Swantje, eine Scholle!«

»Aber viel zu klein, die geht über Bord.« Swantje musste schmunzeln, als sie erkannte, wie Fiete auf Schollen fixiert war. Er musste die Plattfische sehr lieben. Bevor sie auf die Brücke ging, klopfte sie ihm anerkennend auf die Schulter.

»Da, der Rettungskreuzer«, rief Fiete.

Swantje sah in die angezeigte Richtung. Ihr Herz machte einen Sprung. »Sie sind auf Kontrollfahrt!«, rief sie gegen das Rattern der Sortiermaschine an.

»Suchen die dich?«

Swantje sah ihn verärgert an. »Eher dich, aber dafür ist ja die andere Fraktion zuständig.« Sie meinte damit die Wasserpolizei.

Fiete wirkte ein wenig zerknirscht, aber als er bemerkte, dass Swantje einen Scherz gemacht hatte, schmunzelte er. »Da hast du mich drangekriegt«, stellte Fiete fest. »Ich bin kein Klatschmaul, aber man hört in Büsum einiges über euch.«

»Dann mach die Ohren zu, es stimmt nicht, was man so hört«, sagte sie knapp und stieg die Stufen zur Brücke hinauf. Büsum war ein kleiner Ort, und die Bewohner kannten einander. Aber dass man sich Gedanken um sie machte, fand Swantje unerträglich. Sie hatte ja selbst keine Ahnung, was sie denken oder fühlen sollte. Und die Büsumer wussten Bescheid? Lächerlich.

Entschlossen schaltete sie das Navi aus. Sie musste jetzt ihre Helene spüren. Die Kraft des zweihundertfünfzig PS Dieselmotors, die sie ohne Probleme bändigen konnte, und die Swantje eine Sicherheit gab, die ihr auf unerklärliche Weise abhandengekommen war.

Das Funkgerät knackte. Swantje zog die Stirn in Falten. Wer konnte das sein?

»Moin, kleine Fischerin, alles roger bei dir an Bord?« Nach kurzem Zögern nahm sie das Geplänkel der Theodor-Storm an.

»Moin, was dachtet ihr denn?«

Jannis hatte es sich nicht nehmen lassen, den Funk zu übernehmen. »Also, wenn Not an Mann ist, wir sind einsatzbereit.« Sie sah förmlich das spöttische Grinsen.

»Spar deine Energie für Wichtigeres, Jannis.« Sie brach die Verbindung ab. Mit beiden Händen am Ruder murmelte sie verbittert: »Not am Mann? Notruf Swantje? Die sollen sich nicht so viel einbilden auf ihre Ritterlichkeit. Ich brauch sie nicht.« Sie fuhr zusammen, als Fiete neben ihr auftauchte.

»Sie meinen es nur gut«, flüsterte er.

Swantje nickte. »Sicher, Welle 16 bietet den idealen Nährboden für Küstenklatsch. Wir lassen an dieser Stelle ab.«

»Okay, bin schon weg.«

Swantje sah ihm grimmig hinterher. Sie wusste sehr wohl, dass er keine Schuld an diesem Chaos trug, das in ihrem Herzen herrschte.

Weiberkram

Die Helene lief voll beladen in den Büsumer Hafen ein. Swantje war zufrieden mit der Ausbeute an Garnelen. Fiete hatte bis zum Schluss gute Arbeit geleistet. Erst als alles unter Deck verstaut war und die Möwen ihre Jagd auf den Beifang aufgeben mussten, hatte er sich entspannt auf die Reling gehockt und die Nase gegen den Wind gehalten. Den Kragen seiner Jacke bis zu den Ohren gestellt, ahnte er offenbar, dass Swantje nicht auf Gesellschaft wartete, sondern ihren Frust am Dieselmotor ausließ und mit voller Füllung auf das Festland zusteuerte.

In dem Moment, als die Theodor-Storm ihr Fahrwasser gekreuzt hatte, war ihre gute Laune dahin gewesen. Sie wollte nicht mehr an Jannis denken, aber wie sollte sie das machen? Er wurde ihr täglich vor den Anker platziert, ohne dass sie etwas dagegen tun konnte. Beide hatten den gleichen Arbeitsort: den Hafen. Es konnte unter Umständen eine lange Saison werden. Von März bis Dezember wurde gefischt. Sie seufzte schwer. »Jannis Clausen, ich denke nicht daran, mich in dich zu verlieben.«

Nicht in deine wunderschönen Hände, schon gar nicht in deinen Humor, erst recht nicht in deine liebevollen Augen.

Vor Büsums Mole hatte Swantje Mühe, sich auf das Einlaufen zu konzentrieren. Fiete schätzte besorgt den Abstand vom Kutter zu den Dalben, von denen die Mole gesäumt war. Er lief von Steuerbord nach Backbord und warf Swantje fragende Blicke zur Brücke hoch.

Ja, ja, ich pass schon auf.

Langsam näherte sie sich Poller 45. Fiete hatte die Fender an der Außenkante der Helene gelegt und hielt die Festmacherleine bereit, dann schwang er die erste Leine um einen Poller. Geschickt befestigte er sie und nahm sich die nächste vor.

Swantje stoppte den Motor, dann lief sie zu ihm.

»Ich hoffe, du kommst morgen wieder!«, meinte sie.

»Ich lass mich nicht so schnell vergraulen, Käpten. Da kannst du lange drauf warten.«

»Da bin ich froh. Du hast dich gut angestellt, wir sind das neue Fischerteam von Büsum.«

»Aber sowas von!« Fiete grinste. Dann machte er sich an die Arbeit. Die Kisten mit den Krabben mussten an Land befördert werden.

Am Pier hatte Ilse bereits einen Verkaufsstand errichtet. Touristen scharrten sich um Ilse, geduldig warteten sie, bis der Verkauf eröffnet wurde. Fiete grüßte die Mutter seiner Chefin freundlich, ohne sie direkt anzusehen. Ilse erwiderte den Gruß nicht.

»Moin Mama, danke, dass du da bist. Wir hatten einen guten Fang. Es lief alles prima. Mit Fiete habe ich einen guten Helfer an Land gezogen.«

»Das wird sich erst auf Dauer zeigen«, brummte ihre Mutter. »Mia ist überraschend zu Besuch gekommen. Sie freut sich auf dich.«

»Mia? Wie kommen wir denn zu dieser Ehre? Bleibt sie länger?«

»Hörte sich irgendwie so an. Aber sprich selbst mit ihr, ich weiß es nicht.«

Swantje hatte ihre Zweifel, ob Mia mit ihr über eventuelle Probleme sprechen würde. In Mias Augen war sie immer das Nesthäkchen geblieben. Sie passten vom Naturell nicht zusammen: Mia, Kosmetikerin aus Überzeugung, und Swantje, naturbelassen und bodenständig. Mia legte Wert auf ein gepflegtes Äußeres, wozu die entsprechende Portion Make-up gehörte. Sie hatte wenig Verständnis für Frauen, die nichts aus sich machen wollten. In Büsum nannte man ihre Schwester lästerlich Miss Büsum. Mia störte das nicht, schließlich lebte sie in Berlin und führte dort ein gutgehendes Schönheitsstudio. Über ihre Beziehung zu einem Modedesigner wusste der Rest der Familie Hansen nur wenig. Swantje war ihm noch nie begegnet. Ihre Mutter hatte ihn bei einem Besuch in Berlin kennen und verachten gelernt. Er nannte sich Romeo. In Wirklichkeit hieß er Albert Schröder. Sprach man ihn mit seinem richtigen Namen an, reagierte er grundsätzlich nicht und ignorierte die entsprechende Person.

»Hat ihr Romeo sie verlassen?«

Ilse zuckte sichtbar zusammen. »Um Himmels willen, bloß nicht. Ich fürchte, das überwindet Mia nicht.«

Swantje hob die linke Schulter. Ihre Schwester wäre nicht die Einzige, die eine Trennung verwinden müsste. Auch Prinzessinnen waren dagegen nicht gefeit.

»Nun übertreibst du aber, Mama!«

»Sie ist so zerbrechlich.«

Swantje rollte genervt mit den Augen. Als ob nur Mias Herz leiden konnte. »Ich fahr nach Hause, mal sehen, ob sie mich empfängt.«

»Du bist aber zynisch heute«, rief Ilse ihr nach, aber da war Swantje schon fast um die nächste Ecke gebogen.

Als Swantje ihr Auto erreicht hatte und gerade losfahren wollte, klingelte ihr Telefon. Verwundert stellte sie fest, dass es ihre Mutter war. Wollte sie ihr noch einmal mit auf den Weg geben, vorsichtig mit Mia umzugehen?

»Was gibt's?«

»Der Nichtsnutz von Fiete, er klaut gerade einen riesen Beutel Krabben. Ich habe doch gesagt ...«

»Hör auf damit, Mama, ich habe ihm erlaubt, welche mitzunehmen. Es reicht langsam. Lass den Jungen in Ruhe.« Wütend unterbrach sie die Verbindung.

Dunkle Wolken, schoben sich vor die Frühlingssonne, als Swantje ihr Auto abstellte und ins Haus ging. Mia hatte ihren Flitzer einen Meter vor der Bordsteinkante geparkt. Wie es Prinzessinnen nun mal tun, weil sie es nicht besser können.

Na herrlich, endlich einen Parkplatz gefunden? Wie macht Mia das in Berlin, wo es kaum Parkplätze gibt?

Swantje hatte nicht das Bedürfnis, ihre Schwester zu begrüßen. Eilig verschwand sie in ihr Reich, doch die Rechnung ging nicht auf. Dana und Mia erwarteten sie in ihrem Wohnzimmer.

»Überraschung!«, rief Mia zur Begrüßung.

»Die ist euch gelungen«, sagte Swantje trocken. »Moin Mia.« Sie warf Dana einen vorwurfsvollen Blick zu. Nur sie hatte einen Schlüssel zu Swantjes Wohnung. Warum hatte sie Mia mitgebracht? Dana wusste genau, dass Swantje derartige Überfälle nach Feierabend nicht schätzte.

»Wir dachten, du willst bestimmt wissen, warum ich hier bin«, säuselte Mia geheimnisvoll. Mit einem Satz sprang sie auf und umarmte ihre kleine Schwester, um gleich wieder Abstand zu nehmen.

»Puh, du riechst nach Fisch, du solltest besser unter die Dusche gehen.«

»Und du nach einer Parfümerie, sollen wir gemeinsam duschen, oder können wir uns so akzeptieren, wie wir sind?«

Dana sah sie böse an. »Wer ist dir denn in die Quere gekommen? Wollten die Krabben nicht ins Netz, oder musste Jannis dich retten? Notruf Swantje?«

Mia setzte dem Zickenkrieg ein Ende. »Bitte, nicht streiten, ich hatte genug davon in Berlin. Wenn ich nicht erwünscht bin, gehe ich selbstverständlich.« Die Worte wurden in einer Tränenflut erstickt. Dana reichte ihr ein Taschentuch. Swantje setzt sich zu ihren Schwestern auf das Sofa und starrte Mia erstaunt an. Die verlaufene Wimperntusche verlieh ihrem Gesicht ein mitleiderregendes Aussehen.

Swantje lenkte ein. »Natürlich bist zu willkommen. Es tut mir leid, ich bin etwas erschöpft.«

Mia schniefte. »Kann ich gut verstehen. Beginnen wir noch mal von vorn?«

»Das wird nicht nötig sein, ich gehe freiwillig unter die Dusche, das hatte ich ohnehin vor. Dazu hätte ich keine Aufforderung gebraucht. Dana, kochst du frischen Kaffee?«

Dana schien erfreut über die Aufgabe, sie sprang augenblicklich auf und verschwand in die Küche. »Ich bin gleich wieder da«, sagte sie sanft zu Mia.

Später saßen die drei Frauen zusammen und schwiegen beharrlich. So hatte Swantje sich ihr Zusammentreffen nicht vorgestellt. Mit Schweigen hatte man noch nie Probleme aus der Welt geschafft, die Mia ganz offensichtlich mit sich brachte. Nur die Kekse wanderten nacheinander in ihre Münder und Knuspergeräusche durchbrachen die Stille. Gedanklich ging Swantje ihre Vorräte durch, ob dort noch weiterer Gesprächsstoff zu finden wäre. So langsam hatte sie sich an die Knusperstimmen gewöhnt und fürchtete, dass eine Unterbrechung die Idylle stören könnte. Dana, die sonst nie auf den Mund gefallen war, hielt das Schweigen aus, genauso wie Mia. Hin und wieder rutschte Mia ein Schniefen heraus, als Folge ihrer Tränenflut, die sie anfangs vergossen hatte.

Wenn nicht gleich etwas passiert, gehe ich ein Nickerchen machen.

Dana räusperte sich. »Wie war es heute mit Fiete?«

Swantje schrak zusammen, als ihre Schwester sie ansprach. Verwirrt starrte sie Dana an. »Sehr gut, ich hätte niemanden Besseren finden können.«

Mia schniefte, fast ärgerlich. »Heißt das, du bist verliebt?«

»Nein, Fiete ist mein neuer Deckshelfer.«

»Für die Liebe muss Swantje erst einen Notruf absenden«, lästerte Dana.

»Tu das besser nicht, gibt nur Probleme«, riet Mia unter Schluchzen.

Swantje warf Dana einen bösen Blick zu, dabei fragte sie Mia: »Ihr habt Streit, du und dein ... Typ?«

»Wenn es nur so wäre, dann hätte ich mich wehren können.« Mias Körper begann verdächtig zu zucken. Dana stand auf und verließ das Wohnzimmer, gefolgt von den Blicken Swantjes. Warum ging sie ausgerechnet in diesem Moment? Swantje fühlte sich überfordert mit der Rolle der Trösterin. Dana und Mia standen sich viel näher.

Etwas ratlos saß sie Mia gegenüber. Deren Schleusen drohten eine Überschwemmung loszulassen. Was sollte sie tun? Mia etwa in in die Arme nehmen? Ein *Alles-wird-gut*-Lied singen? Sie verspürte nicht das Bedürfnis dazu.

»Keine Sorge, Swantje«, schniefte Mia. »Ich werde nicht heulen.« Gleich darauf öffneten sich ihre Schleusen, um Sturzbächen freien Lauf zu lassen.

»Nun sag schon, warum weinst du?«

»Er ... er ... hat ohne ein Wort zu verlieren ... seine ... Sachen gepackt und ist ausgezogen.« Der zierliche Körper ihrer Schwester bebte. Man hätte glauben können, ein Sturm ziehe auf.

Swantje brummte: »Er hat nichts gesagt? Es muss doch etwas vorgefallen sein.«

Mia schüttelte energisch ihre blonde Mähne. »Nichts! Aber auch gar nichts!«, schrie sie, sodass Swantje zurückwich.

»Gut, soweit haben wir immerhin dein Problem ermittelt. Wie soll es jetzt weitergehen? Willst du nicht mehr nach Berlin zurück?« Mia hatte in Berlin ein Studio, sie konnte es nicht so ohne Weiteres aufgeben. *Welch ein Segen! Für vier Hansen-Frauen war das Haus wirklich nicht groß genug.*

»Ich möchte schon.« Mia zögerte. »Aber er hat mir den Mietvertrag gekündigt. Ich vermisse meine Kunden jetzt schon.«

Swantje hatte es die Sprache verschlagen. Dana kam zurück und sah genauso ratlos drein wie Swantje, offenbar hatte sie aus der Küche alles mitbekommen.

»Er hat was? Wie geht das denn?«, wollte sie wissen.

»Das Gebäude, in dem mein Salon untergebracht ist, gehört ihm.«

Swantje pfiff durch die Zähne. »Da hat er ja ganze Arbeit geleistet, der Romeo«, sagte sie zynisch. »Ich verstehe nur nicht, warum du dich in ein solches Abhängigkeitsverhältnis begeben hast.«

»Diese Frage stellt sich nicht, wenn man frisch verliebt ist«, belehrte Dana verständnisvoll.

Swantje schluckte. »Ach so.«

»Du kannst da sowieso nicht mitreden. Dir hat nie ein Mann den Kopf verdreht.« Mias Stimme bekam einen vorwurfsvollen Unterton. Sie merkte gar nicht, wie sehr sie Swantje verletzte. Bevor Swantje zu einer Antwort ausholen konnte, stoppte Dana die lauter werdende Diskussion. »Du wirst ungerecht, Mia. Wir verstehen deinen Schmerz, aber wir dulden keine Angriffe in dieser Form.«

Dana wusste, wie sehr Swantje vor einigen Jahren gelitten hatte, als ihr Urlaubsflirt Büsum ohne Abschied verlassen hatte.

»Ich glaube, ihr solltet rüber zu Mama gehen, die kann sicher besser helfen.« Swantje stand auf, um ihren Worten Nachdruck zu verleihen. Ihre Schwestern blieben auf ihren Plätzen, als ob sie dort fest verankert wären.

Auch noch hartnäckig.

Resigniert marschierte Swantje in die Küche und riss den Kühlschrank auf. Dort fand sie eine Flasche Kräuterschnaps, griff danach und ging zurück zu ihren Schwestern. Auf dem Weg dorthin nahm sie drei Gläser aus dem Wohnzimmerschrank.

Mit Nachdruck stellte sie den Alkohol auf den Tisch. »Eigentlich wollte ich mich ausruhen, aber ich fürchte, wir können alle einen gebrauchen.«

Diesen Eindruck hatte Mia offensichtlich auch, denn sie rückte näher an den Tisch heran und beobachtete aufmerksam, wie Swantje die Gläser füllte.

»Nur nichts verschütten, das ist doch noch ein Selbstgebrannter von Papa, oder?« Mia sah mit verregnetem Gesicht zu Swantje auf.

»Keine Angst, ich weiß, wie wir an Nachschub kommen.«

»Wie? Wer?«, fragten die älteren Schwestern unisono. Dabei starrten sie Swantje fragend an.

Swantje genoss die Aufmerksamkeit. Sie schob das Kinn vor und grinste. Dabei legte sie den Kopf schief, bevor sie sprach. »Ich«, sagte sie triumphierend.

»Versteh ich nicht!« Dana verschränkte die Arme vor der Brust.

»Ich auch nicht.« Mia schniefte nun nur noch leise.

Swantje machte es Spaß, ihre Schwestern auf die Folter zu spannen. Herausfordernd sah sie von einer zur anderen.

»Papa hat mir gezeigt, wie es geht«, platzte sie heraus. Mia runzelte die Stirn.

»Was hat er dir gezeigt?« Dana wirkte beleidigt. Sie hatte es offensichtlich verstanden, doch wollte es nicht wahrhaben.

»Er hat mir das Geheimrezept des Familienschnapses verraten und mich mit dem Brenner vertraut gemacht.«

»Aber das ist doch verboten!«, rief Dana empört.

»Für den Eigenbedarf ist es erlaubt«, beruhigte Swantje ihre Schwestern.

»Du stehst mit einem Bein im Knast!«, fügte Mia hinzu.

Dana kicherte. »Dann kannst du dich mit Fiete zusammentun.«

»Wer ist denn nun dieser Fiete?« Mia rutschte unruhig auf dem Sofa hin und her.

»Fiete Larsen«, klärte Dana Mia auf.

»Der Knacki?« Mias Stimme klang schrill.

» Schluss jetzt! Er ist ein lieber Junge und ein guter Arbeiter.« Swantje bereute, ihren Schwestern von der Brennerei im Keller erzählt zu haben. Ihr Vater hatte sie schon früher davor gewarnt.

Mia kam auf die Schnapsbrennerei zurück. »Du stellst den Schnaps her? Heimlich?« Sie starrte auf die Flasche.

»Bisher nicht. Diese stammt noch aus Papas Herstellung.«

»Warum hat er dir ...?«

Swantje lehnte sich unsicher zurück. »Weil ich eben die Lieblingstochter war. Es hat sich so ergeben, weil ich viel Zeit mit ihm verbracht habe.«

»Ich dachte, ich ...« Dana hustete. Swantje sah in die Gesichter ihrer älteren Schwestern. Fast taten sie ihr leid. Beide sahen sie enttäuscht, fast frustriert an. Swantje öffnete den Mund, um etwas zu sagen. Dann zögerte sie und genoss die Aufmerksamkeit.

»Er hat alle geliebt, dabei hat er jeder von uns das Gefühl gegeben, die Beste zu sein«, schloss Swantje die Diskussion.

Mia griff zur Flasche und füllte die Gläser neu. »Auf unseren Papa!«, rief sie tränenerstickt. Dana und Swantje stießen versöhnlich mit an.

Plötzlich begann Dana zu lachen. »Unser Nesthäkchen. Stellt einen Knacki ein und ist eine versierte Schnapsbrennerin.«

»Du sollst nicht so über Fiete reden, wann kapierst du das endlich? Er hat bei mir eine Chance bekommen, und ich bin sicher, er wird mich nicht enttäuschen.«

»Von wem hast du nur diese Gutgläubigkeit geerbt?« Mia betrachtete ihre Schwester verwundert.

»Warum fragst du nicht, woher ich die Naivität habe? Das ist es doch, was du meinst.« Swantje konnte es nicht ausstehen, wenn ihre Familie sie für dumm hielt. Sie hatte ihr Leben besser im Griff als alle anderen Familienmitglieder.

»Quatsch, meint sie nicht«, warf Dana ein. »Warum verhalten wir uns nicht endlich wie erwachsene Menschen?«

»Entschuldige, Swantje. Ich habe es nicht so gemeint.« Mia sah sie schuldbewusst an.

»Zuerst sollten wir dein Kosmetikstudio retten.«

»Für Notrufe ist doch Jannis zuständig.« Dana kicherte.

»Also, das interessiert mich aber jetzt. Ist er dein Neuer?«

»Nein. Das Stichwort hieß Kosmetiksalon«, antwortete Swantje.

Mia seufzte. »Ich fürchte, es gibt keine Lösung. Er hat die Räume bereits neu vermietet.«

»An wen denn? Wer braucht einen vollausgestatten Salon?«

»Na, eine Kosmetikerin. Die zufällig die Neue von Albert ist.«

»Du sagtest doch, du weißt nicht, warum er dich verlassen hat.«

»Stimmt ja auch. Ich weiß nicht, was die an sich hat, dass er mich dafür verlässt.«

Dana stöhnte auf.

»Es fehlt nur noch Stine, dann ist das Katastrophenquartett vollständig.«

Mia sah Dana an.

»Wieso? Gibt es bei dir auch Probleme?«

Dana druckste herum, sodass Swantje erstaunt aufsah. Hatte sie etwas nicht mitbekommen?

»Ich weiß nicht, ob ich für das Singleleben gemacht bin, aber ich kenne niemanden, mit dem ich Freud und Leid teilen möchte.« Dana, die offenbar stets bemüht gewesen war, allen eine glückliche, selbstständige Frau vorzuspielen, sank verzweifelt in die Kissen.

»Da können wir von Glück reden, dass Stine mit ihrem Freund ein Leben führt, das wir alle gerne hätten.« Mia legte einen Schnaps nach.

»Prost, auf die Hansen-Mädels!«

Swantje lehnte den Alkohol ab. Sie vertrug ihn nicht so gut wie ihre Schwestern. Die hatten jedoch auch bereits einen leichten Schwips. Sie blickten Swantje beide durchdringend an.

»Wenn wir uns schon unsere Gefühle offenbaren, dann bist du, Swantje, auch mal dran«, erklärte Mia bestimmt.

Swantje sprang auf.

»Lasst mich doch in Ruhe mit eurem Weiberkram.« Vorwurfsvoll sah sie auf Mia herunter.

Dana grinste unterdessen ununterbrochen.

Plötzlich klopfte es an der Tür.

»Hallo, meine Töchter, ich habe Feierabend. Swantje, alle Kisten verkauft.«

Swantje bot ihrer Mutter Kaffee an. Erschöpft ließ Ilse sich auf das Sofa plumpsen. Ihre Augen weiteten sich, als sie den selbstgebrannten Schnaps entdeckte.

»Ihr trinkt am helllichten Tag?«

Dana kicherte vor sich hin. Mia hielt es offensichtlich für besser zu schweigen.

Aufgehübscht

Swantje durchwühlte ihren Kleiderschrank. Auch wenn sie keine große Lust verspürte, Dana auf die Party zu begleiten, wollte sie doch nicht wie eine graue Maus dort erscheinen. Trotz der heißen Dusche war sie durchgefroren und fühlte sich wie ein lebendiger Eisklotz. Die frühe Fahrt hinaus auf das Meer war bitterkalt gewesen. Fiete war es nicht besser ergangen. Der April bot für die Fischer bezüglich des Wetters so manche Überraschungen. Der Nachtfrost lag noch sichtbar auf den Feldern, als Swantje und Fiete hinausgefahren waren. Dementsprechend zeigte sich auch die Nordsee. Der atemberaubende Sonnenaufgang hatte sie dann aber reichlich entschädigt. Das frühe Aufstehen und die unbarmherzige Kälte waren vergessen.

»Fiete!«, hatte sie gerufen. »Wer kann schon sagen, dass er der Sonne entgegenfährt?«

Fiete hatte zustimmend genickt. »Wir!« Sie hatten vergnügt gelacht, bis die Kälte ihnen das Lachen vereitelte. Müde waren sie heimgekehrt, um ins Warme zu gelangen. Das Meer hatte seine Bewohner behalten, die Netze waren beinahe leer geblieben. Swantje hatte es mit einem Schulterzucken abgetan. Es gab zwischendurch immer mal Tage, an denen die Fischerei erfolglos war. Fietes Enttäuschung darüber wog währenddessen schwer, weil er zunächst dachte, er habe einen Fehler gemacht. Bis sie ihn vom Gegenteil überzeugt hatte.

Swantje hielt nacheinander verschiedene Kleidungsstücke hoch, die der Schrank hergab. Sollte sie ein Kleid anziehen? Oder doch lieber die neue Jeans? Dazu eine Bluse mit tiefem Ausschnitt?

Ohne anzuklopfen stürmte Mia herein. Dies geschah in den letzten Tagen öfter. Swantje musste dem bald Einhalt gebieten.

»Schwesterherz, ich bleibe in Büsum!«

Swantje sah Mia an, als ob diese den Verstand verloren hätte.

»Wann hast du denn diese Entscheidung getroffen?«

»Eben mit Mutti besprochen.«

»Herzlichen Glückwunsch, ich freu mich für dich«, sagte Swantje wenig überzeugend.

Mia sprudelte aufgeregt drauflos.

»Ich muss eine Spedition finden, die kostengünstig meine Saloneinrichtung von Berlin holt. Ich werde mich in Büsum oder vielleicht in Heide nach geeigneten Räumen umschauen.«

Dann war Büsum um eine Katastrophe reicher.

Swantje wunderte sich über die rasche Entscheidung. Mia war in der Regel so flexibel wie ein Busfahrplan. Nun wollte sie ihrer Wahlheimat Berlin den Rücken kehren?

»Du bist aber schnell mit deinem Entschluss.«

Mia lachte. »Nicht wahr? Hätte ich auch nicht für möglich gehalten. Ich hätte sogar Zeit, mit dir auf Krabbenfang zu gehen. Nimmst du mich mal mit?«

»Mal mit« bedeutete, dass diese Option noch in weiter Ferne lag. Damit konnte Swantje zurechtkommen. Sie erinnerte sich noch gut daran, wie Mia mit ihrem Vater hinausgefahren war. Hinterher musste er das Deck schrubben, weil Mia es nicht geschafft hatte, sich außenbords zu übergeben.

»Bei gutem Wetter kannst du gerne mit.«

Mia starrte verächtlich auf Swantjes Kleiderwahl. »Was sind das denn für unmoderne Klamotten? Willst du sie in die Altkleidersammlung geben?«

Swantje schnappte nach Luft, um nicht wütender zu werden, als es ihrer Schwester guttun würde. Mia sprach stets aus, was ihr in den hübschen Kopf kam. Eine Eigenschaft, die sie mit ihrer Mutter teilte.

»Ich suche etwas für die Party morgen«, antwortete Swantje bissig.

»So etwas aber nicht.« Mia taxierte die Figur ihrer Schwester. »Warte.« Mia eilte zur Wohnung ihrer Mutter und kam wenige Minuten später mit einem roten Kleid zurück. »Ich habe es mir gekauft, um unseren Jahrestag zu feiern. Wie du weißt, ist alles anders gekommen. Ich werde es sowieso nie tragen.«

»Rot!«, sagte Swantje trocken. »Da erkennt mich zumindest niemand.«

»Passt super zu deinen Haaren.« Mia nickte zufrieden.

»Ich weiß nicht. Außerdem habe ich keine passenden Schuhe.« Mia legte den Kopf schief, als ob sie überlegte.

»Wozu haben wir ein gut sortiertes Schuhgeschäft in Büsum? Sollte dir das Kleid passen, gehen wir gleich in die Einkaufsstraße, dann schauen wir, ob es etwas Schönes gibt.«

»Mir ist so kalt, ich gehe heute nicht mehr vor die Tür.«

»Stell dich nicht an, du bist doch abgehärtet. Da wird dich ein Stadtbummel nicht umhauen.«

Widerwillig schlüpfte Swantje in das Kleid. Wider Erwarten war sie beeindruckt, wie gut es ihr stand. Tatsächlich gefiel ihr der schwache Kontrast zu ihren Haaren. Das Kleid war knielang und figurbetont. Ein Traum aus Seide umschmeichelte die Konturen ihres sportlichen Körpers umwerfend. Die Füße steckten noch in dunklen Wollsocken, die einen starken Kontrast zu dem eleganten Fummel bildeten.

»Stiefel wären optimal«, meinte Mia zuversichtlich.

»Der Gestiefelte Kater? Nee, lieber flache Schuhe.«

»Flach?« Mia schüttelte den Kopf. »Kommt nicht in die Tüte. Absätze müssen schon sein«, erklärte sie. »Darf ich dir ein Make-up zaubern? Das würde das Ganze noch abrunden.«

Swantje hatte ihre Zweifel, aber in Sachen Mode vertraute sie ihrer Schwester. Wenn sie schon zu dieser Party gehen musste, warum nicht mit Stil? Sie drehte sich vor dem Spiegel. Das angenehme Material schmeichelte sanft ihrer Haut. Verzückt lächelte sie ihrem Spiegelbild zu. Mia sah in die leuchtenden Augen ihrer Schwester.

»Es gefällt dir? Du bist wunderhübsch, weißt du das?«

»Danke, Mia, aber wir wollen doch nicht gleich übertreiben.« Swantje lachte unsicher. »Ich hätte tatsächlich gern ein Make-up von dir, aber wir probieren heute, ob es mir steht.«

Mia drehte auf dem Absatz um.

»Bin gleich wieder da!«

Beladen mit einem riesigen Kosmetikkoffer kam Mia kurz darauf wieder ins Schlafzimmer geeilt. »Setzen«, befahl sie.

Swantje ließ die Prozedur über sich ergehen, als Mia ihr mit Pinsel und Puder auf den Leib rückte. Konzertiert malte Mia Konturen und legte ein Finish auf. Swantje fühlte sich benebelt von den Düften der hochwertigen Produkte. Endlich gab Mia den Blick auf den Spiegel frei.

Swantje musste zweimal hinsehen, ob dieses Spiegelbild wirklich zu ihr gehörte. Sie stieß fast mit der Nase gegen den bodentiefen Spiegel und suchte verwundert nach der Swantje Hansen, die sie kannte. Mia betrachtete sie Beifall heischend aus dem Hintergrund. Sie war offenbar von ihrer Arbeit überzeugt.

»Muss ich mir einen Spachtel aus dem Keller holen, um dieses Kunstwerk loszuwerden?«

»Du bist sonst immer ungeschminkt, daher empfindest du es als ungewohnt. Im Laufe des Tages hast du dich daran gewöhnt«, versicherte Mia fachmännisch.

»Du meinst damit abgefunden?« Swantje musste lachen. »Tut mir leid, aber so gehe ich nicht auf die Straße, erst recht nicht auf eine Party. Ich erkenne mich selbst nicht mehr.« Swantje fand die Frau im Spiegel ausgesprochen schön, aber das war nicht sie.

»Warte ab, du wirst viele Komplimente für dein Aussehen bekommen.«

Swantje dachte nicht daran, es auf einen Versuch ankommen zu lassen. Unter der Maske begann ihre Haut zu jucken. »Womit bekomme ich das Zeug runter?«

Mia lächelte milde. »Es gefällt dir gar nicht?«

»Nein!«

Erschrocken sah Mia zur Uhr.

»Wir müssen uns beeilen, das Schuhgeschäft schließt gleich. Zieh das Kleid aus, und ab geht's.«

»Ich muss mir vorher das Gesicht waschen«, protestierte Swantje.

»Später!« Mia trieb sie zur Eile. »Dich erkennt doch eh keiner.« Sie kicherte.

Swantje und Mia huschten durch den Regen die Einkaufsstraße entlang. Die Schuhverkäuferin sah wenig begeistert aus, als so kurz vor Ladenschluss Kunden hereinkamen. Mia störte es nicht weiter, sie ging an der Verkäuferin vorbei zu den Regalen mit den Stiefeln. Jedes Paar, welches sie hochhielt, quittierte Swantje mit hefigem Kopfschütteln. Unterdessen durchsuchte sie selbst die Auswahl und nahm Stiefel aus hochwertigem Leder aus dem Regal, die ihr den Atem raubten. Obwohl sie Stiefel abgelehnt hatte, gefiel ihr dieses Paar so gut, dass sie es unbedingt anprobieren musste. Anschmiegsam legte sich der Schaft um Swantjes schlanke Beine. Ihre Füße fühlten sich sofort zu Hause. Sie ging einige Schritte. Sie passten und waren wie für sie gemacht. Die Verletzung an ihrem Fuß war zum Glück inzwischen verheilt.

»Die sind es!«, rief sie Mia zu.

Die Stiefel hielten Mias kritischem Blick stand und Swantje überließ es der Verkäuferin, sie an die Kasse zu bringen. Mit dem Portemonnaie in der Hand schob Mia Swantje zur Seite. »Ich zahle.«

Swantje sah Mia mit großen Augen an.

»Warum ...«

»Keine Widerrede!«

»Danke«, hauchte Swantje.

Gut gelaunt verließen sie das Geschäft. Swantje hätte sogar ihre Bemalung vergessen, wenn nicht dieser Juckreiz gewesen wäre. Mia schlug einen Abstecher ins Brauhaus vor, sie glaubte, eine ehemalige Schulfreundin gesehen zu haben, die sie unbedingt begrüßen wollte.

Swantje hatte genug vom Trubel der Geschäfte. Sie zog die warme Stube vor.

»Du bist nicht böse, wenn ich nach Hause gehe?«

»Nein, natürlich nicht, ich fand es schön mit dir heute Nachmittag.«

»Ich wünsche dir viel Spaß.« Eine Weile sahen die Schwestern sich an. Mia nahm Swantje liebevoll in die Arme.

»Schön, dass es dich gibt«, flüsterte sie. Swantje spürte Tränen aufkommen. Mia musste sichtbar schlucken. In den Tagen seit Mia wieder da war, waren sie sich auf ihre ruppige Hansen-Art nähergekommen.

»Dito«, grinste Swantje. Zwar gingen sie jetzt getrennte Wege, aber ihre Herzen blieben verbunden. Jede nahm ein Gefühl von Heimat mit, dass sie bisher nie richtig füreinander empfunden hatten.

Lächelnd ging Swantje die Straße entlang und dachte an ihre ältere Schwester. Ein Zufall hatte die beiden zueinander geführt.

Es gibt keine Zufälle. Alles was kommen soll, fällt uns in die Hand.

Swantje drehte die Hände so, dass die Innenflächen nach oben gerichtet waren, dabei blinzelte sie in Richtung Himmel. Vielleicht fiel ja noch mehr herunter. Regen benetzte ihr Gesicht. Schnell steckte sie ihre Hände in die Jackentaschen.

Nicht undankbar werden, nicht gierig sein. Sei glücklich, wie es gerade ist!

»Das bin ich!« Swantje hielt das Gesicht in den Wind. Die kühle Brise legte sich angenehm auf ihre juckende Haut, eine Wohltat.

Ihr Weg führte sie am Hafen vorbei. Die Restaurants füllten sich zunehmend mit hungrigen Urlaubern. Die Osterferien trieben Scharen von Menschen an Büsums Küste. Swantje bog um die Ecke und ging am Fischrestaurant vorbei. Kindergeschrei, lautes Lachen und Gesprächsfetzen begleiteten ihre Gedanken, ohne sie zu stören. Eine Erschütterung holte sie unerwartet ins Hier und Jetzt zurück. Sie war gegen einen Passanten geprallt. Es gab Momente, in denen sie die rücksichtslosen Touristen in die Wüste wünschte.

»Hoppla, kleine Fischerin, wovon träumst du?«

Swantje verlor das Gleichgewicht. Ob es daran lag, dass die Wucht des Zusammenstoßes sie taumeln ließ? Womöglich war es aber auch die unverhoffte Kollision mit Jannis. Fürsorglich half er ihr, das Gleichgewicht zu finden, indem er sie festhielt. Dabei strahlten seine Augen sie belustigt an.

Swantje drehte sich aus seinem Griff heraus und funkelte ihn verärgert an. Sofort ließ er sie los. Swantje spürte, dass dort, wo seine Hände ihr Halt gegeben hatten, ein Prickeln auf der Haut zurückgeblieben war. Verstohlen rieb sie ihren Arm.

»Bestimmt nicht davon, auf dich zu treffen«, zischte sie. Jannis lachte und erregte damit die Aufmerksamkeit der Passanten, die an ihnen vorbeischlenderten.

»Damit hätte ich jetzt auch nicht gerechnet. Ist aber trotzdem schön, dich zu sehen.« Er sah ihr ins Gesicht und wirkte irritiert. Er beugte sich leicht zu ihr herunter, um sie besser in Augenschein nehmen zu können. »Du siehst irgendwie verändert aus.« Jannis legte den Zeigefinger auf sein Kinn und gab vor zu überlegen.

»Meine Schwester ...«

»Ihr seid in schlecht Wetter geraten?«

Swantje atmete tief durch. Jannis schien ein Donnerwetter zu erwarten, denn er sah sie schuldbewusst an. Resigniert antwortete Swantje:

»So ungefähr.«

»Warte mal«, Jannis holte ein sauberes Taschentuch hervor. »Ich vermisse deine Sommersprossen«, sagte er schmunzelnd. Er legte seine warme Hand in ihren Nacken. Zu keiner Bewegung fähig, ließ sie ihn gewähren. Wieder empfand sie dieses Kribbeln.

Zuerst vorsichtig, dann etwas kräftiger, begann Jannis die Schicht in Swantjes Gesicht abzureiben.

»Dafür werde ich einen Spachtel brauchen«, nuschelte Swantje, ohne die Lippen zu bewegen. »Du ruinierst dein Taschentuch.« Sie spürte seinen Atem, der ihre Haut streifte. Swantje befürchtete, die Kontrolle über ihre Beine zu verlieren.

»Da, ich erkenne dich wieder!« Jannis gluckste.

Swantje wurde die Zuwendung unerträglich. Sanft aber bestimmt hielt sie seine Hand fest und hinderte ihn daran, ihr weiter im Gesicht herumzuwischen. Beide versanken in den Augen des anderen und vergaßen die Welt um sich herum.

Swantje versuchte fieberhaft, sich von ihm zu lösen. Doch ihr Körper wollte sich nicht bewegen. Wie war das nur möglich, schließlich kannte sie Jannis lange genug. Nie waren ernsthafte Gefühle im Spiel gewesen.

Sie gab sich einen Ruck und rückte von ihm ab. »Hast du nichts Wichtigeres zu tun, als hier in der Fußgängerzone Frauen von ihrem Make-up zu befreien?« Ihre Stimme klang vorwurfsvoll.

»Doch, aber nichts Schöneres.« Jannis lachte sie an.

»Dann tust du mir leid.« Swantje ging an ihm vorbei und ließ ihn stehen. Mit langen Schritten holte er sie ein. Swantjes Versuch zu entkommen, scheiterte jedoch.

»Warum läufst du mir davon?«, fragte er keuchend.

Swantje blieb abrupt stehen und sah ihn an. »Ich weiß es nicht«, flüsterte sie.

»Okay, jede andere Antwort hätte ich nicht akzeptieren können.

Swantje grinste verlegen. »Dann bin ich froh, die richtige gefunden, zu haben.«

»Wann lässt du den Richtigen in dein Herz? Kleine Fischerin?«

»Sobald ich Platz darin gefunden habe.«

Jannis sah sie nachdenklich an. Seine Augen taxierten die ihren.

Swantje bemerkte, dass sie errötete und hoffte, dass genug Makeup übriggeblieben war, um es zu verdecken. Ihre Wangen brannten wie Feuer.

»Wenn es soweit ist, setzt du dann einen Notruf ab?«

Plötzlich wurde Swantje übermütig. »Du meinst, bei Notruf Liebe, oder so?«

Jannis‘ warmherziges Lächeln berührte Swantje und traf sie wie ein Blitz.

»So ähnlich, ja.«

Sie betrachtete sein ebenmäßiges Gesicht mit den hohen Wangenknochen. Es hatte sich eine tiefe Falte über der Nasenwurzel gebildet. Der Wind zerrte an seinen dunklen Haaren. Mit einer leichten Handbewegung versuchte er, sie zu bändigen.

»Ich muss gehen, war schön, mit dir zusammengestoßen zu sein.«

»Dito. Bis bald.« Zögernd reichte sie ihm die Hand zum Abschied.

Swantje ging langsam weiter. Jannis' Nähe war immer noch spürbar, als ob er neben ihr ging. Sie drehte sich suchend um, um sich zu vergewissern, dass er ihr nicht folgte. Er war in Richtung Einkaufsstraße verschwunden.

Die Begegnung mit Jannis hatte unvergängliche Spuren hinterlassen. Aufgewühlt und verwirrt hatte sie es eilig nach Hause zu kommen. Sah man ihr an, dass sie den Halt verloren hatte? Die Sicherheit, die sie nach außen hin immer ausgestrahlt hatte, verlor sich in ihren Träumen. Es schien, als ob sie schwankte. Wenn Liebe diese Wirkung auf sie hatte, wollte sie lieber darauf verzichten.

Liebe? Wie kommst du denn auf die Idee?

Swantje führte einen Kampf, den sie gewinnen wollte. Liebe bedeutete für sie eine Abhängigkeit, in die sie sich nicht begeben wollte.

Zu Hause angekommen, ging sie zielstrebig in die Wohnung ihrer Mutter. Sie fand sie im Wohnzimmer vor dem Fernseher, in ihre Lieblingssendung vertieft. Auf dem kleinen Beistelltisch hatte sie eine Flasche Bier bereitgestellt. Als ob sie auf die Rückkehr ihres Mannes wartete. Das tat sie manchmal, um ihrem verstorbenen Mann näher zu sein. Swantje setzte sich auf den Schaukelstuhl, damit sie ihre Mutter ansehen konnte.

»Guten Abend, Liebes. Du siehst müde aus. Alles in Ordnung mit dir?« Ilse griff zur Fernbedienung und schaltete die Sendung aus. Sie legte ihre Hände in den Schoß und wartete.

»Es war ein langer Tag.« Schweigend betrachtete Swantje ihre Mutter. Ilse Hansen sah, trotz der entbehrungsreichen Jahre, die hinter ihr lagen, immer noch jung aus. Ihren blauen wachsamen Augen entging nie etwas. Offenbar erkannte sie auch sofort, dass der Besuch ihrer Tochter schwerer wog, als es sonst der Fall war. Sie drängte Swantje nicht. Die Mutter wusste, wann es ratsam war zu schweigen. Auch wenn es für gewöhnlich nicht zu ihren Stärken gehörte. Sie fuhr sich mit den Fingern durch die grauen kurzen Haare. Der einzige Hinweis darauf, wie angespannt sie in Wirklichkeit war. Die schmalen Lippen fest verschlossen, sah sie ihrer Tochter entgegen.

»Mama, erzählst du mir noch einmal eure Geschichte?«

Ilse lächelte versonnen. »Die von Papa und mir?«

Swantje nickte hefig. »Ich höre sie so gerne.«

Ilse lachte. »Dann kommst du vor Mitternacht nicht ins Bett. Aber ich kann sie verkürzen.«

»Bitte nichts weglassen, Mama. Ich kann ohnehin nicht schlafen.«

Ilse ging in die Küche, um eine Flasche Rotwein zu holen. In aller Ruhe füllte sie die Gläser, stellte Käsewürfel dazu und ließ sich in ihren Sessel nieder. Bedeutsam nahm sie einen Schluck, bevor sie begann.

Tristan und Ilse

»Ilse! Wo steckst du wieder?« Ilse zuckte zusammen, als die Stimme ihres Mannes Michele durch den Gastraum dröhnte. Sie eilte ihm lieber nicht entgegen, die Gefahr, dass ihm die Hand ausrutschen würde, war geringer, wenn sie im Gastraum ihres italienischen Restaurants blieb. Im Beisein der Gäste hatte er sie noch nie geschlagen. Demütigungen ja, aber handgreiflich war er noch nie geworden, wenn Gäste anwesend waren.

Ilse setzte ein Lächeln auf und rief: »Ich bin hier, Michele!« Eilig räumte sie Tisch fünf ab, damit er nicht bemerkte, dass sie minutenlang aus dem Fenster gestarrt hatte. Die Gäste vom Tisch acht beobachteten Ilse dabei, wie sie in Windeseile die Teller zusammenräumte.

Die Familie Keller war Stammgast und hatte schon oft die Stimmungsschwankungen ihres Mannes miterlebt. Offenbar belustigten sie die Kapriolen Micheles. Ein Italiener hatte nun mal ein aufbrausendes Temperament, das gehörte zu einem authentischen Restaurant dazu.

Ilse fuhr mit der freien Hand durch ihre lockige Mähne. Michele hatte noch nicht mitbekommen, dass sie ihre Haare blond gefärbt hatte, ihre Naturfarbe. Er hatte damals auf schwarzen Haaren bestanden. Ilse war regelmäßig ins Haarstudio gefahren, um die hellen Ansätze einfärben zu lassen. Heute Morgen war sie sehr früh zum Frisör gegangen, um dies endgültig zu ändern. Ihre Angst vor ihrem Mann ignorierend, hatte sie sich ihr Aussehen zurückgeholt. Ilses helle Gesichtshaut und ihre blauen Augen sahen nun stimmig aus. Und Ilse hatte die Frau, die sie einmal gewesen war, im Spiegel der Friseurkabine wiedergefunden. Wenn auch nur äußerlich. Innerlich war sie längst nicht mehr die lebenslustige Frau, die sie gewesen war, bevor sie Michele geheiratet hatte.

Vielleicht hatte sie ja Glück und er merkte es nicht gleich. Damit hätte sie einen kleinen Aufschub der Auseinandersetzung gewonnen.

»Ilse, verdammt noch mal, wo ...« Michele stand nun direkt vor ihr. Sein aufgedunsenes Gesicht lief rot an. Wie hätte Ilse auch hoffen können, dass er die Veränderung an ihr nicht bemerkte? »Was hast du ... mit deinen Haaren angestellt?« Micheles Augen veränderten sich und wirkten einige Nuancen dunkler. Zornig starrte er seine Frau an.

Ilse bemühte sich, ein strahlendes Lächeln hervorzubringen. »Schatz, es war ein Versuch, mir gefällt es!« Sie schluckte die aufkommende Angst herunter. Ihre Stimme brach. »Ich kann es auch wieder ändern, wenn es dir ...«

Michele trat nahe an sie heran. Dabei umklammerte er ihren Oberarm, sodass Ilse aufschrie.

»Du siehst aus wie eine Hure!«, zischte er gefährlich in ihr Ohr. Ilse spürte, wie ein eisiger Schauer ihren Körper gefangen hielt. Er würde doch nicht ... im Gastraum ...? Michele drehte seinen schweren Körper so, dass Tisch acht nur seinen breiten Rücken sehen konnte. Dann bog er ihren Mittelfinger so weit nach oben, dass Ilse fürchtete, er würde brechen. »Wenn du noch einmal schreist, kannst du dich von deinem Finger verabschieden.«

Ilse brach in hysterisches Lachen aus. »Alles klar, mein Bärchen, ich liebe dich auch!«

Mit einem Ruck ließ er sie los. Mit erhobenem Kopf verschwand er in die Küche. In den letzten Jahren hatte Michele sein Gewicht verdoppelt, die gedrungene Figur wirkte wie eine Kugel ohne Hals.

»Den Teufel werde ich tun«, flüsterte Ilse. »Eher sterbe ich.« Mit einem geübten Lächeln nickte sie den Gästen zu, die offenbar aufmerksam geworden waren, und eilte in die Küche. Sie wollte nicht riskieren, dass Michele noch wütender wurde.

Ilse hatte Michele vor gut zehn Jahren kennen und lieben gelernt.

Damals war er ein liebevoller, aufmerksamer Mann gewesen. Seine humorvollen braunen Augen hatten es ihr besonders angetan. Entgegen den Meinungen ihrer Familie hatte sie sich in die Arme des Mannes aus dem sonnigen Süden geflüchtet. Sie hatte auf eine Ausbildung verzichtet und die Leitung des Restaurants übernommen, während Michele in der Küche der Chef war. In Büsum durfte er sich wachsender Beliebtheit erfreuen. Urlaubsgäste genau wie Einheimische schwärmten von der Kunst des Italieners. Er kochte nicht einfach nur. Er schuf genüssliche Gaumenfreuden, die weit über die Grenzen des kleinen Ortes am Meer hinaus bekannt waren. Ilse hatte seine unbekümmerte, fröhliche Art geliebt. Michele hatte ihr gezeigt, wie begehrenswert sie war. Sie gab ihrer Kinderlosigkeit die Schuld an Micheles Wutausbrüchen. Er hatte sich gewünscht, dass eines Tages seine Söhne die Erfolgsgeschichte des Restaurants fortführten. *Vianello & Sohn*. Davon hatte er geträumt. Früher hatten Ilse Selbstvorwürfe gequält, aber inzwischen wusste sie, dass es nicht an ihr gelegen hatte. Michele war nicht in der Lage Kinder zu zeugen. Eine Tatsache, die er nie eingestehen konnte, daher war es Ilses Bürde geworden, die Schuld an ihrer Kinderlosigkeit zu tragen.

Ilse war eine schöne Frau, die über die Jahre ihr Selbstbewusstsein verloren hatte. Viel schlimmer wog jedoch der Verlust der Selbstbestimmung in ihrem Leben. Michele überwachte kritisch jede Veränderung, die Ilse vollzogen hatte. Auch die, auf die sie keinen Einfluss hatte. Den seelischen Verfall, ihre Psyche. Er beschimpfte sie, schlug sie oder sperrte sie einfach im Keller ein, um sie weiter zu brechen. Für Ilse stellte sich längst nicht mehr die Frage, ob sie Michele noch liebte. Sie fragte sich nur noch, wie sie aus ihrem Gefängnis entfliehen konnte.

Nachdem ihre Eltern verstorben waren, gab es niemanden, der ihr Schutz gewährt hätte. Ihr Bruder hatte sich vor langer Zeit von ihr abgewandt. Ilse hatte Angst, eine Flucht in die Freiheit zu wagen. Michele würde ihr überall hin folgen.

Ilse stieß die Schwingtür zur Küche auf. Sie hätte damit rechnen müssen, dass Michele dort auf sie wartete. Vor Schreck ließ sie das schmutzige Geschirr fallen. Mit lautem Getöse landete alles auf dem Fußboden. Sie spürte, wie ihr Mann in ihre Locken griff und sie daran zum anderen Ende der Küche zerrte. Ilse fürchtete, dass ihre Kopfhaut sich von ihrem Schädel abtrennen würde, so sehr schmerzte es. Tränen der Angst flossen über ihre Wangen. Michele dachte nicht daran, sie frei zu geben. Sein Griff wurde noch fester. Das Küchenpersonal sah bedrückt auf seine Arbeit, kam Ilse aber nicht zur Hilfe.

»Entsorge die Schweinerei.« Er zeigte auf die zerbrochenen Teller. Ruckartig löste er seine Hand. Dabei wäre Ilse fast gestürzt. Ihr bleib nichts anderes übrig, als zu gehorchen. Mit dem Handrücken trocknete sie ihre Tränen und holte einen Besen aus der Abstellkammer.

»Die Gäste an Tisch acht wollen zahlten!«, rief Michele ihr zu. Dabei sah er ihr drohend in die Augen.

Wenig später stolperte Ilse in den Gastraum und lächelte gequält. Mit der Rechnung eilte sie zur Familie Keller.

»Achtundfünfzig Mark, Herr Keller, ich hoffe, es war alles in Ordnung?«

»Wie immer, danke Frau Vianello.« Herr Keller legte den Betrag auf den Tisch und nickte. Er zahlte immer auf den Pfennig genau. Auch diesmal hatte er den Betrag abgezählt und griffbereit. Er hatte noch nie ein Trinkgeld gegeben. Sie betrachtete seine manikürten Fingernägel, während Herr Keller die Rechnung beglich. Ein Duft von Zedernöl umgab Ilse. Frau Keller sah gelangweilt aus dem Fenster und beachtete sie nicht.

»Das freut uns, ich werde es an die Küche weitergeben«, sagte Ilse. Als Lars Keller plötzlich ihre Hand ergriff, erschrak Ilse.

»Wenn Sie irgendwann Hilfe brauchen, scheuen Sie sich bitte nicht, mich anzusprechen. Es gibt für alles eine Lösung, glauben Sie mir!« Lars Keller sah sie eindringlich an. Hektisch blickte Ilse zur Küchentür. Wenn Michele ... nicht auszudenken! Rasch entzog sie ihm die Hand.

»Ich weiß nicht, was Sie meinen, Herr Keller, aber danke für das Angebot«, presste sie mühevoll hervor.

Lars Keller nickte verständnisvoll und verließ das Lokal, nicht ohne Ilse einen Blick zuzuwerfen, der alles bedeuten konnte. Frau Keller sah ihren Mann unterdessen zornig an. Es gefiel ihr offensichtlich genauso wenig wie Ilse, dass er sich einmischte.

Was wollte er von ihr? Sah er in ihr ein leichtes Opfer? Oder sorgte er sich wirklich um sie? Er wollte doch nicht im Beisein seiner Frau ...? Sie traute sich nicht, den Gedanken zu Ende zu führen.

Ilse lächelte ihm nach. Wenn sie wirklich einmal in Not war, würde sie sich vielleicht an Lars Keller wenden. Aber sie war nicht in Not. Ilse hatte in den Jahren der Demütigungen durch ihren Mann lernen müssen zu vergessen. Vergessen, was ihr nahezu täglich angetan wurde.

Sie summte ein Lied, als sie Tisch acht abräumte.

Das Restaurant war ungewöhnlich leer für die Mittagszeit. Ilse konnte nur hoffen, dass Michele sie nicht dafür verantwortlich machte. Sie vergewisserte sich, dass die benachbarten Restaurants die gleiche Leere aufwiesen. Wo waren die Kunden? Hatten sie sich an den Strand verzogen, oder mieden sie Vianello bewusst? Sie lächelte, selbst wenn es so wäre, ihr konnte es nur recht sein. Sie schnappte sich die schmutzige Tischwäsche und begab sich in den Keller. Die dort wartende Bügelwäsche gab ihr ein Alibi, länger zu bleiben. Sie bügelte die Kochjacken ihres Mannes und träumte von einer besseren Zukunft. Heimlich las sie Liebesromane und hoffte auf den Prinzen, der sie aus dieser Hölle befreien würde. Das Bügeleisen blubberte leise, unterdessen hatte sie ein Ohr zur Kellertreppe gerichtet. Ilse stieg hinab in die Welt der Liebenden. Sie liebte ihre Bücher, die so weit weg von ihrer Realität schienen.

Als die Türglocke ertönte, stopfte sie ihr Buch unter die Schmutzwäsche und eilte in den Gastraum.

Mit geröteten Wangen empfing sie einen älteren Herrn, der lediglich nach der Adresse des städtischen Krankenhauses fragte. Ilse trat mit ihm vor die Tür und zeigte ihm den Weg.

»Vielen Dank, schöne Frau, wenn ich wieder in der Gegend bin, schaue ich gerne noch einmal bei Ihnen vorbei. Meine Frau liebt italienisches Essen.«

»Das freut mich zu hören, alles Gute und auf Wiedersehen!« Ilse drehte das Gesicht der wärmenden Sonne entgegen. Plötzlich bemerkte sie einen Jungen, der auf dem Bürgersteig hockte und sehnsüchtig in das Restaurant starrte. Sie grinste ihn an.

»Hast du Hunger?« Der Junge sah ihr unverhohlen in die Augen. Er war hübsch. Die schräg gestellten hellgrauen Augen lagen ruhig in ihren Höhlen. Lange schwarze Wimpern blinzelten ihr zu. Dabei rümpfte er die schmale Nase.

»Schon ..., aber ich habe mein Geld vergessen.«

»Vergessen? Oder besitzt du gar keins?« Ilse sah ihn offen an und erwartete eine Lüge zur Antwort. Der Junge senkte für eine Sekunde den Blick, um sie kurz darauf mit einem Blick anzusehen, bei dem ihr das Herz schwer wurde. Dieser schüchterne Blick erwischte Ilse unvorbereitet liebevoll.

»Ich habe kein Geld, du hast mich durchschaut.«

Ilse warf den Kopf in den Nacken und lachte vergnügt. Wann hatte sie zuletzt so lachen können?

»Hunger hast du aber trotzdem, hab ich recht?«

Der Junge, er mochte höchstens siebzehn sein, verzog seinen Mund zu einem schiefen Grinsen. »Stimmt!«

Ilse sah sich prüfend um. Michele war nicht in der Küche, sicher war er auf einen Sprung zu dem Nachbarn gegangen. Das tat er immer, wenn Leerlauf in der Küche herrschte.

»Geh dort in die Seitenstraße, da steht ein blaues

Fahrrad ...«

»Soll ich das für dich klauen?«

Ilse sah ihn mahnend an.

»Das ist meins, dort wartest du auf mich, verstanden?« Sie ließ ihn stehen und rannte in die Küche. Das Personal griff zwar nie ein, wenn Michele auf sie losging, aber auch sie konnte sich auf ihre Verschwiegenheit verlassen. Sie nahm einen Teller, befüllte ihn mit Nudeln, gab eine Kelle Bolognese Sauce darauf und kreierte auf die Schnelle einen Salatteller. Eine Gabel musste genügen. Als sie am Tresen vorbeiging, nahm sie eine gekühlte Cola mit.

Ihr Herz klopfte, als sie vollbeladen die Kellertreppe hinunterstolperte. Wenn Michele in diesem Moment erschien, musste sie eine Ausrede parat haben. Fieberhaft überlege sie. Fast wäre Ilse die letzte Stufe heruntergefallen. Mit dem Daumen in der Soße kam sie zum Stehen.

»Na, Ilse, das hast du anders gelernt«, flüsterte sie. Sie suchte nach einer Möglichkeit die Teller abzustellen, und entschied sich für den kleinen Beistelltisch, auf dem sie die Marmelade hortete. Mit dem Daumen im Mund suchte sie ein Tuch, um sich die Finger abzuwischen. Sie zog ein benutztes Handtuch aus dem Wäschehaufen. Als sie die Teller wieder aufnahm, klemmte sie schnell noch ein Glas Marmelade unter den linken Arm.

Der Junge erwartete sie mit staunenden Augen. »Toll! Wie hast du das alles so schnell hinbekommen?«

»Das hier ist ein Restaurant, schon vergessen?« Ilse grinste ihn an. »Ich bin Ilse«, sagte sie, als sie ihm den Teller reichte.

»Sieht aber lecker aus, Ilse! Ich heiße Tristan.

»Guten Hunger, Tristan.« Ilse lächelte vergnügt, als sie sah, mit welch großem Appetit Tristan sich über die warme Mahlzeit hermachte.

»Ich fürchte, es ist nicht mehr heiß, aber den Hunger wird es trotzdem stillen.« Sie sah zufrieden dabei zu, wie Tristan sein Essen in sich hineinstopfte. Er war schlank, aber drahtig und schien harte Arbeit gewohnt. Ilse betrachtete seine Hände. Sie waren feingliedrig, aber mit Schwielen versehen. Ein fauler Rumtreiber war er sicher nicht.

»Gerade warm genug«, murmelte Tristan mit vollem Mund.

Ilse hockte sich neben ihm auf den Treppenabsatz. »Kommst du aus Büsum?«

Tristan schüttelte den Kopf. Offensichtlich erlaubte seine Erziehung nicht, mit vollem Mund zu sprechen. Er schluckte, den letzten Bissen herunter. »Ich komme aus Flensburg, bin mit dem Fahrrad hier!«

Ilse staunte. »Mit dem Rad? Das ist aber ein weiter Weg für ein Mittagessen.«

Tristan zuckte mit den Schultern. »Ich brauchte einen Tapetenwechsel, da kam mir Büsum in den Sinn. Weit genug weg von zu Hause.«

Ilse sah sich vom Treppenabsatz aus um. »So schön sind diese Tapeten aber auch nicht!«, erwiderte sie ehrlich.

»Das ist der schönste Ort, den ich je gesehen habe.« Dabei sah er ihr tief in die Augen.

Ilse sah verschämt zu Boden. »Du übertreibst, hier ist es nicht schön.«

»Doch, ist es.« Tristan stellte den Teller auf die oberste Stufe. Er hielt das Glas mit der selbstgemachten Marmelade in den Händen. Dankbar sah er Ilse an. »Danke, ich werde immer an dich denken, wenn ich sie zum Frühstück auf mein Brot schmiere.« Er stutze, dann nahm er Ilses Hand in seine. Betroffen sah er auf die blauen Flecken an ihrem Handgelenk. »Wer war das?« Sein Blick verfinsterte sich.

Ilse entzog ihm die Hand und blickte sich ängstlich um. Michele, sie hatte ihn vergessen, wenn er sie hier sah, würde sie schlimmen Ärger bekommen. Rasch stand sie auf. »Du musst gehen«, sagte sie bestimmt.

Auch Tristan erhob sich. »Darf ich wiederkommen?« Er blickte flehend in ihre Augen und hielt ihren Blick für einen Moment in seinem gefangen. Fieberhaft überlegte Ilse, wie sie ihm erklären sollte, dass ein Wiedersehen nicht möglich war. Sie traf eine andere Entscheidung.

»Komm am Donnerstag, da habe ich mehr Zeit!«, sagte sie stattdessen. Michele fuhr jeden Donnerstag zum Großmarkt und blieb den ganzen Tag weg. So konnte Ilse gefahrlos mit Tristan plaudern.

»Ich freue mich. Wir sehen uns Donnerstag. Die gleiche Zeit?«

Ilse überlegte. »Früher! Dann kann ich dir Büsum zeigen.«

Tristan strahlte sie an. »Es gefällt mir jetzt schon, Ilse!«

Sie verscheuchte ihn mit einer Handbewegung. »Geh endlich, und lass dich nicht anquatschen.«

Ilse sah auf die Uhr. So spät schon? Wenn Michele sie suchte, würde es erneut Schläge geben. Darauf hatte Ilse nicht die geringste Lust. In geduckter Haltung schlich sie die Treppe rauf. Das Geschirr entsorgte sie im Mülleimer. So musste sie ihrem Mann keine Erklärungen abgeben, falls sie auf ihn treffen sollte.

Dieser Junge, er war so nett gewesen. Trotzdem hatte etwas Wehmütiges in seinen Augen gelegen. Warum nahm er den beschwerlichen Weg von Flensburg nach Büsum auf sich? Mit dem Fahrrad!

Ilse summte ein Lied, um ihre Nerven zu beruhigen. Der Gastraum war leer. Die Einkaufsstraße, in der sich ihr Geschäft befand, wirkte verlassen. Es sah danach aus, dass es ein ruhiger Tag werden würde. Erst in den Abendstunden war mit neuen Gästen zu rechnen.

Tristan

Die Bundesstraße 200 führte direkt nach Flensburg. Tristan plagte ein schlechtes Gewissen. Er hatte Ilse erzählt, dass er in Flensburg wohnte. Dies entsprach nicht ganz der Wahrheit. Aber wer kannte schon den kleinen Ort, in dem er mit seinen Brüdern und seinem Vater einen landwirtschaftlichen Betrieb führte? Das Fünfhundertseelendorf lag weit ab der Großstadt Flensburg und hatte eine eigentümliche Infrastruktur. Ein Bäcker verkaufte Schrauben und Nägel, Toilettenartikel, und eine Abteilung für den wichtigsten Medikamentenbedarf gab es dort ebenfalls. »Klein Amerika« nannten die umliegenden Gemeinden diese Fleckchen Erde, welches kaum ein Fremder besuchte.

Tristan war von seiner Oma betreut und erzogen worden. Bis zu ihrem Tod war sie seine wichtigste Bezugsperson gewesen. Seine Mutter Monika hatte den Hof früh verlassen. Ihr war das Dorf zu klein geworden, bei der ersten Gelegenheit hatte sie sich mit einem Staubsaugervertreter davongemacht. Tristan hatte nie wieder etwas von ihr gehört. Seine Brüder Johann und Malte hatten beide eine Lehre machen dürfen und kamen nur zum Schlafen nach Hause. Tristan hatte das schwere Los gezogen, auf dem Hof die Rolle des Knechts zu übernehmen. Denn sein Vater Birger dachte nicht daran, die Zügel zu lockern und seinem jüngsten Sohn die Leitung zu überlassen. Im Gegenteil. Schließlich war Tristan nicht volljährig und hatte sich der Gewalt des Vaters zu unterwerfen. Während Johann und Malte sich im wohlverdienten Feierabend sonnten, musste Tristan die Felder bestellen.

Tristan umklammerte die Griffe des Fahrrades. Er hoffte, dass die

Kette nicht abging, so wie es bei seinem Ausflug in der vergangenen Woche passiert war. Es würde bedeuten, dass er nicht rechtzeitig zum Melken nach Hause kam.

Spätesten mit achtzehn wollte er sich vom Acker machen. Dann konnte auch die Hand seines Vaters nichts mehr ausrichten. Tristan spürte seine Rippen. Gestern hatte sein Vater ihn die Leiter vom Heulager heruntergestoßen. Weil er es nicht dulden wollte, dass Tristan ein Kätzchen dort hinaufgetragen hatte, damit es ein warmes Nest finden konnte. Birger Lorenzen mochte keine Katzen und erlaubte auch seinem Sohn keine Zuneigung zu den Samtpfoten.

Tristan trat in die Pedale. Der Schweiß lief ihm am Rücken herunter.

Sein verzerrtes Gesicht hellte sich auf. Er dachte an Ilse. Sie war so wunderschön. Ihre ehrliche Art hatte ihn berührt. Wie sie neben ihm gesessen hatte, in Jeans und bequemen Turnschuhen. Sie hatte auf eine liebenswerte Art zerbrechlich auf ihn gewirkt. Ilse! Ich muss dich wiedersehen.

Dann begann es zu regnen. Ein Lastwagen rauschte an Tristan vorbei. Dabei traf ihn ein Schwall Regenwasser und durchnässte ihn bis auf die Knochen.

»Auch das noch«, zischte er ärgerlich. Warum war er nicht einfach in Büsum geblieben. Sollte sein Vater doch sehen, wie er klarkam. Tristan verspürte einen Impuls umzukehren. Aber was dann? Ilse war verheiratet, das hatte er an ihrem Ehering gesehen. Ihre blauen Flecken am Handgelenk sprachen für Probleme. Durfte er ihr noch mehr Unannehmlichkeiten bereiten? In drei Tagen! Dann war Donnerstag. Er freute sich auf diesen Tag. Ilse hatte gesagt, dass sie ihm Büsum zeigen wollte. Durfte er sich auf einen schönen Tag einstellen?

Die letzten zwei Kilometer legte Tristan mit einem Lächeln im Gesicht zurück. Ilse!

Vor dem Ortsschild verlangsamte Tristan sein Tempo. Plötzlich hatte er es nicht mehr eilig. Er wusste schließlich, was auf ihn wartete.

»Moin Tristan!« Ole Hein versperrte ihm den Weg. Ole war sein bester Freund.

»Moin Ole, ich bin spät dran, die Kühe warten.«

»Dein Alter wohl auch, er lief heute wütend durchs Dorf und hat nach dir gerufen. Er hat dich gesucht.«

»Auch das noch«, stöhnte Tristan. »Ich war in Büsum, habe mir eine Auszeit gegönnt.« Sein Gesicht nahm einen verklärten Ausdruck an.

Oles Neugier war geweckt. »Hast du da was am Laufen?« Ole wusste immer sofort, was in Tristan vorging. Offenbar auch jetzt.

»Nee, quatsch.« Tristan druckste herum. »Wie sollte das denn gehen?«

Ole gab ihm einen freundschaftlichen Knuff. »Ich sehe es dir doch an. Irgendetwas ist mit dir!«

Tristan schob sein Fahrrad an Ole vorbei.

»Ich muss los, wir sehen uns!« Tristan stieg auf und ließ einen verdutzten Ole zurück.

Ole war ein guter Freund. Er erkannte stets sofort, wenn Tristan versuchte, etwas zu verheimlichen. Leider hatte Tristans Vater die gleiche Gabe. Er musste sich in Acht nehmen. Wenn herauskam, dass er in Büsum gewesen war, nahm sein Vater ihm auch noch das Fahrrad. Geld für den Bus hatte Tristan nicht. Er musste das geringe Gehalt, welches er von seinem Vater erhielt, abgeben. Birger Lorenzen verlangte Kostgeld. Für die schäbige Unterkunft musste Tristan eine hohe Miete zahlen. Tristan hielt die Schikanen seines Vaters nur aus, weil er sich fest vorgenommen hatte, wegzugehen, sobald er die Volljährigkeit erreicht hatte. Er freute sich aufs nächste Jahr, dann war es endlich soweit. Er hatte einmal versucht, seine Mutter ausfindig zu machen. Leider ohne Erfolg. Er war sich ohnehin nicht sicher, ob seine Mutter ihn aufnehmen würde. Sie hatte sich nie bemüht, Kontakt zu ihrem Sohn zu halten.

Er schob das Fahrrad in den Schuppen und stellte es dort ab. Sofort begab Tristan sich in den Stall, um die Tiere zu versorgen.

»Darf ich erfahren, wo du dich den ganzen Tag rumgetrieben hast?« Birger Lorenzen erschien drohend vor seinem Sohn.

Tristan dachte nicht daran preiszugeben, wo er gewesen war. Trotzig wählte er die Flucht nach vorn. »Bin ich dein Sklave? Das geht dich einen Dreck an, was ich in meiner Freizeit mache!« Tristan zitterte vor Wut. Er musste seinem Vater endlich die Stirn bieten. Offensichtlich brodelte in Birger der Zorn.

»Werd nicht frech, dummer Bengel!«, sagte er wütend.

Tristan hielt es für besser, seinen Vater stehen zu lassen und die Melkmaschinen anzuschließen. Ein Gespräch ergab ja doch keinen Sinn. Es musste etwas geschehen. Er sehnte sich nach Freiheit, und ... nach Ilse. Aber wie sollte er ein selbstständiges Leben finanzieren? Sein Vater ließ ihm keinen Pfennig, um zu sparen.

Gewissenhaft versorgte Tristan die Tiere. Sie konnten schließlich nichts dafür. Er liebte jedes einzelne von ihnen. Sie waren ehrlich, dankbar und abhängig von den Menschen. Tristan lag das Wohl der Stallbewohner am Herzen. Manchmal fühlte er sich mit ihnen verbunden. Nur dass es niemanden gab, der ihn umsorgte. Donnerstag! Ilse! Der Gedanke ließ ihn nicht mehr los.

Erinnerungen

Swantje sah ihre Mutter nachdenklich an. Dabei füllten ihre Augen sich mit Tränen. Sie zog die Knie hoch und umklammerte sie mit beiden Armen. Ilse war es anzumerken, wie sehr die Erinnerungen an ihren Mann schmerzten.

»Ich hätte nie gedacht, dass er einmal vor mir gehen muss, ich war fünfzehn Jahre älter als er.« Ilse versagte die Stimme. »Ich vermisse ihn so sehr, Swantje.« Zitternd setzte Ilse das Glas Wein an die Lippen. Dabei kräuselte sie die Nase. »Der ist gut. Du trinkst ja gar nicht?«

Swantje lächelte. »Stimmt, ich höre dir so gerne zu, ich vergesse dann alles um mich herum. Wie geht es weiter? Du hast nie erzählt, wie ihr es geschafft habt.« Sie nahm ihr Glas und trank einen großen Schluck.

Ilse lächelte. »Dein Vater hat den Wein auch immer in großen Schlucken runtergespült. Du bist ihm in vielen Dingen sehr ähnlich«, flüsterte sie gerührt.

»Ich weiß, Mama.«

»Du hast den gleichen Dickkopf wie Tristan. Für ihn war es wichtig, sonst hätte er nie das leisten können, was er erreicht hat.«

»Für mich ist es nicht weniger wichtig. Als Nesthäkchen musste ich mich gegen die großen, allwissenden Schwestern zur Wehr setzten.« Swantje kicherte kurz, dann hielt sie inne. »Wie war es möglich, dass ihr, die schreckliche Gewalt erfahren musstet, uns so liebevoll erzogen habt?«

Ilse sah auf die dunkle Bildschirmfläche des Fernsehers. »Das war nicht schwer. Wir wussten ja beide, wie es sich anfühlte, geschlagen zu werden.«

»Danke, Mama.«

»Hat es einen Auslöser gegeben, dass du hier bei mir bist und über die Vergangenheit plaudern möchtest?«

Swantje fühlte sich erwischt. Ihre Mutter erkannte Beweggründe sofort. Bei ihren Töchtern waren die Antennen besonders sensibel. Sie setzte alles daran, den Dingen auf den Grund zu gehen.

Swantje seufzte. »Kann schon sein.«

»Gibt es da jemanden?«

»Nein!« Swantje war noch nicht so weit, mit Ilse darüber zu sprechen. Sie wusste nur, dass sie in einer Beziehung genau so glücklich werden wollte, wie ihre Eltern es gewesen waren.

»Du weißt es noch nicht? Oder tatsächlich nicht?«

»Du hast nie erzählt, wie Papa zur Fischerei kam.« Swantje blieb ihrer Mutter eine Antwort schuldig.

»Mein Onkel war Fischer.« Ilse nahm den Themenwechsel auf. »Wir hatten nie richtigen Kontakt, aber er gab Tristan die Chance, auf seinem Kutter zu arbeiten. Tristan wurde sofort von der Leidenschaft zur Seefahrt angesteckt. Er hatte große Freude daran, sie bedeutete ihm die Freiheit, die er lange entbehren musste.«

»Wie hat dein Exmann es aufgenommen, dass du ihn verlassen hast?«

Ilse presste die Lippen fest aufeinander. Offensichtlich fiel es ihr schwer, darüber zu sprechen. Über den Teil ihrer Vergangenheit, von dem ihre Töchter nichts wussten. »Er hatte mich zwei Wochen in den Keller gesperrt, niemand wusste, wo ich war.«

Swantje stieß hörbar die Luft aus ihren Lungen.

»Tristan am allerwenigsten. Er dachte, ich hätte mich aus dem Staub gemacht.«

»Tja, Handys gab es damals noch nicht«, sinnierte Swantje.

»Das hätte er mir dann sicher abgenommen.«

Swantje musste nun doch schmunzeln. »Du siehst zu viel fern.«

»Aber nie Krimis, mein Leben war Krimi genug.« Ilse sah ihre Tochter beleidigt an.

»Entschuldige, war nicht so gemeint.«

Ilse senkte das Kinn auf die Brust. »Akzeptiert.«

»Wie ging es dann weiter?«

»Ich bin sehr müde, wir vertagen den Rest auf einen anderen Abend. Einverstanden?« Ilse sah Swantje beinahe flehend an.

»Wann?«, fragte Swantje, sie ließ nicht locker. Es war nicht das erste Gespräch, aus dem Ilse sich löste, die Erinnerungen belasteten sie zu sehr.

»Morgen?« Ilse klang wenig überzeugend, aber Swantje beschloss, ihre Mutter nicht weiter zu drängen.

»Um die gleiche Zeit!« Swantje erhob sich und setzte sich auf die Sessellehne zu Ilse.

»Sag mal Swantje, warum ist dein Gesicht so zugekleistert? Hat Mia dich bemalt?«

Swantje berührte ihre Wangen. Es juckte nicht mehr, darum hatte sie die Maskerade völlig vergessen. Sie spürte plötzlich Jannis' Taschentuch, mit dem er vorsichtig versucht hatte, ihr die Farbe abzuwischen.

»Sie hat es zumindest versucht«, erwiderte Swantje, »sie hat nicht gemalt, Mia nennt es dekorative Kosmetik. Dabei fällt mir ein, morgen Abend bin ich mit Dana auf einer Party, dann wird es nichts mit unserer Reise in die Vergangenheit. Schade.« Ein wenig bedauerte sie es.

»Dann eben ein anderes Mal, es läuft uns schon nicht weg.« Ilse schien erleichtert.

»Schlaf gut, Mama.« Swantje umarmte Ilse flüchtig und verließ das Wohnzimmer ihrer Mutter.

Mia und Dana lümmelten auf Swantjes Sofa und sahen ihr erwartungsvoll entgegen, als sie das Zimmer betrat. Mia trug ein Nachthemd und dicke Wollsocken, die Ilse abends vor dem Fernseher strickte. Alle hatten diese Schätze in ihren Kommoden. Swantje bevorzugte sie beim Fischen. Dana und Mia gingen damit ins Bett. Dana hatte einen Hausanzug angezogen. Haufenweise Kartoffelchips und Schokolade lagen auf dem Tisch verteilt. Kauend nuschelte Mia: »Kommst du jetzt erst vom Einkaufen?«

»Sicher, die Geschäfte haben mir die Tore geöffnet. Mitternachts-Shopping sozusagen.«

Dana sah an ihr vorbei. »Wo sind deine Errungenschaften?« Swantje kicherte. »Die werden mit der Morgenpost geliefert.«

»Wow ... wie bei reichen Leuten?« Mia klang beeindruckt. Sie konnte mit Ironie nichts anfangen und glaubte an den Bären, den Swantje ihr aufband.

Dana schlug spielerisch auf Mia ein. »Dir kann man auch alles erzählen.«

Swantje und Dana lachten Tränen.

Mia bemerkte, dass sie ihrer Schwester auf den Leim gegangen war. Belustigt stimmte sie in das Gelächter ein.

»Das habt ihr früher auch immer gemacht. Ich sollte euch nicht so ernst nehmen.

»Dafür habt ihr mich draußen beim Campingplatz an einen Baum gebunden, wenn Mama darauf bestanden hatte, dass ihr mich mitnehmt«, meinte Swantje.

Dana prustete los. »Stimmt, erst beim Abendbrot war uns eingefallen, dass wir dich vergessen hatten.«

»Weil ein Camper mein Wimmern hörte und mich nach Hause begleitet hat.« Swantje spielte die Empörte. »Die dazu passende Kriegsbemalung habe ich erst heute erhalten.«

»Deine Rache war aber auch nicht ohne«, erinnerte Dana. Swantje sah sie verständnislos an.

»Sag nicht, du hast es vergessen!«

»Verdrängt?« Swantje zuckte mit den Schultern.

»Du verteiltest Juckpulver in unserer Unterwäsche, wir konnten anschließend nicht in die Schule.«

»So etwas habe ich gemacht?«

»Ja!«, riefen die großen Schwestern im Chor.

Swantje schmunzelte. »Eigentlich war unsere Kindheit doch schön.«

»Vor allem lustig.« Dana kicherte.

»Auch wenn wir erst Jahre später darüber lachen können«, gab Swantje zu bedenken. »Warum belagert ihr eigentlich mein Wohnzimmer?«

»Weil es bei dir gemütlich ist!«, antwortete Dana.

Mias Miene verfinsterte sich. Sie schob Swantje einen Umschlag zu.

»Was ist das?«

»Lies selbst.«

Mit gerunzelter Stirn nahm Swantje den Brief. Erstaunt blickte sie ihre Schwestern an.

»Ein Anwalt aus Berlin? Was hast du angestellt?«

»Jahre meines Lebens einem Mann vertraut, der es nicht wert war«, knurrte Mia.

Swantje hielt den Umschlag hoch. »Der ist von deinem Romeo?«

»Vom Teufel persönlich, ja!« Mia ballte die Hände zu Fäusten. Fassungslos las Swantje die Zeilen der Anwaltskanzlei. Ihre Lippen formten tonlos die Worte, die dort niedergeschrieben waren. Schweigend gab sie Mia das Schreiben zurück. »Du musst bis nächste Woche Mittwoch den Salon geräumt haben? Wie ist der denn drauf?«

»Die Spedition kann den Auftrag erst Ende des Monats erfüllen. Ich dachte, das ist früh genug.« Mia wirkte unglücklich. »Selbst, wenn es früher ginge, weiß ich immer noch nicht, wohin mit der Einrichtung.«

»Puh! Er lässt nicht mit sich verhandeln?«

»Er geht nicht ans Telefon.«

»Du musst alles schriftlich hinterlegen, mit plaudern kommst du nicht weiter«, warf Dana mahnend ein.

Mia hob resignierend die Schultern. »Aber das kostet unnötig Geld.«

»Ich halte es nicht für unnötig. Du musst dich absichern. Die Anwälte verhandeln für euch und es wird bestimmt eine Einigung erzielt«, sagte Swantje besorgt.

»Erstens gib es kein *euch*, zweitens, bis nächste Woche bekomme ich keinen Anwalt, der mir diesen Aufschub erkämpft.«

»Aber ist der Brief nicht ohnehin viel zu kurzfristig bei dir eingegangen?«, fragte Swantje.

Mia seufzte. »Schon, aber das lag nicht am Anwalt. Der Nachsendeantrag hat nicht funktioniert.«

»Das ist doch Mist ...«, schimpft Dana aufgebracht.

»Heute ist Freitag«, überlegte Swantje laut. »Frühestens am Montag könntest du einen Anwalt aufsuchen ...« Swantjes Gesicht hellte sich auf. »Es sei denn ... Wozu hat Mama einen Anwalt in ihrem Freundeskreis? Sie soll ihn morgen mal anrufen.«

Dana und Mia starrten sie an. »Wen?«, fragten sie fast gleichzeitig.

»Na, Lars Keller! Er hat ihr damals geholfen, als ihr Exmann sie nicht gehen lassen wollte. Seitdem stehen unsere Familien in engem Kontakt.« Swantje war jetzt aufgeregt. »Der Brief könnte Dienstag auf dem Schreibtisch der gegnerischen Partei liegen.«

»Der gegnerischen Partei! Wie sich das anhört. Wir sind doch nicht im Krieg.« Mia schnaubte verächtlich.

»Nicht im Kartoffelkrieg, aber im Rosenkrieg, und du musst dabei besser wegkommen, als es dein Romeo plant.« Dana rutschte vor auf die Sofakante und sah Mia eindringlich an. Offensichtlich hatte Swantje sie mit ihrer Aufregung angesteckt. Auch Swantje setzte sich nahe an Mia heran, sodass sich ihre Schultern berührten.

Die beiden Schwestern waren bereit, für Mia einzustehen. In schwierigen Situationen zeigte sich eben doch, dass sie aus demselben Holz geschnitzt waren.

»Sollte alles nichts nützen, fahren wir gemeinsam nach Berlin und lösen deine Folterkammer selbst auf.«

»Soll ich den Behandlungsstuhl in meinen Mini verfrachten?« Mias Stimme klang schrill.

»Das wäre einen Versuch wert«, antwortete Swantje lachend. »Nein, ich besorge einen LKW. Fiete kann bestimmt auch mithelfen.«

»Jetzt bist zu ganz verrückt geworden, wer soll den LKW denn fahren?« Mia wirkte verzweifelt.

»Ich fahre ihn, glaubst du, ich kann nur Kutter führen?«, sagte Swantje.

»Das glaub ich jetzt nicht! Du?« Mia schluckte. »Ich wusste gar nicht, dass du einen LKW-Führerschein hast.«

»Nun weißt du es. Wenn Mama den Anwalt nicht erreicht, fahren wir Montagmorgen nach Berlin.«

»Einspruch, Swantje. Du musst doch bestimmt rausfahren und fischen?«

»Im Prinzip schon, aber wenn ich dir damit helfen kann ...«

»Dann zahle ich dir den Verdienstausfall.«

Swantje lachte vergnügt. »Das, liebe Mia, wäre dein Untergang.«

»So viel verdienst du?« Mia staunte.

»Eine Million Euro wollen abbezahlt werden, da darf ich nicht kleckern, sondern muss klotzen.«

»Ich kann das nicht annehmen!« Mia schüttelte energisch den Kopf.

»Doch, kannst du. Zur Bedingung mache ich nur, dass du den Pinsel im Kasten lässt.«

»Ich habe bereits bemerkt, dass es dir nicht gefällt, wenn ich dich schminke. Wenn ich ehrlich bin, mag ich dich auch lieber natürlich. Ein wenig Wimperntusche genügt, damit du der Männerwelt den Kopf verdrehen kannst.«

»Danke Mia, aber das Kleid darf ich ausleihen?«

»Ich schenke es dir, ist doch klar.«

Dana sah abwechselnd von einer zur anderen. Offensichtlich wunderte sie die Vertrautheit ihrer Schwestern, die es vorher nie gegeben hatte.

Swantje warf einen Blick auf ihre Armbanduhr, die ein Erbstück ihres Vaters war. Sie war eigentlich für ihre schmalen Handgelenke um einiges zu wuchtig. Aber sie trug die Uhr mit liebevollem Stolz zur Erinnerung an ihren Vater.

»Mama fragen wir gleich morgen früh, ob sie Lars Keller anruft und ihn bittet, ein Schreiben aufzusetzen«, schlug Swantje vor.

Die Schwestern waren sich darüber einig, dass es klüger wäre, ihre

Mutter mit der ersten Kontaktaufnahme zu beauftragen. Sie kannte den Anwalt am besten, und Lars konnte Ilse nie einen Wunsch abschlagen. Warum das so war, konnten die Geschwister nur vermuten. Ilse hatte nie darüber gesprochen. Aber wenn Lars in Ilses Augen sah, schwang etwas Geheimnisvolles mit. Sie vermuteten einen stillen Verehrer in Lars Keller. Vor Jahren war dessen Ehe gescheitert, aber der Kontakt zu Ilse war nie abgebrochen.

»Mädels, ich bin hundemüde, morgen liegt ein langer Tag vor mir. Es sei denn, Dana geht allein auf die Party von Vanessa.

Dana sprang sofort auf und zog Mia vom Sofa. »Nein, nein. Gute Nacht!«

Swantje sah ihren Schwestern schmunzelnd nach. Dana schien großes Interesse daran zu haben, dass ihre Schwester sie auf die Party begleitete. Swantje wäre es allerdings lieber gewesen, sie könnte den Abend mit ihrer Mutter verbringen und plaudern.

Die Party

Swantje kam sich ein wenig verloren vor unter den Partygästen. Das ungewohnte Kleid verbesserte ihre Stimmung auch nicht, obwohl sie es traumhaft schön fand. Zum Glück gab es genügend Alkohol, den sie seit zwei Stunden schlückchenweise in ihren ohnehin verkorksten Magen hineinbeförderte. Dana schien ihr Versprechen, sie nicht allein rumstehen zu lassen, vergessen zu haben. Swantje hatte Dana schon länger nicht mehr gesehen. Partys waren nicht Swantjes Ding, zumal die Gastgeberin Vanessa Lange hieß. Wo war Dana?

Sie ließ ihre Blicke durch den verqualmten Raum schweifen. Die laute Musik zerrte an ihren Nerven. Warum vertrug sie die Rockmusik, die unaufhaltsam aus billigen Boxen dröhnte, nicht? War sie mit vierzig Jahren etwa zu alt dafür geworden? Das wollte sie sich nun doch nicht eingestehen. Wie auf Kommando wippte ihr Fuß im Takt der Musik. Sie übte einen ausdruckslosen Gesichtsausdruck, wie er in ihrer Jugend in Diskotheken Pflicht gewesen war. Jetzt noch die Mundwinkel ein ganz klein wenig anheben, fertig war der Cool-Look. Besser fühlte sie sich trotzdem nicht. In der Hoffnung, man möge es ihr nicht anmerken, behielt die die Miene bei.

Da entdeckte sie Dana. Sie flirtete ungeniert mit dem Freund der Gastgeberin. Swantje stellte sich darauf ein, dass gleich eine mittlere Katastrophe auf Dana einstürzen würde und sie ihr zur Hilfe eilen musste. Vanessas schlagkräftige Argumente waren in Büsum bekannt.

Vanessa, die ihren Geburtstag feierte, war eifersüchtig auf jede Frau, die sich nur in die Nähe ihres Liebsten traute. Und Dana fuhr das volle

Programm. Sie tanzte engumschlungen mit Mark und rieb dabei ihre Schenkel provozierend an seinen. Mark schien es zu genießen. Er starrte Dana mit gierigen Augen an.

Na, Prost! Swantje nippte an ihrem Glas Weißwein. Sie hatte längst genug getrunken, aber was sollte sie sonst tun? Hier gab es niemanden, mit dem sie sich unterhalten konnte. Swantje legte auch keinen Wert auf oberflächliche Gespräche mit Gruseleffekt. Die unterschiedlichen teuren Düfte der anderen Gäste vergewaltigten ihre empfindliche Nase. Vielleicht wäre es besser gewesen, vorher Chinaöl unter die Nase zu reiben.

Eine bleierne Müdigkeit überkam sie. Der Zigarettenqualm reizte die Schleimhäute so sehr, dass ihre Augen tränten. *Ich sollte mich aus dem Staub machen.*

Vanessa hatte Dana und Mark offenbar noch nicht entdeckt, Swantje fürchtete, dass es nur eine Frage der Zeit war, bis ein Donnerwetter durch den Raum tobte. Direkt auf Dana zu. Sollte sie ihre Schwester warnen? Swantje vermutete allerdings, dass sie dabei keinen Erfolg haben würde. Sie könnte Vanessa suchen und sie irgendwie ablenken. Unauffällig schlenderte sie durch die Menge. Hier schien es niemanden zu geben, der halbwegs nüchtern war. Zumindest etwas , das sie mit den anderen teilte.

Ah ... da kam ein neuer Gast. Groß, breite Schultern, er überragte die anderen um Längen. Suchend sah er sich um. Als ihre Blicke sich trafen, fuhr Swantje der Schreck in die Glieder. Jannis! Jetzt kam er auch noch auf sie zu. Dieses strahlende Lächeln! Ihr Herz drohte polternd die Brustwand zu durchbrechen. Verdammt, wo sollte sie sich am besten verkriechen? Panisch suchte sie einen Ausweg. Überall lagen leere Flaschen herum. Sie war zu betrunken, um leichtfüßig darüber hinweg zu steigen. Swantje befürchtete, sich ihren Hals zu brechen. Also blieb sie einfach stehen und hoffte, Jannis bemerkte sie nicht.

Doch kurz darauf stand er strahlend vor ihr. Zu ihrem Entsetzten nahm er sie ohne Vorwarnung in die Arme, dabei wurde ihr schwindelig. Lag es an seiner Nähe oder war sie zu betrunken? Beides kam infrage.

Warum war er hier? Passte Vanessa in sein Beuteschema? Er hatte auf Swantje nie oberflächlich gewirkt. Sonst hätte sie sich nicht in ihn verknallt. Swantje riss die Augen auf bei diesem Gedanken. Hatte sie sich eben etwas eingestanden?

»Moin Jannis, das ist ja eine Überraschung«, stotterte sie verlegen. Ihr Blick suchte immer noch den Raum nach Fluchtmöglichkeiten ab. Die Beine drohten ihr den Dienst zu versagen. Gedanklich verfluchte sie den Alkohol und schwor sich, in Zukunft die Finger davon zu lassen. Sie vertrug ihn ohnehin nicht.

»Wie kommst du denn hier her?«, schrie er gegen die Musik.

Ich bin erpresst worden, aber warum bist du Gast dieser fragwürdigen Party?

»Ehrlich gesagt, habe ich nicht die leiseste Ahnung.« Sie konzentrierte sich auf das Amulett, welches an Jannis' Brustkorb baumelte. Er ging ohne dieses Anhängsel nie aus dem Haus. Swantje spürte, wie ihr Mageninhalt anklopfte. Wollte er etwa raus? Verdammt!

»Entschuldigst du ...«, der Satz blieb ihr im Halse stecken. ein Schwall ihres Mageninhalts ergoss sich über Jannis' Schuhe. Peinlicher konnte der Abend nicht werden. Mit aufgerissenen Augen starrte sie Jannis an. Er grinste über das ganze Gesicht. In seinem Beruf hatte er sicher Schlimmeres gesehen. Swantje irritierte es trotzdem, dass er nicht sauer war.

»Du warst schon immer für komische Zwischenfälle gut, aber heute finde ich, hast du den Vogel abgeschossen!« Schnell nahm er ihren Arm und führte sie vor die Tür. »Du musst an die frische Luft«, sagte er trocken.

Komisch, warum war plötzlich so viel Platz in diesem Raum? Ihr Magen schlug Purzelbäume. Jannis stieß die Tür mit dem Fuß auf und beförderte sie nach draußen.

Die wohltuende Nordseeluft schlug ihr entgegen. Schlagartig ging es ihr besser. Mit der Besserung kam jedoch auch ein heftiges Gefühl von Scham. Was machte sie hier, allein mit Jannis? In seiner Nähe fühlte sie sich zunehmend unsicher. Verwirrt sah sie an ihm hoch. Schon wieder dieses Grinsen. Machte er sich über sie lustig?

»Was gibt es da zu grinsen? Hast du auch noch ein anderes Gesicht?«, schimpfte Swantje.

Wie auf Knopfdruck verfinsterte sich Jannis' Miene. »So besser?«

»Viel besser. Die Schuhe ersetze ich dir natürlich. Sie presste ihre Lippen fest aufeinander.

»Ist nicht weiter schlimm, ich habe sie mir eh eine Nummer zu klein gekauft.«

Swantje lachte freudlos. »Dann kannst du von Glück reden, dass ich sie ruiniert habe.«

Ein warmes Lächeln, das auch Jannis' Augen erreichte, vernebelte ihre Sinne.

»Soll ich dich nach Hause begleiten?«

»Könntest du Dana hinaus bitten?«

Jannis sah zerknirscht auf seine Schuhe. »Ich glaube, damit«, er deutete auf ihre Hinterlassenschaften, »sollte ich nicht mehr durchs Haus gehen!«

Beim Anblick seiner Schuhe überkam sie erneut eine Welle der Übelkeit. Oh nein, was hatte sie nur angerichtet? Wenn das am Hafen die Runde machte! Jannis grinste sie verschmitzt an. Hatte er ihre Gedanken erraten?

»Von mir erfährt niemand etwas.«

»Danke, es tut mir wirklich unendlich leid. Das ist mir noch nie passiert ...«

Hinter ihnen flog mit einem Knall die Haustür auf und Dana stolperte auf die beiden zu. »Diese verrückte Kuh, als ob ich mir ihren Mark schnappen wollte!« Offenbar hatte Vanessa die beiden Traumtänzer erwischt und Dana kurzerhand vor die Tür gesetzt. Danas üblicherweise federnder Gang war einem Tippeln gewichen. Ihre grünen Augen waren durch den Alkohol blutunterlaufen und hatten ihren Glanz verloren.

»Swantje, meine Süße, soll ich dich nach Hause bringen, du siehst etwas mitgenommen aus!«

Swantje hielt die Luft an, als ihr Danas Atem entgegenschlug. »Gute Idee!«, brummte Swantje. Sie hakte sich bei Dana ein und zog sie fort. Weit weg von Jannis und der wütenden Vanessa.

»Du Swantje!«, jammerte ihre große Schwester gequält. »Mir geht es gar nicht gut!«

»Ach was, da wäre ich nicht drauf gekommen. Glaubst du, mir geht es besser?« Peinlicher hätte der Abend gewiss nicht enden können.

Dana stolperte neben ihr her und bettelte: »Geht noch ein Absacker im *Nordpol*?«

»Nein, wir gehen nach Hause«.

»Aber ich darf doch mit zu dir? Ich bin auch ganz leise!«, versprach Dana. Leise war zwar üblicherweise nicht Teil von Danas Wortschatz, aber Swantje ersparte ihrer Schwester einen Kommentar.

»Wenn's denn sein muss.«

Dana trank selten, aber wenn doch, mochte sie nicht alleine schlafen.

»Gibt es morgen frische Brötchen, Swantje?«

»Bestimmt, wenn du sie vom Bäcker holst, oder vielleicht erbarmt sich unsere fürsorgliche Mutter.«

Die Schwestern bummelten, sich gegenseitig stützend und kichernd, am Hafen entlang. Swantje blieb für einen Moment vor der Helene stehen und betrachtete fast liebevoll ihren Kutter.

Dana zog sie weiter. »Nun komm schon, du wirst noch früh genug deiner Lady das Meer zeigen.«

Dana betitelte die Sortieranlage als reine Folter. Für die wehrlosen Schalentiere gab es kein Entkommen mehr, wenn sie erst einmal in den Fängen der Netze hingen. Nach einer Weile erreichten sie das Fischerhaus der Familie.

Dana drängte Swantje, die Tür zu öffnen. »Lass uns endlich hineingehen, ich fühle mich nicht gut.«

Swantje schmunzelte. Beide vertrugen einfach keinen Alkohol. Sie verhielten sich leise. Ilse Hansen hatte einen leichten Schlaf, und sie wollten sie nicht wecken.

»Sag mal, war das Jannis Clausen eben? Ich wusste gar nicht, dass er in Vanessas Kreisen verkehrt, das passt nicht zu ihm.

Swantjes Magen verkrampfte sich. Nur nicht daran denken.

»Ich glaub, er sollte einen Freund abholen, oder so«, sagte sie leichthin, vermied es aber, ihre Schwester anzusehen.

»Er ist schnuckelig, nicht?«

Swantje seufzte. Sie verspürte keine Lust, über Jannis zu reden. »War es denn wirklich Jannis?«, fragte sie Dana und stellte sich ahnungslos.

Auf wackeligen Beinen stemmte Dana die Hände in die Hüften. »Du willst mir nicht weismachen, dass du ihn nicht erkannt hast?«

»Doch ... nein ... ich will nicht darüber reden. Lass uns endlich schlafen gehen, sonst wecken wir Mama doch noch auf.« Sie schloss die Tür auf, stülpte die Schuhe von den Füßen und ließ sie achtlos liegen. Die antike Wanduhr schlug. Es war drei Uhr. Zeit ins Bett zu gehen.

Geständnisse

Am Vormittag des nächsten Tages war Dana munter wie ein Fisch im Wasser und quatschte darauf los. Swantje stöhnte, zum Glück mussten sie Montag nicht nach Berlin fahren. Lars Keller hatte auf das Bitten ihrer Mutter sofort reagiert und mit Mia einen Brief verfasst, der sich gewaschen hatte. Albert sollte es nicht so leicht haben, Mia vor die Tür zu setzen. Es wäre sicher eine große Freude gewesen, ihre Freundin Ella zu sehen, aber nach dieser Nacht konnte sie sich beim besten Willen nicht ans Steuer setzten. Dafür musste sie zwar zum Fischen rausfahren, aber die Nordseeluft würde ihr nach diesem Abend guttun.

»Du, Mark ist ein unheimlich charmanter Mann, ich verstehe gar nicht, was er von Vanessa will. Die nervt doch mit ihrer Eifersucht.«

Swantje sah Dana mahnend an. »Läuft da doch etwas zwischen euch?«

Dana zog eine Grimasse. »Nee«, sagte sie gedehnt. »Aber er ist schon ein Hingucker, noch dazu kein Dummkopf wie die meisten ihrer Begleiter.«

»Hast du dich verliebt? Ich fürchte, da beißt du auf Granit. Vanessa passt auf ihn auf.«

»Sie kann ja nicht überall sein ...« Dana brach erschrocken ab. Offenbar wurde ihr bewusst, dass sie in Mark verknallt war. Schnell kam sie auf Jannis zurück. »Jannis hat aber bei dir auch Spuren hinterlassen, oder?«

»Unsinn, da war nie was und wird auch nichts sein.«

»Du warst damals verliebt in ihn. Ich kann mich noch gut daran erinnern, wie du im Teenageralter nächtelang von ihm geschwärmt hast.«

»Stimmt, aber das ist lange her.«

»Warum seid ihr nie ein Paar geworden?« Dana lag auf dem Rücken im Bett und drehte ihren Kopf zu Swantje.

»Er wollte mich eben nicht, das soll vorkommen.« Es fiel ihr schwer, Dana gegenüber ihre verwirrenden Gefühle einzugestehen.

Dana ließ nicht locker.

»Hattest du weiche Knie, als er vor dir stand?«

»Erst, nachdem ich meinen Mageninhalt über seine Schuhe verteilt hatte.«

Prustend richtete Dana sich auf, dabei stützte sie die Ellenbogen auf die Matratze. »Du hast was?«

»Ich wiederhole diese Peinlichkeit nicht.«

»Dafür war er aber ziemlich cool drauf.« Dana kicherte.

»Ich hab nicht drauf geachtet«, log Swantje. In Wahrheit wusste sie noch ganz genau, wie er sie mit seinen blauen Augen angesehen und liebevoll geschmunzelt hatte. Es kribbelte auf ihrer Haut, als sie an ihn dachte. Er war eher besorgt als sauer gewesen.

»Aber ich verstehe es trotzdem nicht, warum hast du ihm damals nicht gesagt, dass du ihn toll findest?«, bohrte Dana weiter.

Swantje rollte mit den Augen. Sie setzte sich ebenfalls auf und murmelte:

»Sieh mich doch mal an! Sehe ich aus wie ein Mädchen, das jedem Mann den Kopf verdreht?«

»Ja!«, rief Dana. »Für mich bist du wunderschön.«

»Dich will ich aber nicht heiraten.«

Dana sah ihre Schwester mit großen Augen an. »Du willst heiraten? Davon wusste ich gar nichts.«

»Ich möchte einen Mann, der mich bedingungslos liebt. Fast jede Frau wünscht sich das«, erwiderte sie frustriert. Swantje war geschockt. Sie sprach aus, was sie nie hatte wahrhaben wollen.

»Süße, du bist liebenswert. Ich bin überzeugt, dass du bald den

Richtigen findest.« Dana umarmte Swantje stürmisch, als ob sie ihren Worten damit Nachdruck verleihen wollte. »Papa hat dir den Dickkopf vererbt. Ihr seid beide wundervolle Menschen. Sieh mal, unsere Eltern haben sich doch auch gefunden und waren über fünfunddreißig Jahre glücklich, bis Papa sich vom Acker gemacht hat.«

»Das ist etwas ganz anderes.« Swantje schniefte.

»Was ist daran anders?« Dana griff entschlossen nach ihrem BH, der auf dem Fußboden vor dem Bett gelandete war, und hielt ihn hoch.

»Was soll das?«, fragte Swantje verständnislos.

»Schau mal genauer hin. Einen Schmunzel-BH nenne ich das. Mach doch endlich etwas aus dir.«

»Ein BH soll dabei helfen?«

»Klar, du fühlst dich gleich viel besser mit schöner Wäsche, dann kommst du wesentlich selbstbewusster rüber.« Swantje war durchaus selbstsicher, wenn sie nicht gerade angeflirtet wurde.

»Aber den BH sieht kein Mensch, geschweige denn ein Mann. Ich finde den ganz okay«, sagte sie trotzig.

»Wir fahren heute Nachmittag nach Heide zum Shoppen. Ende.« Dana warf sich auf die Seite und gab vor, schlafen zu müssen.

»Es ist Sonntag«, erinnerte Swantje sie.

Mit Schwung saß Dana wieder aufrecht. »Also dann Montag? Wir müssen ja nicht nach Berlin.«

»Ich muss arbeiten.«

»Wann?«

»Sechs Uhr geht es raus.«

»Dann bist du doch am späten Nachmittag wieder da! Ich mache früher Feierabend. Das passt doch!«

»Ich versuche, es zu schaffen«, sagte Swantje, um endlich Ruhe vor den Drängeleien ihrer Schwester zu haben.

»In Sachen Jannis reden wir noch.«

»Es gibt nichts, worüber wir sprechen müssten.« Swantje kuschelte sich in die Decke und schief augenblicklich wieder ein.

Ein Klopfen riss Swantje aus dem Schlaf, der von unerfüllten Jannis-Träumen begleitet worden war. Es stimmte sie nicht wirklich traurig, aus ihrem Traum zu erwachen. Ihre Mutter rief durch die verschlossene Tür hindurch.

»Mädels, es gib heute Mangold mit Kartoffeln, seid ihr dabei?«

»Komm doch herein, die Tür ist offen«, krächzte sie und wunderte sich. Was war mit ihrer Stimme los? Ilse Hansen ließ sich nicht zweimal bitten, sie trat direkt ins Schlafzimmer.

»Du hast aber schon mal besser ausgesehen, Kind. Hast wohl ein bisschen viel gefeiert?«

»Könnte sein, ich kann mich nicht erinnern«, schwindelte Swantje. »Wann gibt es Essen?«

»In einer halben Stunde. Dana, bist du wach?«

»Keine Ahnung, aber wenn es Essen gibt bestimmt«, murmelte Dana unter der Decke hervor.

»Prima!« Ilse eilte zurück in ihre Wohnung. »Ich erwarte euch«, rief sie über ihre Schulter.

Dana kicherte. »Mutti, sie fegt herein und verbreitet gute Laune. Sie versucht es zumindest.«

Dana sah sie prüfend an. »Geht´s dir nicht gut? Du siehst zum Fürchten aus.

»Ich brauche nur eine Dusche, dann bin ich wieder da.«

»Okay, dann los. Mutti duldet keine Verspätung.«

»Mama wird doch den Krabbenverkauf am Kutter übernehmen? Damit wir gleich loskönnen, wenn du zurück von See bist, meine ich.«

»Ich muss mich um Jannis' Schuhe kümmern, die sahen teuer aus. Vielleicht muss ich danach sparen«, rief Swantje aus dem Bad hinüber ins Schlafzimmer.

»Wie süß!«, rief Dana. »Du musst dich um Jannis' Schuhe kümmern!« Dana klatschte vor Begeisterung in die Hände. »Wenn sich das nicht romantisch anhört.«

Swantje streckte ihr die Zunge raus und verschloss die Badezimmertür. »Blöde Kuh«, murmelte sie. Ihr Spiegelbild gefiel ihr gar nicht.

»Wenn man Alkohol nicht verträgt, sollte man die Finger davon lassen«, brummte sie den Spiegel an.

Dana klopfte an die Tür. »Ich muss mal zur Toilette.«, sagte sie und Swantje öffnete ihr. »Swantje, ich muss Mark unbedingt wiedersehen. Meinst du, ich hätte eine Chance bei ihm?« Dana hatte einen hohen Verschleiß an Männerbekanntschaften, einer fürs Leben war ihr noch nicht begegnet. Aber sie suchte ihn auch nicht. Denn eine feste Beziehung passte nicht zu ihr.

»Doch verliebt?«

»Ich weiß nur, dass er für Vanessa zu schade ist.«

Swantje lachte. »Aber für dich nicht?«

»Keine Ahnung, aber bei mir wäre er bestimmt besser dran.«

»So schlimm ist Vanessa nun auch wieder nicht.«

»Schlimmer.«

»Du bist immerhin auf ihrer Party gewesen.«

»Sonst ist hier auch nichts los.«

»Mama wartet, zieh dir einen Pulli über.« Swantje hielt es für besser, nicht weiter auf die Diskussion einzugehen. Sie kannte ihre Schwester, je mehr sie darüber redeten, umso heftiger entwickelte sie das Verlangen, einen Beutezug zu veranstalten.

Eigene Ernte

Ilse Hansen hatte den Tisch liebevoll gedeckt. Es machte für sie keinen Unterschied, ob es einen festlichen Gänsebraten gab oder ein Bettlermenü. Ihre Küche war stets blankgeputzt und gemütlich.

»Schön, dass ihr pünktlich seid«, lobte sie.

Dana rümpfte die Nase, als sie in den Kochtopf blickte. »Spinat?«

»Mangold, du wirst es lieben«, frohlockte die Köchin geheimnisvoll. Ilse zog im hinteren Teil des Gartens mit Hingabe Gemüse. Riesige Himbeerbüsche säumten das Grundstück. Ein besonderer Gaumenschmaus waren ihre neuen Kartoffeln. Die Geschwister liebten sie mit Ilses Kräuterquark.

Dana probierte zuerst zögerlich. Dann aß sie mit großem Appetit.

»Lecker, Mama, das hätte ich nicht für möglich gehalten.«

Ilse lächelte sichtlich zufrieden.

»Heute Morgen war das Gemüse noch im Garten«, sagte sie stolz. Dana nickte anerkennend. Ihre Mutter hatte zum ersten Mal den Versuch gestartet, das gesunde Blattgemüse anzubauen.

Plötzlich hielt Dana inne. Sie stellte ihre Kaubewegungen ein und sah Swantje mit weit aufgerissenen Augen an. Im gleichen Moment bemerkte Swantje es auch. Ein Knirschen zwischen den Zähnen.

Ilse sah ihre Töchter unbekümmert an, sie ahnte offenbar, warum die beiden sich entsetzte Blicke zuwarfen. »Was ist? Es ist durchaus normal, dass mal ein Sandkorn dazwischen ist. Aber der ist auch gründlich gewaschen.« Sie grinste.

»Aber Mama, es knirscht gewaltig.«

Ilse aß mit Hingabe weiter.

Dana legte ihr Besteck langsam neben ihren Teller. »Ich kann nicht mehr.«

Missbilligend blickt Ilse auf die verpönte Mahlzeit. »Ich bin dagegen, Lebensmittel wegzuwerfen, das bisschen schafft ihr jetzt auch noch.« Sie strahlte. »Morgen gibt es Feldsalat. Selbstverständlich auch selbst gezogen.«

»Aber die Schnecken lässt du besser im Garten.« Swantje lachte.

Für Danas gestressten Magen war das zu viel. Mit einer bestimmten Geste schob sie den Teller in die Mitte des Tisches.

Ihre Mutter gluckst. »War ein bisschen viel, letzte Nacht, nicht wahr?« Die Schwestern nickten gleichzeitig mit reglosen Mienen. »Wie wäre es mit ein paar Himbeeren? Die räumen den Bauch auf.« Ilse wartete nicht ab, sondern erhob sich, um die Beeren auf den Tisch zu stellen.

Dana griff erleichtert zu. Mit einem prüfenden Blick kontrollierte sie, ob Würmer in der Frucht waren.

»Da sind keine Tiere drin, du musst dir keine Sorgen machen.« Die Gärtnerin aus Leidenschaft machte eine bedeutsame Pause. »Und wenn doch, haben die auch nur Himbeeren gegessen.«

Danas Gesicht war Gold wert. Swantje lachte leise. Dana sah sie grimmig an und Ilse schob beleidigt die Unterlippe vor. »Wenn ihr mein Essen nicht wollt ...« Sie räumte den Tisch ab, dabei würdigte sie ihre Kinder keines Blickes mehr.

Swantje war gespannt, wie lange sie es aushielt. Nach nur wenigen Minuten erkundigte Ilse sich, ob sie morgen den Verkauf des Fangs übernehmen sollte. Swantje lächelte ihrer Mutter zu. »Danke, Mama, ich freue mich sehr darüber.«

»Dann ist es ja gut«, sagte Ilse etwas spitz.

»Swantje ich glaube, dein Telefon klingelt nebenan.« Dana stupste ihre Schwester an.

»Das schaffe ich eh nicht rechtzeitig, ich schaue gleich nach.« Swantje hatte eine Ahnung, wer sie am Sonntagmorgen erreichen wollte. Ihre Freundin aus Berlin rief um diese Zeit an. Dann skypten sie und erzählten sich die Neuigkeiten der vergangenen Woche. Es war gut möglich, dass Ella aus allen Wolken fiel, wenn Swantje ihr auf dem Bildschirm in die Augen sah. Die Spuren der Nacht waren auf ihrem Gesicht noch deutlich zu sehen.

Ilse sah ihre Töchter misstrauisch an. »Gibt es was Neues?«

»Nichts, was dich interessieren müsste, Mama«, sagte Dana fest. Die Schwestern bedankten sich brav für die Mahlzeit und verzogen sich in Swantjes Wohnung.

Dana warf ihren übernächtigten Körper auf das Sofa. »Wow, ist das sportlich. Hier bleibe ich!« Dana hatte offensichtlich eine Entscheidung getroffen.

Swantje verspürte eher das Bedürfnis, an die Luft zu gehen. Das Telefon unterbrach ihre Überlegungen und diesmal nahm sie ab. »Hey, Ella, wie geht es dir?«

»Hervorragend, Liebes, in Berlin scheint die Sonne und ich gammle auf dem Balkon rum.«

Swantje grinste. »Faules Mädchen«, lästerte sie lachend.

»Wie sieht es mit der Liebe aus?« Ella erkundigte sich regelmäßig über den aktuellen Stand in Liebesdingen.

»Er ist Alkoholiker und hat die Krätze, aber sonst ist er ein ganz Netter.«

Ella lachte schallend. »Gut, dass du deinen Humor nicht verloren hast.«

»Nur so geht's.«

»Nun mal ernsthaft, gibt es nicht doch einen, der dir den Hof macht?«

»Ella! Können wir bitte das Thema wechseln?«

»Na gut, wann kommst du nach Berlin?«

Swantje seufzte. »In nächster Zeit bestimmt nicht.«

»Schade, ich würde mich so freuen. Aber ich gebe die Hoffnung nicht auf.«

Ella kannte Swantje aus Schulzeiten. Seit Ella in der Bundeshauptstadt lebte, sahen sie sich nur noch selten.

»Ich nehme dich auch gern mit auf Krabbenfang«, meinte Swantje.

Ella zögerte.

»Darf ich mir das bitte noch überlegen?«

»Aber nicht so lange«, feixte Swantje, die Ellas Abneigung gegenüber der offenen See kannte. »Fast wären wir morgen bei dir aufgetaucht.«

»Wie meinst du das?« Ella klang aufgeregt. Swantje berichtete von den Problemen, die Mia plagten.

»Ihr könntet bei mir pennen, dann müsstet ihr nicht die lange Strecke an einem Tag machen!«, jubelte Ella.

»Vorerst haben sich unsere Pläne in Luft aufgelöst, ich rufe dich an, wenn es doch noch nötig wird, nach Berlin zu fahren.«

»Großartig, so hat Mias Schicksal wenigstens *etwas* Gutes.«

Swantje lachte. »Es ist nicht sicher, sollte Lars Keller einen Aufschub erwirken, wäre es mir sogar lieber, wenn eine Spedition den Umzug übernimmt.«

»Mir nicht.« Ella seufzte.

»Sei nicht ungeduldig. Wer weiß, vielleicht sehen wir uns bald.« Die Freundinnen verabschiedeten sich warmherzig, dann legten sie auf.

Dana schlief ihren Rausch aus. Leise schlich Swantje zum Sofa und kroch unter die Wolldecke. Sie schloss die Augen, um sie sofort wieder zu öffnen. Jannis drohte damit sich in ihre Träume zu schleichen. Das wollte sie aber nicht zulassen.

Swantje spürte eine Traurigkeit aufkommen. Ihre ehemaligen Mitschüler hatten längst eigene Familien. Ob die unerfüllte Liebe zu dem Urlaubsflirt sie in diese Sackgasse geführt hatte? Sie gab sich nach außen immer als glückliche Singlefrau, die alles im Griff hatte und nicht daran dachte ihre Freiheit aufzugeben. Aber manchmal überlegte sie doch, wie es wäre, eine eigene Familie zu gründen.

Als sie Paul damals kennengelernt hatte, war der Himmel voller Geigen gewesen. In den vier Wochen, die er in Büsum Urlaub gemacht hatte, waren sie sich sehr nahe gewesen. Paul hatte sich bald Kinder gewünscht. Verträumt hatten sie nach einem passenden Namen gesucht. Swantje war überzeugt gewesen, dass es ein Mädchen werden würde. Paul war das egal, Hauptsache gesund, hatte er gemeint. Swantje war so glücklich mit ihm gewesen. Er erriet ihre Wünsche und versuchte, sie möglich zu machen. Nur mit der Fischerei kam er nicht so gut klar. Paul hatte vorgegeben, sich einen Job in der Nähe zu suchen. Alles war so durchgeplant, dass Swantje nie in Erwägung gezogen hätte, dass ihre Beziehung auf wackligen Boden gestanden hatte. Als sie eines Morgens vom Fischen zurückkam, war Paul verschwunden. Am Anfang hatte sie geglaubt, er käme zurück in ihre Arme. Denn eine so große Liebe ging doch nicht einfach so vorbei. Erst nach zwei Wochen hatte sie sich eingestanden, dass Paul tatsächlich weg war. Sie war in ein tiefes Loch gesunken, hatte den Halt und vor allem den Glauben an die Liebe verloren. Seither vermied sie es, einen Mann in ihre Nähe zu lassen. So einen Verlust konnte sie sicher nicht noch einmal überstehen.

Sie schloss die Augen und versuchte ein wenig zu schlafen.

Jannis' Amulett tanzte vor ihr. Es wippte provozierend auf und ab, dann blieb es auf seiner breiten Brust liegen. Swantje versuchte, es zu berühren. Dabei kribbelten die Fingerkuppen. Als ob sie sich verbrannt hätte, zog sie die Hand zurück. Lachte Jannis sie aus?

Von einem Schluchzen geweckt, riss die die feuchten Augen auf. Mit zitternden Fingern berührte sie ihre Wangen. Sie fühlten sich feucht an und zeugten davon, dass dies nicht Teil ihres Traumes gewesen war.

Swantje schlug die Decke zurück und tapste in die Küche. Gierig trank sie einen Schluck Wasser aus der Leitung. Dann ließ sie das kalte Wasser in ihre Hände laufen und benetzte die Augen. Schon ging es ihr besser.

Sie ließ Dana schlafen und beschloss an die Luft zu gehen.

Eine Viertelstunde später wanderte sie an der neuen Promenade entlang. Der Strand mit seiner unendlichen Weite wirkte nicht überfüllt. Die frische Brise kühlte ihren Kopf auf Betriebstemperatur.

Swantje spürte, wie der Wind vergeblich an ihrem Haargummi zerrte. Sie atmete die salzige Luft ein. Die Sonne meinte es an diesem Tag besonders gut und verwöhnte sie mit ihren wärmenden Strahlen. Sie ging langsamer. Von einem Strandkorb ertönte leise Musik, die mit dem Wind aufs Meer getragen wurde. Als sie vorbeiging, entdeckte sie ein bekanntes Gesicht und blieb verblüfft stehen. »Moin, Jannis. Ich wusste gar nicht, dass du so schön Mundharmonika spielst.«

Jannis unterbrach seine Melodie und blinzelte gegen das Sonnenlicht. »Swantje! Moin, wieder klar? Setz dich doch her.« Er klopfte mit der flachen Hand neben sich. Swantje zögerte. Dann setzte sie sich zu ihm. Eine wohltuende Ruhe breitete sich in ihr aus. War es die Wirkung der Nordsee? Es konnte unmöglich die Nähe von Jannis sein. Sie zog die Beine zum Schneidersitz heran.

»Ich bin gespannt auf dein Konzert.« Unbeschwert lachte sie ihn an.

Bevor er die Mundharmonika an den Mund führte, lächelte er Swantje verschmitzt zu. »Ich bin kein Profi und spiele nur zum Zeitvertreib. Publikum macht mich etwas nervös.«

»Du, nervös? Glaub ich dir nicht. Ich lache dich schon nicht aus.«

Er legte die rechte Hand über das Instrument und spielte. Schon bei den ersten Tönen verschlug es Swantje den Atem. Die Melodie kannte sie nicht, aber sie erreichte auf unerklärliche Weise ihre Seele. Gegen einen verschlossenen Strandkorb gelehnt lauschte sie der Musik. Jeder Ton, der entwich, schwang zu ihr herüber, als trüge die Melodie sie über den Horizont, über das Meer in eine andere Welt. Mit geschlossenen Augen und Gänsehaut flog sie dahin, ohne zu wissen, wohin die musikalische Reise sie führte.

Jannis beendete das Konzert und beförderte seine Zuhörerin zurück in die Wirklichkeit. Er sah sie beinahe zärtlich an.

»War es so schlecht?«

»Schlecht? Es war fantastisch. Dankeschön.« Lachend gab sie ihm einen Stups. »Du solltest dein Talent, nicht versauern lassen.«

Jannis hielt ihrem Blick stand. »Danke, es freut mich, dass es dir gefallen hat. Für den Fall, dass es bei der Gesellschaft zur Rettung

Schiffbrüchiger nicht mehr so läuft, hätte ich ein zweites Standbein?« Jannis' belustigter Blick ärgerte Swantje.

Eilig sprang sie auf und verabschiedete sich. »Ich habe noch etwas zu erledigen.«

»Einen schönen Sonntag noch, kleine Fischerin.«

Erstaunt sah sie ihn an. Zuletzt hatte ihr Vater sie so genannt. Damals hatte es genervt, aber nun hatten die Worte etwas Schmeichelndes.

»Darf ich dich zum Essen einladen?« Die Frage kam für Swantje so überraschend, dass sie den Halt verlor. Jannis bewahrte sie rechtzeitig vor einem Sturz. »Hoppla! Restalkohol?«

»Kann sein«, stotterte Swantje unsicher.

»Dann solltest du mit mir kommen.«

»Danke, aber ich denke da muss ich passen.« Swantje hatte ihre vertraute Tonlage wiedergefunden. »Du musst mir noch sagen, was deine Schuhe gekostet haben, ich würde sie gerne ersetzten.«

»Das wird ein teurer Rausch.« Jannis lachte. »Ich habe sie entsorgt, mach dir keinen Kopf. Die Sache ist für mich erledigt.«

»Gut, wenn du meinst. Ich mache das Angebot nicht noch mal. Warum standst du mir auch im Weg.« Swantje machte auf dem Absatz kehrt und lief davon.

Mit einem unguten Bauchgefühl schlenderte sie an dem Grundstück entlang, welches Antons Eltern gehörte. Unschlüssig blieb sie vor dem Haus stehen. Die Eltern des verrückten Fischers saßen auf der Gartenbank und schwiegen sich an. Es war in Büsum allgemein bekannt, dass die beiden sich nicht mehr viel zu sagen hatten.

»Moin, wie geht es Anton?« Swantje interessierte sich nicht wirklich dafür, aber sie sah es als ihre Pflicht an, Erkundigungen nach ihrem ehemaligen Angestellten einzuholen. Die versteinerten Gesichter zeigten keine Regung. Wahrscheinlich hatten sie Streit oder waren sauer auf Swantje, weil ihr Sohn wieder ohne Arbeit war.

Theo Lorenzen rührte sich für einen Moment. Erwartungsvoll rechnete sie mit einer Antwort. Fehlanzeige. Swantje hielt den Kopf schief und sah die frustrierten Eltern an.

So möchte ich auf keinen Fall in einer Beziehung enden. Dann doch lieber allein bleiben. Womöglich zur goldenen Hochzeit den fünfzigjährigen Krieg feiern.

Die Lorenzens hatten eine gut gehende Gärtnerei betrieben, bevor sie in den Ruhestand gegangen waren. Theo musste aus gesundheitlichen Gründen frühzeitig aufhören.

Swantje lächelte versonnen. Auch wenn der Weg für ihre Eltern oft steinig gewesen war, ihre bedingungslose Liebe hatte immer an erster Stelle gestanden. Sie bewunderte ihre Eltern dafür. In diesem Moment vermisste sie ihren Vater schmerzlich. Sie stieß sich von der Pforte ab und ging grußlos nach Hause.

Dana schlief noch, als Swantje ankam. Leise kroch Swantje wieder unter die Wolldecke, als ob sie gar nicht weg gewesen war.

»Hallo, Schlafmütze, der Sonntag ist bald rum, wir sollten etwas mit dem restlichen Tag anfangen.« Dana reckte sich und sah ihre Schwester herausfordernd an.

»Lustig, wer pennt denn hier den lieben langen Tag?«, fragte Swantje.

»Ich hab schon wieder Hunger«, maulte Dana.

»Mama hat bestimmt Mangold anzubieten.«

»Ich hab den Sand noch zwischen den Zähnen, mir reicht es. Wollen wir essen gehen?«

Swantje rümpfte die Nase. »Ich könnte Nudeln kochen, wenn du willst.«

»Nee, Torte wäre mir lieber.« Dana bekam einen verklärten Gesichtsausdruck. Sie war eine Naschkatze durch und durch.

Schnell löste Swantje sich aus ihrer Decke und setzte sich auf. »Dann komm! Ab in die Küche!«

Dana schwang ihre Beine vom Sofa. »Wirklich? Du bist ein Schatz!« Glücklich drückte sie Swantje einen Kuss auf die Wange. Sie gingen in die gemeinsame Küche der Hansen-Frauen.

»Auf geht's. Schokotorte oder Erdbeeren?«

»Schoko!«, frohlockte Dana und benetzte ihre Lippen. Swantje hatte für solche Notfälle einen Tortenboden im Gefrierschrank gelagert. Sie legte ihn zum Auftauen in die Mikrowelle. In der Zwischenzeit versuchte sie die Sahne steif zu schlagen.

»Ein Traum«, schwärmte Dana, die noch nicht ahnte, dass sie für die Aufräumarbeiten abkommandiert werden würde. Swantje grinste belustigt, Dana hüpfte wie ein Kind, durch die Küche.

»Die Sahne wird nicht fest!«, rief Swantje gegen den Lärm des Mixers.

Dana schob ihren Kopf über die Rührschüssel. »Hm, wir könnten sie für Pharisäer nehmen.«

»Witzig, ich trinke keinen Alkohol mehr.«

»Ich auch nicht, zumindest fürs Erste«, erwiderte Dana.

»Ich versuche es weiter, sie muss doch steif werden.«

Die Schwestern hörten nicht, dass Ilse in die Küche kam. Sie warf einen Blick in die Mikrowelle und sagte: »Dieses Gebilde da, war das mal ein Tortenboden?«

Swantje stellte das Rührgerät ab und eilte zu ihrer Mutter, die kopfschüttelnd durch das Glas der Mikrowelle starrte. Swantje hatte vergessen, die Wattzahl zu reduzieren. Der Tortenboden glich einer Mondlandschaft und war zu einer festen Masse mutiert.

»Mist, nun gibt es definitiv keine Torte«, sagte Swantje, enttäuscht darüber, dass sie Dana die Freude wieder nehmen musste.

Ilse rümpfte die spitze Nase. »Es ist gleich Zeit für das Abendessen, was sollen wir da mit Kuchen!«

»Aber Mama, für Kuchen ist doch immer Platz.«

»Für Torte«, mischte Dana sich ein und starrte entgeistert auf den Klumpen.

»Ich koche rasch Kaffee«, trällerte Ilse unternehmungslustig. »Ich lade euch auf ein Eis ein.« Sie rauschte davon. Offensichtlich glücklich darüber, ihren Töchtern die Rettung zu präsentieren.

»Ich hoffe, der Kaffee kommt nicht aus ihrem Garten«, flüsterte Dana.

»Nein, so wie ich Mama kenne, aus dem Billigdiscounter vom Ortsrand«, sagte Swantje genauso leise. Danach ließ sie die cremige Schlagsahne in eine Schüssel fließen.

»Swantje, für wen steht das Herz?«, fragte Dana.

Swantje hatte es geschafft, ein Herz in die Schüssel zu malen. Sie überlegte kurz. »Für die Liebe«, sagte sie fest. »Wann immer sie auf mich zukommt. Darauf warte ich.«

Dana legte ihren Arm um sie. »Es wird eine große Liebe werden, ich glaube fest daran.«

»Ich habe die Hoffnung noch nicht ganz aufgegeben.«

»Hat Jannis bei dir diese Sehnsucht ausgelöst? Du hast immer gesagt, dass du niemanden willst«, fragte Dana. Dabei betrachtete sie den Klecks in der Schale.

»Ich fürchte schon«, beichtete Swantje verwirrt.

Ilse erschien mit dem Kaffee.

»Wollen wir gleich hier?« Sie zeigte auf den Küchentisch.

Dana holte Geschirr und verteilte es auf dem Tisch.

»Dann mal los!« Die riesige Packung Vanilleeis löste nicht weniger Entzücken aus, als es eine Torte getan hätte. Danas Augen leuchteten. »Hach! Das ist wie Weihnachten!«, freute sie sich.

»Du übertreibst, ein Festessen sieht anders aus«, belehrte sie Ilse.

Swantje sah ihre Mutter abwartend an. Ilse schüttelte hefig den Kopf. »Nicht jetzt«, flüsterte sie. Swantje hatte gehofft, den Schluss der Geschichte ihrer Eltern zu erfahren. Aber offenbar wollte Ilse unter vier Augen mit Swantje darüber reden. Swantje vermutete, dass ihre Mutter noch nicht bereit war, ihre anderen Töchter mit einzubeziehen.

»Wo steckt Mia eigentlich?« Dana sah ihre Mutter fragend an.

Ilse zuckte mit den Schultern. »Bei mir hat sie sich nicht abgemeldet.«

»Könnte sie noch bei Lars Keller sein?«

»Nein, das kann sie nicht, Lars hat heute Nachmittag ein Meeting.«

Ilse gab ihr Wissen zum Besten, ohne zu merken, dass ihr Töchter sie neugierig anstarrten.

»Du kennst seine Termine aber gut!« Dana grinste.

Ilses Wangen leuchteten in den unterschiedlichsten Rottönen. »Herr Gott, er hat mir am Telefon gesagt, wenn Mia kommen möchte, dann am Vormittag, weil er nachmittags ein Meeting hat. Ich bin ja nicht senil, sowas weiß ich dann einfach.«

Dana schmunzelte. »Schon gut, warum bist du gleich so kratzbürstig?«

»Weil ihr mir etwas unterjubeln wollt, was gar nicht geht.« Ilse wirkte ärgerlich. »Mir ist der Appetit vergangen. Ich gehe rüber.« Ilse ließ den Löffel in die Eisschale fallen und verschwand. Die Schwestern sahen ihrer Mutter verblüfft nach.

»Was für eine Laus ist ihr denn über die Leber gelaufen?«, fragte Dana verwirrt.

»Keine Ahnung, mir hat sie erst vor Kurzem gesagt, wie sehr Papa ihr fehlt. Vielleicht ist sie darum so empfindlich?«

Mit Hingabe aß Dana ihr Eis weiter. Swantje war der Streit auf den Magen geschlagen. Sie schob das Eis von sich. Für gewöhnlich war ihre Mutter diejenige, die alle versorgte oder für die Probleme ihrer Töchter nach Lösungen suchte. Swantje hatte sie noch nie in derartiger Verfassung erlebt. War es falsch gewesen, mehr über ihrer Vergangenheit wissen zu wollen? Swantje fürchtete sich fast davor, zu erfahren, wie es mit Ilse und Tristan weiterging.

»Ich geh schlafen!«, sagte Swantje und stand abrupt auf. Dana sah sie verständnislos an. »Was 'n los?«

»Nichts, morgen um fünf Uhr ist die Nacht für mich zu Ende. Da muss ich fit sein.« Sie gab ihrer Schwestern einen flüchtigen Kuss auf die Wange.

»Kann ich verstehen. Danke, dass du mich begleitet hast. Ich fand, es war ein schönes Wochenende.«

Swantje schlich ins Bad. Sie zog es vor, Dana eine Antwort schuldig zu bleiben.

Böses Spiel

Das Hafengelände war am frühen Morgen nur dürftig beleuchtet. Einzig die Lichter der Kutter kurz vor dem Auslaufen zeugten vom langsamen Erwachen des Tages. Obwohl es empfindlich kalt war, freute Swantje sich auf den Tag. Ihr Körper hatte sich entschieden, ihr das Wochenende nicht übel zu nehmen. Voller Tatendrang lief sie an den anderen Kuttern vorbei auf die Helene zu. Justus, wie immer als Erster bereit zum Auslaufen, winkte ihr wohlwollend zu, als sein Kutter sich langsam vom Pier löste. Swantje lachte vergnügt. Sie legte die Hände trichterförmig vor ihren Mund. »Ich hol dich ein, warte nur!« Fröhlich winkte sie ihm zu.

Heinrich von Held startete gerade den Diesel. Swantje warf einem Blick zu ihm auf die Brücke. Er wirkte sonderbarerweise verkrampft. Swantje erkannte es an Heinrichs grader Köperhaltung. Sie winkte auch ihm zu. Heinrich hob den Zeigefinger an die Kapitänsmütze, bevor er sich abwandte. Swantje war nicht weiter verwundert, Heinrich hatte an manchen Tagen schlechte Laune. Offenbar war heute so einer.

Justus tuckerte in diesem Moment durch die Mole.

»Viel Glück, mein Lieber«, hauchte sie ihm nach. Dann begab sie sich an Bord der Helene. Frierend rieb sie die Hände aneinander. Verwundert stellte sie fest, dass Fiete nicht an Bord war. Sie hatte sich daran gewöhnt, dass er vor ihr mit den Vorbereitungen begann. Sollte es möglich sein, dass er verschlafen hatte?

Grinsend bestieg sie die Stufen zur Brücke. Die Tür war nicht verschlossen, sondern stand einen Spalt auf. Swantje überkam ein mulmiges Gefühl. Die Brücke war stets verriegelt. Sie konnte nicht glauben, dass sie vergessen hatte sie zu verschließen. Auf den ersten Blick schien alles wie immer. Sie ertastete den Lichtschalter, aber es blieb dunkel. Swantje suchte ihr Handy, um die Taschenlampenfunktion zu aktivieren. Besorgt beleuchtete sie den Sicherungskasten. Tatsächlich war eine Sicherung defekt. Mit einem Ruck öffnete sie die Schublade mit den Ersatzsicherungen. Sie hatte Mühe, die kleinen Teile mit den klammen Fingern zu greifen. Fahrig ließ sie die erste fallen. In der Dunkelheit würde es ewig dauern, den Holzfußboden abzusuchen, deshalb nahm sie eine neue heraus. Diesmal klappte der Wechsel ohne Zwischenfälle. Die Brücke wurde erleuchtet. Swantje erkannte, dass die Leuchtstoffröhre kaputt war.

»Fabelhaft, so kann der Tag beginnen«, schimpfte sie vor sich hin.

Der Kartentisch erweckte ihre Aufmerksamkeit. Dort lag ein Paar Handschuhe, die ihr nicht gehörten. Ihre Augen suchten die Brücke nach weiteren Auffälligkeiten ab und blieben am Navigationsgerät hängen. Fassungslos nahm Swantje die losen Kabel in die Hand. Das Navigationssystem war offensichtlich in großer Eile herausgerissen worden. Es musste erst vor Kurzem passiert sein, denn sie entdeckte feuchte Fußabdrücke auf dem Boden, die den ihren nicht ähnelten. Mit zusammengekniffenen Augen suchte sie den Hafen ab, entdeckte jedoch nichts Auffälliges. Alles war wie gewohnt still um diese Uhrzeit. Eine Katze huschte drüben am Toilettenhäuschen durch die Dunkelheit. Die leuchtenden Augen des Tieres sahen zu ihr herüber, um gleich wieder abzutauchen. Was sollte sie nun tun? Die Polizei rufen? Das erschien ihr das einzig Richtige. Da Fiete immer noch nicht aufgetaucht war, konnte sie ohnehin nicht auslaufen. Fiete! War er doch rückfällig geworden? Swantje wollte es nicht glauben, aber wer hätte ein Interesse daran ihr zu schaden? Sie sackte in sich zusammen, es schien alle Kraft aus ihrem Körper zu weichen. Ob vor Enttäuschung, vor Wut oder vor Verzweiflung wusste sie nicht. Sie zog ihr Handy aus der Hosentasche. Bevor sie die Polizei rief, wollte sie herausfinden, wo Fiete war. Das Display kündigte eine Nachricht an.

Es tut mir schrecklich leid, Swantje, aber ich bin krank. Ich schaffe es nicht einmal aus dem Bett. Bitte sei nicht böse. Fiete

Swantje schnappte nach Luft. Krank? »Dass ich nicht lache.« Dachte er, mit dem Erlös aus dem Verkauf des Navis konnte er einige Tage überleben, ohne zu arbeiten? Swantjes Wut stieg ins Unermessliche.

»Dem werde ich etwas erzählen!« Die Polizei konnte sie immer noch rufen. Als Erstes wollte sie Fiete aufsuchen. Entschlossen griff sie zu ihrem Schlüsselbund, das sie achtlos auf den Kartentisch geworfen hatte, danach verließ sie die Brücke. Vergeblich versuchte sie, die Brückentür abzuschließen. Fiete hatte offensichtlich ganze Arbeit geleistet. Das Schloss war zerstört. Hätte sie doch nur auf die anderen gehört. Jetzt stand sie wieder einmal da wie ein Volltrottel.

Die Fischerkollegen waren bis auf Swantje hinausgefahren. Sie hätte auch ohne moderne Hilfsmittel fischen können. Aber allein war es leider nicht möglich. Eine Lösung musste her. Es war finanziell nicht gerade günstig für Swantje, sollte es öfter vorkommen, dass die Helene im Hafenbecken blieb.

Mit weitausholenden Schritten lief sie zum Auto, plumpste auf den Fahrersitz und fuhr mit Vollgas davon.

Fiete bewohnte ein Zimmer in Stinteck, auf einem kleinen Bauernhof. Sie hielt in der Hofeinfahrt. Sie war so wütend, dass ihre Knie zitterten, als sie ausstieg. Ein kleiner Bauernhof mit einigen Ziegen sowie Milchkühen, die den Lebensunterhalt der alleinlebenden Bäuerin sicherten. Fiete hatte ihr berichtet, dass die beiden nicht gut miteinander auskamen.

Swantje blickte sich suchend um, da entdeckte sie eine füllige Frau, offenbar die Vermieterin, die gerade ihre Hühner mit Futter versorgte. Als Swantje auf sie zustürmte, verharrte sie in der Bewegung.

»Moin, ich will zu Fiete Larsen, ist er zu Hause?«

Ein Blick voller Misstrauen begegnete Swantje.

»Das Mofa steht dort drüben, er müsste in seinem Zimmer sein.«

»Wie komme ich dorthin?«, fragte Swantje barsch.

Der Frau gefiel Swantjes Ton offensichtlich nicht, Swantje erntete einen mürrischen Blick der Landwirtin. »Hat er wieder etwas angestellt?«

Swantje sah sie ungeduldig an, sie hatte kein Interesse, mit der Bäuerin über Fiete zu diskutieren.

Mit dem kleinen Eimer in ihrer Hand zeigte die Frau Swantje die Richtung an. »Durch den Stall, rechte Tür«, lautete die knappe Antwort.

Swantje ließ die fremde Frau stehen und marschierte durch den Stall. Zirka acht Kühe sahen ihr neugierig entgegen, sie vergaßen dabei ihr Futter. *Was glotzt ihr denn so?*

Swantje schrak zusammen, als ein lautes Muhen durch den Stall dröhnte.

In einer Ecke befand sich tatsächlich eine Tür, die Farbe blätterte unschön ab. Swantjes konnte sich nicht vorstellen, hinter dieser Tür einen Wohnraum vorzufinden. Nicht einmal für einen Kaninchenstall wäre diese Tür angemessen. Suchend sah sie sich um, ob es noch eine weitere Tür gab. Fehlanzeige, es war nur dieser Eingang vorhanden. Swantje schlug das Herz bis zum Hals, sie bekam plötzlich Angst davor, was sie dahinter vorfinden könnte. Vielleicht einen wilden Bullen, der zu den Kühen vordringen wollte, sobald der Weg frei war?

Vorsichtig legte sie ein Ohr an das Türblatt. Lediglich ein leises Wimmern war zu hören. Sie nahm allen Mut zusammen, dann drückte sie beherzt die Klinke herunter. Zu ihrer Verwunderung musste sie feststellen, dass es stockfinster im Raum dahinter war. Ein unangenehmer Geruch waberte ihr entgegen. Geistesgegenwärtig fand sie den Lichtschalter, doch beleuchtet machte der Raum keinen besseren Eindruck. Entsetzt schlug sie die Hand vor den Mund. Die Wände, an denen die Farbe abblätterte, glänzten im Licht. Im hinteren Teil des Zimmers erkannte Swantje ein Bett, in dem eindeutig ein Mensch lag. Fiete. Ihre Wut war von einem Moment auf den anderen verflogen. Besorgt stürmte sie auf Fiete zu und legte, so wie es ihre Mutter immer bei ihr gemacht hatte, die Hand auf seine glühende Stirn. »Fiete, verflucht noch mal ...«

»Nicht schimpfen, Käpten«, hauchte er. »Ich kann heute wirklich nicht arbeiten.« Das Sprechen fiel ihm offenbar schwer.

»Wie lange liegst du schon in diesem Loch?«

»Ich weiß nicht, welcher Tag ist heute?«

»Montag.«

»Scheiße ... Freitag nach der Arbeit habe ich mich hingelegt.«

Swantje schnaubte. »Dann hattest du wohl auch keine Kraft, meinen Kutter auszurauben?« Swantje biss sich auf die Lippe. Das hatte sie gar nicht sagen wollen.

Fiete blinzelte, offenbar war er geblendet vom Licht. »Wie? Werde ich wegen irgendetwas verdächtigt?«

Swantje presste Luft zwischen ihren Lippen hindurch. »Nein, alles in Ordnung. Hat der Arzt dir etwas gegen das Fieber gegeben?«

»Nee, ich war bei keinem Arzt.« Er wollte lächeln, scheiterte jedoch kläglich, bevor er ohnmächtig zusammensank. Eilig wählte Swantje die Nummer vom Rettungsdienst. Alle Rettungswagen im Einsatz, es war wie verhext. Danach rannte sie zu den Kühen und tauchte ein Tuch in die Tränke.

»Solch ein Sauladen, wie ist das nur möglich?« Swantje war so wütend, dass sie kaum in der Lage war zu atmen. Mit dem nassen Tuch eilte sie zu Fiete, um es ihm fürsorglich auf die Stirn zu legen.

In ihrer Not rief sie Jannis an. Swantje konnte zwar nicht einschätzen, wie dringend Fiete Hilfe benötigte, aber sie wollte sichergehen, dass er schleunigst aus diesem Loch herauskam. Es war Eile geboten.

»Jannis, ihr müsst bitte kommen ...« Unter Tränen brach sie ab. Verzweifelt betupfte sie Fietes Stirn mit dem kalten Tuch.

»Wo steckst du?«, ertönte die warme Stimme von Jannis.

»Stinteck, auf dem Hof direkt an der Straße, ihr müsstet mein Auto davor stehen sehen. Fiete geht es nicht gut.

»Bin schon unterwegs, beruhige dich, es wird alles gut werden.« Ein Klicken in der Leitung zeigte an, dass Jannis aufgelegt hatte.

Fiete kam langsam zu sich. Schuldbewusste blinzelte er sie an.

»Wie ist es nur möglich, dass du hier wohnst?«

»Jetzt wo ich Geld verdiene, kann ich mir eine Wohnung leisten, aber wer gibt schon einem Knacki eine Bleibe? Normalerweise habe ich besser aufgeräumt.«

»Aufgeräumt!« Swantje hätte fast geschrien, so entsetzt war sie über die Wohnsituation. »Du musst hier sofort raus, keine Minute bleibst du länger hier.« Die Bäuerin konnte was erleben.

»Mir geht es besser, wir laufen morgen pünktlich aus, verspochen.«

»Klar, morgen«, sagte Swantje sanft. »Ich freu mich drauf.«

Draußen in der Einfahrt war ein Fahrzeug zu hören. Kies spritzte auf und eine Tür schlug laut ins Schloss. Swantje eilte hinaus, um den Rettern den Weg zu zeigen. Ruckartig blieb sie stehen, es war nur Jannis gekommen. Swantje brauchte einen Moment, um sich zu sammeln. »Danke, dass du so schnell gekommen bist, hier entlang«, sagte sie dann. Jannis folgte Swantje in den Stall, auch er schien tief betroffen, als er das Zimmer betrat.

»Ich will nicht ins Krankenhaus, da mach ich nicht mit, ich bleibe hier.«

»Ich habe schon einen Krankenwagen angefordert. Hier wirst du bestimmt nicht gesund.« Swantje versuchte Fiete davon zu überzeugen, doch ins Krankenhaus zu gehen, aber ob mit Engelszungen oder mit Drohungen, sie kam nicht an ihn heran. Letztendlich blieb ihr nichts anderes übrig, als den Rettungswagen abzubestellen.

»Er braucht einen Arzt und eine vernünftige Unterkunft, dann kommt er schon wieder auf die Beine«, sagte Jannis zuversichtlich.

»In den Osterferien gibt es keine freien privaten Zimmer, wir müssen versuchen, in einem Hotel ...«

»Er kann vorerst bei mir wohnen, ich habe ein Gästezimmer«, warf Jannis ein. Er holte eine Decke aus dem Auto, darin wickelten sie Fiete ein und führten ihn langsam hinaus. Durch das Fieber fror er. Swantje spürte das Zittern trotz der Decke, die ihn warmhalten sollte.

»Ich bin trotzdem der Meinung, dass er in die Klinik muss«, erklärte Swantje.

Fiete konnte sich kaum auf den Beinen halten, dennoch protestierte er hefig.

»Schon gut, wir werden dich betütteln, bis du gesund bist. Du wirst dir noch wünschen, ins Krankenhaus gegangen zu sein«, meinte Jannis und grinste.

Fiete lag schwer atmend auf der Rückbank von Jannis' Auto. Besorgt sah Swantje zu ihm hinein. Jannis telefonierte unterdessen mit seinem Hausarzt und bat ihn um einen Hausbesuch. Swantje sah sich um. Plötzlich tauchte die Bäuerin neben ihr auf.

»Er schuldet mir die Miete, sie wäre gestern fällig gewesen.«

Swantje funkelte sie böse an. »Wie kommen Sie dazu, diesen Raum als Zimmer zu vermieten?«, rief sie aufgebracht. »Ich werde Sie anzeigen, darauf können Sie wetten.« Sie trat nahe an die Frau heran, die Hände zu Fäusten geballt. Am liebsten hätte sie die Frau geschlagen.

»Wo sonst hätte er wohnen sollen, er bekommt in ganz Büsum keine Wohnung.« Trotzig starrte die Bäuerin sie an.

»Swantje, steig endlich ein«, rief Jannis.

Schäumend vor Wut ließ sie die herzlose Frau stehen. Die Versorgung des kranken Fietes hatte jetzt Priorität, er benötigte dringend ärztliche Hilfe. Zitternd startete sie ihren Wagen, dann fuhr sie hinter Jannis her.

Swantje wusste nicht genau, wo Jannis wohnte, aber sie glaubte, irgendwann mal gehört zu haben, dass er im Zentrum eine Wohnung besaß. Sie schien richtig zu liegen, denn er bog in die Richtung ab. Leider war die Parkplatzsituation dort nicht die beste. Hibbelig hielt sie Ausschau nach einer Lücke, die für ihr Auto geeignet war. Sie bereute, dass sie nicht rechtzeitig einen Wunsch ins Universum geschickt hatte. Das tat sie manchmal, wenn sie etwas dringend brauchte. Dana lachte sie dann immer aus, doch manchmal funktionierte es.

Swantje grinste. »Na also, da passe ich rein.« Geschickt lenkte sie ihren Wagen in die freigewordene Parklücke. Jannis verschwand über eine Auffahrt auf ein Grundstück, welches scheinbar zum Haus gehörte, in dem er wohnte.

Männer-WG

Swantje steuerte auf das Grundstück zu, auf dem vor wenigen Augenblicken Jannis' Wagen verschwunden war. Sie gelangte zu einem gepflegten Parkplatz, der ausschließlich für die Anwohner des Hauses reserviert schien. Jannis parkte auf einem Platz und Swantje erkannte ein Schild, auf dem sein Kennzeichen vermerkt war.

Hier hatte der Frühling die ersten Fühler ausgestreckt. Narzissen und Krokusse blühten in allen Farben. Im Garten ihrer Mutter herrschte immer noch Winterstimmung. Die Frühblüher ließen geduldig auf sich warten.

»Siehst du die Tür hinter dem Mauervorsprung?«, fragte Jannis.

Swantje nickte. Türen waren zu ihrer Spezialität geworden. Aufgebrochene, hässliche und jetzt auch die hinter einer Mauer. Sie kannte sich aus.

Jannis warf ihr den Schlüssel zu, den sie ohne Mühe auffing. »Schließ bitte auf, ich komme mit Fiete nach, du musst in den zweiten Stock!«

»Wird erledigt!« Swantje rannte los. Das Treppenhaus kündigte mit seinen unterschiedlichen Düften die Mittagszeit an. In allen Wohneinheiten schienen die Herde auf Hochtouren zu arbeiten. Swantje nahm zwei Stufen auf einmal. Im zweiten Stock angekommen, suchte sie Jannis' Namensschild. Er war leicht zu erkennen, denn die Tür war verziert mit einem roten Aufkleber der Seenotretter. Swantje schmunzelte. Jannis identifizierte sich voll und ganz mit seiner Arbeit, der Rettung Schiffbrüchiger. Sie steckte den Schlüssel ins Schloss und die Tür öffnete sich. Swantje verschlug es den Atem, die Wohnung war alles andere als eine Junggesellenbehausung. Bereits der Flur war sehr liebevoll eingerichtet. Auf der kleinen Kommode standen frische Blumen und die Garderobe war mit Lichterketten umringt, sodass ein warmes Licht den Eingangsbereich erfüllte. Sie hielt Ausschau nach dem angekündigten Gästezimmer. Zögernd drückte sie eine Klinke herunter. Als sie den Kopf in das Zimmer steckte, erkannte sie Jannis' Schlafzimmer. Rücksichtsvoll zog sie die Tür zu und versuchte es mit der nächsten. Tatsächlich schien dies das Gästezimmer zu sein. Sie zögerte diesmal nicht, dass Zimmer zu betreten. Der Schreibtisch unter dem Fenster mit dem eingeschalteten PC war wohl eben noch benutzt worden. Eine Tasse, halb voll mit kaltem Kaffee, stand daneben. Beherzt öffnete sie einen Kleiderschrank und fand die gesuchte Bettwäsche. Eilig holte sie eine Garnitur heraus, um sofort das Bett für Fiete zu beziehen.

Swantje hörte den Fahrstuhl rauschen. Jannis musste jeden Moment mit Fiete hereinkommen. Entschlossen ging sie in die Küche und setzte Teewasser auf. Eine Wärmflasche wäre gut, aber sie wollte nicht noch weitere Schränke durchsuchen, sondern wartete lieber auf Jannis. Langsam müssten die beiden ankommen. Swantje eilte zum Flur, um ihnen entgegenzugehen. Ungeduldig wartete sie.

Schließlich erschienen Jannis, Fiete und ein weiterer Mann. Jannis hatte offensichtlich den Hausarzt unten getroffen, gemeinsam stützten sie Fiete, der nun vor Erschöpfung keuchte. Swantje gab den Weg frei und lief voran in das für Fiete vorgesehene Zimmer. Fiete stöhnte erleichtert auf, als sein zitternder Körper die Matratze berührte, seine Augenlider flackerten, als ob er erneut in eine Ohnmacht fallen wollte. Der Arzt, der sich als Doktor Altmann vorstellte, begann Fiete zu untersuchen.

Swantje winkte Jannis zu sich. »Hast du irgendwo eine Wärmflasche?«, flüsterte sie.

Jannis nickte. »Ich hole sie, Fiete kann ein wenig Wärme gut gebrauchen.« Jannis lief ins Badezimmer.

»Danke, Wasser habe ich bereits heiß gemacht«, erwiderte Swantje.

Sie stutzte. »Ich hoffe, es macht dir nichts aus, wenn ich mich in der Küche nützlich mache?«

»Natürlich nicht.« Jannis' Augen leuchteten. »Tee ist im obersten Schränkchen, links neben dem Fenster. Ich glaube wir können alle einen gebrauchen.«

»Fiete braucht eine Dusche, aber dazu ist er nicht in Form.«

Jannis grinste. »Stimmt, er müffelt leicht.«

»Leicht? Findest du nicht, dass das stark untertrieben ist?«

»Etwas, aber da müssen wir jetzt durch. Wenn das Fieber gesunken ist, wasche ich ihn mit lauwarmem Wasser.«

»Du?«

»Wer sonst? Ich kann keine Pflegekraft einstellen«, erklärte Jannis.

Swantje kicherte. »Vielleicht findest du ja eine Frau, da könntest du gleich zwei Fliegen mit ...« Swantje brach ab. Jannis' Gesicht verfinsterte sich, offenbar hatte sie ihn verletzt. »Es gibt nur eine Frau, für die ich mich interessiere, aber die merkt es nicht mal.« Gekränkt wandte er sich ab zum Gästezimmer

Swantje schwankte zwischen aufbrausender Wut und Betroffenheit. Jannis war sichtlich verärgert. Aber was konnte sie dafür? Offenbar interessierte er sich für eine bestimmte Frau, die sein Interesse nicht erwiderte.

Seufzend befüllte sie die Wärmflasche mit heißem Wasser aus dem Wasserkocher. Sie schraubte den Verschluss fest zu. Dann bereitete sie Tee zu. Für Fiete gab sie einen Löffel Honig hinein. Seine Vorlieben kannte sie inzwischen, wie Jannis seinen Tee trank, wusste sie nicht. Swantje ließ den Tee ziehen und schlich zu Fiete, um herauszufinden, was Dr. Altmann für eine Diagnose stellte.

»... eine dicke Lungenentzündung, eigentlich wäre es mir lieber, wenn der Patient ins Krankenhaus eingeliefert würde. Aber er will absolut nicht.«

»Ich kümmere mich um ihn, Doc, da kannst du dich drauf verlassen. Wenn du morgen wieder vorbeischauen könntest?«

»Ich komme vor der Frühsprechstunde und am späten Nachmittag, um nach ihm zu sehen. Du hast gerade frei?«

»Genau, zwei Wochen, bis dahin hat er Zeit sich zu erholen.«

Swantje war am Türrahmen gelehnt stehen geblieben und verfolgte das Gespräch der beiden Männer, die offenbar sehr vertraut miteinander waren. Doktor Altmann hatte Fiete ein Antibiotikum gespritzt, mit fiebersenkenden Mitteln. Fürs Erste war der Patient versorgt.

»Warte mit der Körperpflege bis morgen, er riecht zwar nicht sonderlich gut, aber lass ihn lieber in Ruhe zu Kräften kommen. Alles andere ist nebensächlich«, sagte der Arzt, bevor er ging.

Fiete hatte den Tee in kleinen Schlucken getrunken, danach schlief er mit der Wärmflasche im Arm ein. Jannis zog leise die Tür ins Schloss und deutete Swantje mit einer Kopfbewegung an, ihm in die Küche zu folgen.

»Es tut mir leid, dass ich dir so viel Arbeit eingebrockt habe.« Swantje sah ihn schuldbewusst an.

»Es war meine Idee, schon vergessen?«

Swantje forschte in seinem Gesicht, ob er ihr noch böse war.

»Es tut mir leid, dass ich eben so unverschämt dir gegenüber war. Entschuldige«, meinte Jannis kleinlaut.

Swantje ging nicht weiter darauf ein. »Du bist die nächsten Tage ans Haus gefesselt, warum tust du das für ihn? Jeder hält ihn für einen Gauner.«

Jannis schmunzelte. »Weil du ihm vertraust, dann wird er schon okay sein.«

Swantje sah Jannis zerknirscht an. »Die Helene ist ausgeraubt worden.«

»Und du glaubst, Fiete ...?«

Swantje zuckte mit den Schultern. »Zuerst ja ...«

Jannis sah sie verwundert an. Er wies mit dem Zeigefinger in die Richtung des Gästezimmers. »Sieh ihn dir an, er kann es nicht getan haben. Dazu ist er viel zu krank.«

»Das weiß ich nun auch, aber als ich heute an Bord kam, und Fiete nicht da war ... hatte ich schon meine Zweifel. Ich schäme mich dafür, aber ich habe keine Idee, wer mir das Navi geklaut haben könnte.«

»Da fiel dir spontan Fiete ein?«

»Ja«, antwortete Swantje kleinlaut. Bislang war sie die Einzige gewesen, die an Fiete geglaubt hatte, nun war sie selbst nicht besser als die, die sie kritisiert hatte.

»Ich gebe dir natürlich recht, dass ein Verdacht auf Fiete durchaus naheliegend war, aber in diesem Fall liegst du bestimmt falsch.«

»Ich hatte heute früh keine Ahnung, dass er so krank ist«, verteidigte sie ihre Bedenken. »Der Vermieterin könnte ich eine reinhauen.«

»Ich habe dich noch rechtzeitig zurückgehalten«, erwiderte Jannis amüsiert.

»Warum eigentlich? Ich wäre mit Effekthandlung davongekommen.« Swantje lachte ein wenig zu laut. Jannis' Nähe, machte sie zunehmend nervös. Er stand jetzt so dicht vor ihr, dass sie seinen Atem spürte.

Jannis tastete sich weiter an sie heran, ohne sie zu berühren. »Ich bin verrückt nach dir, kleine Fischerin«, flüsterte er kaum hörbar.

Swantje hörte es trotzdem, und heiße Schauer durchliefen sie. Für einen Augenblick verspürte sie nicht das Verlangen, die Situation aufzulösen. Im Bann der Sehnsucht gefangen, rührte sie sich nicht von der Stelle.

Jannis nahm eine ihrer Locken zwischen Daumen und Zeigefinger. Er rieb die Strähne, als ob er dadurch die Zweifel, die Swantje quälten, herausstreichen könnte. Swantje spürte die zärtlichen Berührungen bis in die Zehenspitzen. Sie gab ihre Abwehrhaltung auf und schloss versonnen die Augen. Es war ein Moment, in dem alles richtig schien, ein Moment voller Gefühl.

Plötzlich hörten sie ein lautes Poltern. Mit einem Schlag waren beide zurück in Jannis' Küche.

»Was war das?« Swantje sah Jannis erschrocken an.

»Das Geräusch kam aus dem Gästezimmer!« Jannis eilte, gefolgt von Swantje, zu Fiete.

Fiete lag auf dem Fußboden, offensichtlich war er aus dem Bett gefallen. Mühselig versuchte er aufzustehen. Jannis war mit schnellen Schritten bei ihm, um ihm beim Aufstehen behilflich zu sein.

»Scheiße, ich mache euch nur Umstände.«

»Quatsch«, protestierte Jannis sanft. »Aber du hast mir gerade etwas versaut. Darüber reden wir noch.«

Beim Anblick des kraftlosen Fiete erkannte Swantje, dass sie auch am darauffolgenden Tag nicht würde auslaufen können. Ihr musste etwas einfallen. Die Polizei hatte sie auch noch nicht benachrichtigt.

»Jannis, ich muss los! Wenn es Probleme gibt, ruf mich an.« Jannis sah verdutzt auf, während er Fiete zurück ins Bett beförderte. »Warte!« Jannis vergewisserte sich, dass Fiete gut lag, und bewegte sich auf Swantje zu. »Bleib doch noch.«

»Ich muss den Diebstahl bei der Polizei melden, dann sollte ich mir Gedanken über einen Ersatz für Fiete machen. Er wird lange ausfallen, fürchte ich.«

Zerknirscht blickte Jannis zu Fiete. »Da könntest du recht haben, aber wer soll dir jetzt helfen? Fiete war ein Glücksgriff, so schnell wirst du niemanden finden.« Er sah sie besorgt an.

»Das ist mir klar, aber nichts zu unternehmen geht auch nicht. Vielleicht muss ich allein rausfahren.

»Du verrücktes Huhn, das funktioniert nicht.«

»Es muss! Tschüss Jannis.« Swantje ging in den Hausflur und ließ die Tür hinter sich zufallen. Sie ließ einen enttäuschten Jannis zurück, der nun vorläufig um einen Mitbewohner bereichert war.

Dein Freund und Helfer

Swantje fuhr direkt zur Polizeistation in die Vereinsstraße. Das rote Backsteinhaus wirkte beruhigend auf sie. Sie stellte ihr Auto auf dem Parkplatz ab, der eigens für Besucher eingerichtet worden war. Das Dienstfahrzeug der Büsumer Ordnungshüter parkte vor der Tür. Ein Hinweis darauf, dass das Büro besetzt war. Swantje betete, einen der jüngeren Polizisten anzutreffen. Hannes Grundmann, der Leiter des Reviers, konnte Fiete nicht leiden, und sie befürchtete, seine Vorurteile könnten Nachteile bei den Ermittlungen bringen. Sie musste so schnell wie möglich eine Aufklärung erzielen. Bevor in Büsum die Runde machte, Fiete hätte sie bestohlen.

Ihre Gebete waren nicht erhört worden. Grundmann hockte an seinem Schreibtisch und blickte ihr mürrisch entgegen, er fühlte sich offenbar in seiner Mittagspause gestört.

»Moin, ich möchte einen Einbruch melden.«

Grundmann wirkte noch mürrischer. Er raufte sich die kurzgeschorenen grauen Haare. Sein korpulenter Körper bildete mit dem Chefsessel eine verschmolzene Einheit. Swantje fragte sich, ob er überhaupt irgendwann gedachte, sich zu erheben. Unter dem Schreibtisch steckten seine Füße in Pantoffeln.

»Dann mal los, bitte setzten Sie sich.« Er wies gönnerhaft auf einen klapprigen Stuhl vor seinem Schreibtisch.

»Ich stehe lieber.« Swantje schilderte kurz ihr Anliegen. »Kommt jemand zu meinem Kutter, um den Einbruch aufzunehmen?«

Grundmann runzelte die Stirn. »Wie wir vorgehen, entscheide ich nach Ihrer Aussage.« Er rümpfte die große, leicht gekrümmte Nase, die das gesamte Gesicht zu dominieren schien. Eine tiefe Falte oberhalb der Nasenwurzel erweckte beim Betrachter den Eindruck, das Lächeln nicht zu seinen Charaktereigenschaften gehörte. Er taxierte Swantje mit grimmig dreinschauenden grauen Augen. Genervt fragte er nach den Einzelheiten des Einbruchs. Dann sagte er: »Dafür dürfte die Wasserpolizei zuständig sein, wir können da nichts machen.«

»Der Kutter lag im Hafen, und ich glaube nicht, dass die Täter mit einem Boot geflüchtet sind.«

Grundmann grunzte. »Das kann man nie wissen«, belehrte er sie.

»Wann gedenken Sie es herauszufinden? Ich habe leider nicht viel Zeit, im Gegensatz zu Ihnen offenbar!« Sie funkelte den teilnahmslosen Beamten böse an.

»Versuchen Sie gerade mich zu beleidigen?«

»Nein, verdammt noch mal, ich möchte einen Einbruch melden, der verfolgt werden muss. Das ist wohl nicht zu viel verlangt?« Swantje spürte, dass es mit ihrer Beherrschung nicht zum Besten stand.

Grundmann schaltete auf stur. »Gut, wenn Sie meinen, dann kommen Sie heute Nachmittag vorbei, dann werde ich mir Ihren Fall anhören. Ich habe jetzt zu tun. Auf Wiedersehen.«

Swantje kochte vor Wut. Sie trat einen Schritt auf Grundmann zu, sodass er in seinem Stuhl zurückwich.

»Sie werden von mir hören«, rief sie aufgebracht. »Sie dürfen sich auf eine Dienstaufsichtsbeschwerde freuen. Schönen Tag noch.«

Hannes Grundmann blieb mit offenstehendem Mund zurück.

Swantje musste beim Schiffsausrüster ein neues Navigationssystem ordern und grübelte, ob sie die Versicherung in Anspruch nehmen oder auf die Erhöhung der Beiträge verzichten und selbst etwas tiefer in die Tasche greifen sollte. Die Versicherungsbeiträge erhöhten sich um mindestens dreißig Prozent, die Kosten, die dabei entstanden, waren indiskutabel. Swantje entschied gegen die Versicherung, dabei spürte sie Erleichterung, einen weiteren Schritt in die richtige Richtung getätigt zu haben. Sie fuhr zum Hafen, um den Schaden noch einmal genauer zu begutachten. Danach würde sie entscheiden, ob es Sinn ergab, eine Anzeige in Heide aufzugeben. Meistens kam dabei doch nichts außer Ärger heraus. Der oder die Täter waren längst über alle Berge.

Die Helene lag vor Anker, als ob nie etwas gewesen wäre. Inzwischen waren einige Kollegen zurück im Hafen. Heinrich von Held lief gerade ein, Justus war im Begriff seinen Kutter zu verlassen. Sein Gesichtsausdruck sprach von einem erfolgreichen Fang. Swantje freute sich für ihn, auch wenn ihr die Einkünfte des Tages verlorengegangen waren. Sie winkte ihm zu, als sie ihren Kutter betrat.

Die Brückentür musste repariert werden. Sie wirkte für Einbrecher wie eine Einladung, es erneut zu versuchen. Der Anblick der zerstörten Brücke frustrierte sie zutiefst. Warum waren die anderen Kutter verschont geblieben? Hatte es jemand auf sie abgesehen oder spiele der Zufall ihr einen Streich?

Swantje wollte sich ablenken, indem sie die Brücke säuberte. Mit einem feuchten Lappen entfernte sie Staub und Schmutzreste der letzten Tage. Die Brücke kam meistens zu kurz bei der Reinigung. Plötzlich hielt sie in der Bewegung inne. Sie war eben dabei die letzten Spuren des Einbruchs zu beseitigen, daran hatte sie nicht gedacht. Verärgert warf sie den Lappen in die Ecke. Hatte es jetzt überhaupt noch einen Sinn die Polizei zu rufen?

Egal, die hätten mir ohnehin nicht helfen können.

Mit Werkzeug gerüstet, begann sie die Tür zu reparieren. In der Schiffswerkstatt fand sie ein Ersatzschloss, welches zu passen schien. Sie verbaute das neue fragwürdige Sicherheitssystem, sie feilte und hämmerte, bis es endlich geschmeidig ins Schloss fiel. Danach betrachtete sie ihr Werk, das neue Schloss funktionierte einwandfrei. Mit einer Akkubohrmaschine schraubte sie Löcher in das Türblatt, um ein zusätzliches Vorhängeschloss einzubauen. Anschließend telefonierte sie mit dem Schiffsausrüster, um ein neues Navi zu bestellen. Als der freundliche Verkäufer ihr den Preis nannte, pfiff sie durch die Zähne. »Das sind gesalzene Preise, so leicht möchte ich mein Geld auch mal verdienen.«

Am anderen Ende der Leitung wurde gelacht. »Wir suchen noch Personal, wenn Sie Lust haben …«

»Nein danke, ein Rabatt genügt mir.« Swantje lachte ebenfalls.

»Zwanzig Prozent, mehr sind leider nicht drin.«

»Prima, ich brauche das Gerät vorgestern!«

»Dann passt es doch ausgezeichnet, dass ich das Navi morgen in die Post gebe!«

»Ich füge mich, vielen Dank.« Swantje verabschiedete sich erleichtert. Das nette Verkaufsgespräch hatte sie aufgeheitert, es tat gut, wenn auch mal etwas klappte.

Ilse Hansen war wenig begeistert, keine fangfrischen Krabben vorzufinden, als sie zum Pier kam. Swantje hatte versäumt sie zu informieren, dass die Helene nicht hatte auslaufen können. Grimmig sah Ilse auf der Brücke umher. »Das war doch dieser Knacki!«

»Nein, Mama, er ist krank!«

»Was hat er denn? Chronische Unlust?«

Swantje seufzte genervt. Sie konnte es ihrer Mutter nicht übelnehmen, schließlich hatte sie selbst geglaubt, dass Fiete dahintersteckte. Sie erzählte ihr, in welchem Zustand sie Fiete vorgefunden hatte. Auch die Bäuerin erwähnte sie, und die kam in ihrem Bericht nicht gut weg. Swantje glaubte zwar nicht, dass ihre Mutter für Fiete Partei ergreifen würde, aber sie versucht, ihr die Situation deutlich zu machen.

Ilse sah bedrückt aus. »Der arme Junge«, flüsterte sie beinahe beschämt. »Kann ich etwas tun?«

Swantje glaubte zunächst, sich verhört zu haben, aber Ilse meinte es tatsächlich ernst.

»Er ist bei Jannis, dort bleibt er, bis ich eine vernünftige Unterkunft für ihn gefunden haben. Wenn du dich umhören möchtest, ob jemand eine freie Wohnung anzubieten hat, würde das sehr helfen?«

Ilse nickte zuversichtlich. Wenn jemand über Kontakte verfügte, dann war sie es. »Ich strecke meine Fühler aus, es wird bestimmt nicht einfach, aber ich bleibe dran.

»Einfach kann auch jeder, wir machen Unmögliches wahr.« Swantje lachte.

»Wenn das nur so leicht wäre ...« Ilse sah ihre Tochter betrübt an.

»Geht es dir nicht gut?« Swantje war besorgt.

»Mir geht es gut, aber Mia tut mir leid.

»Aber Herr Keller hilft ihr doch jetzt, oder habe ich etwas nicht mitbekommen?«

»Er kann nichts für Mia tun.«

»Kann er oder will er nicht?«

Ilse zögerte. »Nun, der Brief von Romeos Anwalt war bereits drei Wochen alt, Mia hat ihn gekonnt ignoriert. Ihr bleibt nichts anderes übrig, als die Saloneinrichtung abzuholen, sonst ist sie verloren.«

»Warum weiß ich nichts davon? Wir fahren morgen früh nach Berlin.« Swantje bedauerte, dass sie Fiete nicht mit einplanen konnte. Wie das mit Dana und Mia funktionieren sollte, wusste sie noch nicht. Beide hatte nicht viel Erfahrung damit anzupacken. Dana war eher die Kugelschreiberheldin und Mia hatte Angst, sich ihre Fingernägel abzubrechen.

»Mama?«

Ilse verstaute ihren Verkaufsstand, der heute nicht benötigt wurde und sah Swantje fragend an. »Was ist?«

»Wenn ich Jannis überreden kann, uns nach Berlin zu begleiten, ... schaust du dann zwischendurch bei Fiete vorbei, ob alles in Ordnung ist?« Ilse stieß Luft zwischen ihren zusammengepressten Lippen aus. Swantje hätte sich denken können, dass Ilse nicht daran dachte, Fiete zu umsorgen.

»Er muss dann sicher auch etwas essen?«

»Wir stellen ihm etwas Unverderbliches vor sein Bett, dann kommt er schon klar.«

Ilse sah ihre Tochter tadelnd an. »Ich hoffe doch, das ist nicht dein Ernst? Ich werde selbstverständlich für ihn eine Hühnersuppe kochen. Wie komme ich überhaupt in die Wohnung?«

Swantje atmete auf, ihre Mutter war offenbar wirklich nicht mehr misstrauisch Fiete gegenüber.

»Erst muss ich Jannis fragen, ob er uns behilflich ist, vielleicht hat er ja gar keine Zeit. Dann klären wir das mit dem Schlüssel.«

»Ich soll in eine fremde Wohnung gehen?« Ilse schien sich unwohl zu fühlen bei der Vorstellung, Jannis' Wohnung allein zu betreten. »Er kann doch auch zu mir auf das Sofa ...«

Swantje riss vor Erstaunen die Augen auf. »Mama, das ist ganz lieb von dir, aber wir sollten Fiete nicht erneut aus dem Bett holen und umbetten. Er ist zu schwach für solche Unternehmungen.« Swantje erstaunte die Reaktion ihrer Mutter. Vor wenigen Tagen noch hatte sie Fiete am liebsten in die Wüste schicken wollen, und nun durfte er sogar ihr Sofa belegen.

Ilse lächelte sanft. »Gut, dann bringe ich ihm die Mahlzeiten dorthin, wo er ist. Die Adresse brauche ich noch.«

»Die bekommst du, wenn ich Jannis davon überzeugen konnte, uns nach Berlin zu begleiten.«

Ilse grinste. »Ich glaube nicht, dass es viel Überzeugungsarbeit kosten wird. Er kommt bestimmt mit, wenn *du* ihn darum bittest!«

Swantje bereute fast, ihre Mutter eingeweiht zu haben. Trotzdem war sie Ilse dankbar und umarmte sie. »Deine Kommentare kannst du dir gerne sparen, aber vielen Dank, Mama.«

Vierergespann

Ilse behielt recht mit ihrer Vermutung, dass Jannis Swantje nichts abschlagen konnte. Bereitwillig überließ er Ilse einen Haustürschlüssel und stimmte zu, beim Umzug zu helfen. Für vier Personen bot der geliehene LKW keinen Platz. So kam es, dass Jannis neben Swantje saß und ihr schweigend dabei zusah, wie sie den 7,5 Tonner über die Autobahn lenkte. Ihre Haut prickelte unter seinem bewundernden Blick. Die Nähe in dem engen Führerhaus beunruhigte sie allerdings. Swantje spürte wie ihr Hals trocken wurde. Einerseits wollte sie ihn berühren, andererseits kamen Fluchtgedanken auf, die sie vorher nie so zwingend erlebt hatte.

Nun waren sie seit zwei Stunden unterwegs, ohne dass ein Wort zwischen ihnen gefallen war. Dana hatte sie überholt und nur noch eine Staubwolke hinterlassen. Ihr Flitzer glitt über die Autobahn, als würde er von einer unsichtbaren Hand geführt.

Swantje verwendete ihr Smartphone zur Navigation. Der einfache LKW verfügte nicht über solchen Luxus. Da sie nur geradeaus der Spur folgen mussten, schwieg auch die Stimme, die ihr den Weg wies. Swantje schnaubte genervt.

Jannis fragte verständnisvoll: »Müde?«

»Nein, nicht wirklich, aber ich bin hungrig.« Das war seltsam, denn sie hatte ausgiebig gefrühstückt.

»Wir könnten in wenigen Kilometern runterfahren und eine Kleinigkeit essen, den Autohof kenne ich, es ist sauber und das Essen ist dort sehr gut.«

Swantje nickte zustimmend, ohne ihn anzusehen. Beim Hinweisschild zur Raststätte betätigte sie den Blinker, um die Autobahn zu verlassen. Der Parkplatz war überfüllt, aber Swantje ergatterte einen Stellplatz, der groß genug für den LKW war.

Sie holten sich belegte Brötchen und Kaffee und suchten sich einen Platz. Swantje hielt die beklemmende Stimmung kaum noch aus, als Jannis plötzlich eine leichte Unterhaltung begann, die ihre Nerven entspannte.

»Ich glaube, Fiete wird eine Zeitlang ausfallen, ich begleite dich gerne, wenn du mit deinem Kutter rausfahren möchtest«, sagte er unerwartet.

»Aber du hast Frei Törn und musst dich erholen«, protestierte Swantje lahm.

Jannis winkte ab. »Ich bin fit, da mach dir keine Gedanken.« Die Aussicht, mit Jannis auf Krabbenfang zu gehen, machte Swantje nervös, weil es bedeutete, dass er tagelang in ihrer Nähe wäre.

»Ich überleg es mir, danke für dein Angebot.« Damit sie ihn nicht ansehen musste, schlürfte sie vorsichtig an ihrem Kaffee, obwohl er längst nicht mehr heiß war. Jannis berührte wie zufällig ihre Hand. Die wohlige Wärme seiner Haut floss ungehindert in Swantjes Herz. Unsicher sah sie ihm in die fragenden Augen. Sie las dort eine Spur von Belustigung, aber auch ... Zuneigung? Er zog seine Hand langsam zurück, während er heiser sagte: »Wir müssen los, sonst schaffen wir unser Pensum heute nicht.«

Swantje war erleichtert über den Aufbruch, eilig stellte sie das Geschirr zusammen und trug es zur dafür vorgesehenen Ablage. Jannis war ebenfalls aufgestanden und wartete am Tisch auf ihre Rückkehr. Er blinzelte ihr aufmunternd zu, dann nahm er ihre Hand in seine, um sie hinaus zu begleiten. Erstaunt, wie gut es sich anfühlte, wehrte sie sich nicht dagegen, sondern drückte Jannis' Hand. Mit geröteten Wangen ging sie neben ihm her wie ein verliebter Backfisch.

»Ich fahre gerne das letzte Stück, wenn du erlaubst.« Swantje nickte nur. Ohne ihn loszulassen, zog sie den Schlüssel aus der Jackentasche hervor, um ihn an Jannis weiter zu reichen. Sehr langsam gingen sie auf den LKW zu, als fürchteten beide sich davor anzukommen und ihre Hände lösen zu müssen.

Wortlos standen sie sich gegenüber, eigentlich sollten sie einsteigen. Aber Jannis hielt Swantje weiter fest. Swantje schluckte, ihr Herz überschlug sich förmlich, als er ihr einen Kuss auf die zitternden Lippen gab. Nur flüchtig, dann lief Jannis um den Lastwagen herum und hievte seinen schlanken Körper auf den Fahrersitz. Er ließ das Fenster herunter, so als ob ihm zu heiß geworden wäre.

Swantje rührte sich nicht von der Stelle und starrte ihn durch die Scheiben mit offenem Mund an. Langsam führte sie die Hand an ihre Lippen, die zu pulsieren schienen. Dieser flüchtige, aber zärtliche Kuss hatte ihre Gefühlswelt komplett durcheinandergewirbelt. Sie fieberte nach einer Wiederholung, gleichzeitig aber kamen die bereits bekannten Fluchtgedanken auf.

Sie blickte sich verstohlen um. Er saß im Lastwagen, ein anderes Fortbewegungsmittel stand nicht zur Verfügung.

Jannis riss Swantje aus ihrer Lethargie. Er ließ auch das Fenster der Beifahrerseite herunter. »Kleine Fischerin, willst du nicht einsteigen?« Seine Stimme klang sanft, fast zärtlich, sodass Swantje glaubte, er streichele sie mit seinen Worten.

»Doch!« Unfähig sich zu bewegen, starrte sie benommen in das Innere des Lastwagens.

»Dann komm, wir haben heute noch einiges zu erledigen.« Er lachte leise, dabei ließ er den Blick nicht von ihr. Swantje sah in seine Augen ... was konnte sie dort erkennen? Liebe? Verwirrt kletterte sie in den Laster, griff zum Sicherheitsgurt und sah durch die Windschutzscheibe. Nur langsam ordnete sie ihre Gefühle neu, suchte fieberhaft nach der alten Swantje, von der sie befürchtete, sie auf ewig verloren zu haben.

»Es tut mir leid, wenn ich dich aus dem Gleichgewicht gebracht habe.« Jannis' Blick folgte ihrem durch die Frontscheibe.

Swantjes Kopf flog herum. »Mir nicht«, sagte sie atemlos. »Fahr endlich los«, befahl sie dann mit rauer Stimme. Jannis drehte den

Schlüssel herum, der Motor brummte startbereit, aber auch Jannis schien nicht sicher, ob er losfahren sollte. Seine kräftige, schöne Hand ruhte unentschlossen auf der Gangschaltung. Dann legte er den ersten Gang ein und ließ das ungewohnte Gefährt über den Parkplatz zur Autobahnauffahrt rollen.

Swantje betrachtete die durchgehende Sitzbank, und einem Impuls folgend, rutsche sie näher an Jannis heran. Zaghaft legte sie ihren Kopf an seine Schulter. Sie spürte, dass sein Atem für einen Augenblick still zu stehen schien, dann legte er den freien Arm um Swantje und hauchte einen Kuss auf ihre Lockenmähne. Glücklich schloss sie die Augen.

Nach einer Weile rückte sie von ihm ab. »Wir sagen meinen Schwestern aber noch nichts.«

Jannis schmunzelte.

»Warum habe ich mir das schon gedacht?«

»Keine Ahnung.« Sie kuschelte sich wieder bei ihm an. Ein Gefühl von Wärme umgab die beiden Verliebten, als ob ein Ofen ihre Adern aufheizte.

»Ich frage mich, wer den Einbruch auf der Helene zu verantworten hat«, sagte Jannis in die Stille hinein. Swantje stöhnte verzweifelt auf. »Ich zermartere mir den Kopf, aber ich habe nicht die leiseste Ahnung.« Swantje berichtete, wie es ihr auf dem Polizeirevier ergangen war.

»Du hast keine Anzeige erstattet?«

»Nein!«, antwortete Swantje trotzig.

»Verstehe ich nicht, du musst doch ...«

»Ich muss gar nichts, und du musst es auch nicht verstehen.«

»Wie du meinst.« Jannis zuckte mit den Schultern.

»Ich bekomme schon raus, wer dahintersteckt.« Swantje rückte nun ein Stück von Jannis ab. Schlagartig fröstelte sie.

»Ich liebe auch deinen Dickkopf, kleine Fischerin, du wirst schon wissen, ob du das Richtige tust.« Jannis blinzelte ihr liebevoll zu.

»Da kannst du sicher sein, zumindest was den Einbruch betrifft.«

»Ich vermute, mit dem anderen meinst du uns?«

»Kann schon sein«, flüsterte sie gegen den Lärm des Motors.

Auf Berlins Straßen herrschte Verkehrschaos, sie kamen nur schrittweise voran. Das Navigationssystem des Smartphones plapperte immerfort. Spurwechsel und Abbiegemanöver forderten Jannis höchste Konzentration ab. Berlin war mit Büsum oder den umliegenden Städten nicht zu vergleichen, daher atmeten beide erleichtert auf, als sie endlich Mias Salon erreichten. Mia stand mit Dana ungeduldig am Bürgersteig, sie hielten mit konsequenter Haltung den Parkplatz frei und rührten sich nicht von der Stelle. Freudig winkend lotsten sie Jannis heran. Swantje beschoss es als gutes Omen anzunehmen, dass gleich zwei Parkplätze für den LKW frei waren, in Berlin eine Seltenheit. Beschwingt hüpfte sie auf den Bürgersteig, um ihre Schwestern freudig zu begrüßen. Ihre Augen leuchteten mit denen von Jannis um die Wette. Ihre geröteten Wangen gaben ihr einen verzückten Gesichtsausdruck. Dana betrachtete sie mit hochgezogenen Augenbrauen. Veränderungen, die Swantje betrafen, waren ihr noch nie entgangen. Swantje nahm Dana in den Arm, um ihr leise ins Ohr zu flüstern.

»Bitte, keine Fragen oder Bemerkungen, du Orakel.«

Dana lächelte ihre jüngste Schwester an. Ihre Lippen formten ein: »Verspochen.«

Eilig lief Dana in den Salon, der mit weit geöffneten Türen auf die Ausräumarbeiten wartete.

Swantje war beeindruckt, als sie den Kosmetiksalon betrat. Die hochwertige Einrichtung ließ keine Wünsche offen. Ein moderner Empfangstresen lud die Kunden ein, den Alltag zu vergessen, um sich ganz der Schönheit und Pflege zu widmen. In den Ecken hingen Lautsprecher, aus denen Entspannungsmusik erklingen konnte. Die Möbel waren umringt von Grünpflanzen, die den Eindruck erweckten, dass man sich am Strand von Jamaika befinden würde. Swantje stand in der Mitte des Raumes, von dem Türen abgingen, die zu den Behandlungsräumen führten. Sie bemerkte nicht, dass vor lauter Staunen ihr Mund offen stand.

»Mach den Mund zu, fang lieber an zu packen.« Dana hatte ihr einen Stoß in die Rippen versetzt.

Swantje suchte nach Worten. »So etwas wird im Norden nicht umsetzbar sein«, meinte sie nachdenklich.

»Warum nicht?« Mia trat zu ihnen.

»Meinst du die Norddeutschen lassen sich dafür gewinnen?« Swantje hatte ihre Zweifel.

»Klar, warum denn nicht? Ich habe im Umkreis von Dithmarschen und Nordfriesland nichts dergleichen gefunden. Das wird einschlagen wie eine Bombe.« Mia strahlte ihre Schwestern an. Sie hatte offenbar ihre Zuversicht zurückerlangt.

Swantje wollte ihr die Zuversicht für ihren Neuanfang nicht nehmen. »Ich glaube fest an deinen Erfolg, Mia, lass uns loslegen.«

Jannis schleppte die mitgebrachten Umzugskartons herein und begann sie zu falten. Mia hatte für die kostbaren Pflegeprodukte kleine Behälter besorgt.

»Ihr beiden verstaut die Kleinigkeiten, ich beginne mit Jannis, die Behandlungsstühle auf die Ladefläche zu bringen.« Swantje übernahm die Führung.

Dana und Mia schwärmten aus, um mit der Arbeit zu beginnen.

Jannis legte die Hand an Swantjes Rücken. »Meinst du, wir wuppen die schweren Sessel allein? Die sehen sehr schwer aus.«

Swantjes Knie drohten ihren Halt zu verlieren. Die Nähe und Berührung dieses Mannes entzogen ihr die Kraft. Sie zitterte vor Verlangen, ihn zu küssen. »Irgendwie muss es gehen«, krächzte sie heiser, dabei vermied sie es, ihm in die Augen zu sehen.

»Dann los«, flüsterte Jannis liebevoll.

Swantje tat einen Schritt vor, um seiner Hand zu entkommen. Sie zwang sich, einen kühlen Kopf zu bewahren. Ein schwieriges Unterfangen mit Jannis an ihrer Seite.

»Wenn ich mir das hier alles ansehe, fürchte ich, dass der LKW nicht groß genug ist«, prophezeite Swantje besorgt.

»Wir müssen eben gut packen, dann wird es gehen.« Jannis grinste sie an. »Lass uns anfangen, ich freue mich schon auf Büsum.« Dabei setzte er einen vielsagenden Gesichtsausdruck auf, der unweigerlich einen Vulkanausbruch in Swantjes Blutbahn hervorrief.

»Ich rufe kurz bei Mama an, dass wir gut angekommen sind. Ich möchte auch wissen, wie es Fiete geht.« Swantje war froh über die Ablenkung. Eilig zückte sie ihr Handy, leider hörte sie nur die Stimme des Anrufbeantworters ihrer Mutter. Verblüfft hielt sie inne, als lautes Stimmengewirr durch den Salon ertönte.

»Hallo! Ich habe starke Helfer mitgebracht!« Swantje sah in die Richtung, aus der sie die Laute vernommen hatte und jubelte: »Ella! Wo kommst du denn her?« Freudig rannte sie auf ihre Freundin zu, die mit ausgebreiteten Armen darauf wartete, dass Swantje sie begrüßte. Die Freundinnen aus Kindertagen lagen sich kreischend in den Armen.

»Ich wohne hier, du hast es anscheinen vergessen, sonst hätte ich nicht von deiner Mutter erfahren müssen, dass du in Berlin bist.« Ella konnte den Vorwurf in ihrer Stimme nicht unterdrücken.

Swantje hatte in der Aufbruchsstimmung völlig vergessen, Ella zu informieren. »Entschuldige«, sagte Swantje atemlos. »Es ging alles so schnell, dass ich nicht daran gedacht habe, dich anzurufen.« Ella sah sie prüfend an.

»Du siehst verändert aus, verliebt?«, fragte Ella.

»Du hast mich nur lange nicht gesehen, ich sehe immer so gut aus«, neckte Swantje ihre Freundin.

Ella hatte ihre blonden glatten Haare zu einem Zopf gebunden, ihre grünen Augen betrachteten Swantje wachsam. »Daran liegt es nicht.« Ella kicherte übermütig und drückte Swantje erneut.

Swantje raunte ihr warnend ins Ohr. »Pst ... es weiß noch niemand, wir reden später.«

Ella lachte. »Aber wirklich, ich platze vor Neugier.« Ella ging auf Dana und Mia zu, sie umarmten Ella herzlich. Einer von Ellas Begleitern trug einen Einkaufskorb herein.

»Wir räumen aus, nicht ein ...« Dana verstummte, als sie den Inhalt erblickte. Ella hatte keine Mühen gescheut und einen Picknickkorb zusammengestellt, der keine Wünsche offenließ. Belegte Brötchen, heißer Kaffee und frisches Obst, sogar einige Süßigkeiten boten einen verführerischen Anblick.

»Ella, sieht das gut aus«, lobte sie.

Mia hob den Finger. »Erst die Arbeit, dann kannst du dich darüber hermachen.«

»Du bist aber streng«, maulte Dana gespielt beleidigt. Neugierig beäugte sie den zweiten Mann, den Ella zum Helfen mitgebracht hatte. Ellas Freunde waren ausschließlich muskelbepackt, so auch dieses interessante Exemplar. Dana war offensichtlich beeindruckt. Sie strich mit der flachen Hand über ihre Taille, als wolle sie prüfen, ob alles am richtigen Platz war.

Swantje verdrehte belustigt die Augen. »Du bist doch in Mark verknallt, hör auf zu sabbern.«

»Der ist vergeben«, raunte Dana ihrer Schwester zu.

Ella, die mal wieder die Situation erfasst hatte, stellte die Jungs vor. »Das sind Harry und Hugo, sie sind seit einigen Tagen in den Flitterwochen, konnten jedoch meine Bitte zu helfen nicht ausschlagen.«

Swantje drehte sich weg und grinste. Dana hatte mal wieder voll danebengegriffen.

Mia bedankte sich freundlich bei den gutaussehenden Männern für ihre Einsatzbereitschaft.

Swantje bedanke sich im Stillen nicht weniger, denn die Behandlungsstühle sahen recht schwer aus. Erleichtert räumte sie die Schränke leer, um alles in die Boxen und Umzugskartons zu verfrachten, während die Jungs sich um die Stühle kümmerten.

Ella nutzte die Gelegenheit, um mit Swantje zu plaudern, dabei ging sie Swantje zur Hand. Jannis half Harry und Hugo mit den schweren Gegenständen, die der Salon beherbergte und die nun Richtung Nordsee transportiert werden sollten.

»Wer macht dich gerade so glücklich?«, fragte Ella plötzlich.

»Wie kommst du nur darauf?« Swantje spielte die Verblüffte.

Ella sah ihre Freundin beleidigt an. »Ich kenne dich, du verheimlichst mir etwas. Ist es der gutaussehenden Jannis, der dich die ganze Zeit nicht aus den Augen lässt?«

»Hm«, machte Swantje. Sie wusste schließlich selbst nicht, was von ihren verwirrten Gefühlen zu halten war. Wie sollte sie Ella davon berichten?

Ella jubelte. »Also doch! Ich wusste es, du strahlst wie die Liebesgöttin persönlich.«

»Wer ist das denn?« Swantje musste lachen.

»Keine Ahnung, mir ist sie noch nicht begegnet.« Ella legte die Produkte aus dem letzten Regal in eine Box, dabei behielt sie ihre Freundin im Auge.

»Siehst du, es gibt sie nicht.«

»Rede dir bloß nicht so einen Scheiß ein, natürlich gibt es die Liebe.«

»Welche Liebe? Habe ich Wichtiges verpasst?« Dana war aufgetaucht, sie schien sich für die Gespräche der beiden Freundinnen brennend zu interessieren.

Ella holte Luft, um Dana einzuweihen, verstand jedoch Swantjes warnenden Blick und schluckte die Worte herunter. »Nix! Wir reden von einem Film, den wir vergangene Woche am Telefon zusammen verfolgt haben.« Ella hatte noch mal die Kurve gekriegt, konnte aber nicht verhindern, dass Dana sie ungläubig anstarrte. Dana hakte zum Glück nicht weiter nach, sondern verzog sich in den Nebenraum, den sie fast fertig hatte.

»Wir sprechen noch darüber, versprochen, aber jetzt lass uns von anderen Dingen reden«, zischte Swantje Ella zu. Ella schien beruhig, denn sie erzählte nun munter von ihrem Vorhaben, im Sommer in die USA zu reisen.

Die bereits geleerten Regale zerlegten die Männer mit Sachverstand und Sorgfalt, danach trugen sie die Teile hinaus in den inzwischen recht gefüllten Lastwagen. Unter aufkommenden Tränen legte Mia die letzten Kosmetika am Empfangstresen in die Plastikboxen. Swantje ging zu ihr und legte den Arm um ihre Schwester.

»Nimm es nicht so schwer, jeder Abschied birgt einen Neuanfang, du wirst sehen, dein Erfolg bleibt dir auch in Büsum treu.«

Dankbar blinzelte Mia sie an. »Ich hoffe du behältst recht.« Sie schniefte ergriffen. »Ich wäre jetzt bereit für einen Kaffee, wollen wir uns eine Pause gönnen?«

Swantje lächelte. »Unbedingt.« Sie lief in den ehemaligen Aufenthaltsraum, um das gemeinsame verspätete Frühstück hervorzuholen. Alle ließen die Arbeit liegen und stürmten auf Swantje zu, Harry und Hugo vorneweg. Offenbar brauchten ihre Muskeln Futter, denn sie griffen beherzt zu.

»Das wurde aber auch Zeit«, nuschelte Harry mit vollem Mund.

Swantje hatte die Köstlichkeiten in das Schaufenster gestellt, da es die einzige noch vorhandene Sitzgelegenheit bot. Jannis quetschte sich neben Swantje, die an die Fensterscheibe gelehnt mit einem Kaffeebecher in der Hand in die Runde schaute. Harry blieb lieber stehen.

»Ich bin ratzfatz eingeschlafen, wenn ich es mir gemütlich mache.« Lachend nahm er sich ein weiteres Brötchen und sah verstohlen seinen Mann an. Dana saß neben Hugo, den sie nun nicht mehr so anhimmelte, er war schließlich frisch verheiratet mit dem vom Schlaf bedrohten Harry. Dana und Mia besetzten die vordere Kante der breiten Fensterbank, auch sie schienen ausgehungert. Swantje beschlich ein schlechtes Gewissen, sie war ihnen um einiges voraus, denn dies war ihr drittes Frühstück. Verzückt dachte sie an die Minuten der Zärtlichkeit, die sie durch Jannis erfahren hatte.

Ella, die eben nach einem Schokoriegel griff, sah Swantje verdutzt an. »Du leuchtest wie die Sterne am Abendhimmel.« Swantje spürte die Röte in ihr Gesicht steigen. Sah man ihr das wirklich an?

Jannis ergriff das Wort, offensichtlich entschlossen die Runde aufzuklären. »Swantje ist hoffentlich genauso verliebt, wie ich es bin.«

Dana hörte mit den Kaubewegungen auf, Mia bekam den Mund nicht wieder zu und Ella juchzte fröhlich.

»Ich hab es gleich gesehen, du bist verliebt! Ich freue mich für euch!«, sagte Ella.

Jannis stellte seinen Kaffee neben sich und gab Swantje einen Kuss auf die Lippen. Swantje rückte dicht an die Fensterleibung heran, musste aber hinnehmen, dass Jannis nachrückte.

»Wir sind noch in der Kennenlernphase, wenn wir ein Paar werden, informieren wir euch«, platzte Swantje heraus. Sie bemerkte, wie Jannis' Körper sich anspannte. Offenbar war er anderer Meinung gewesen. Swantje gab sich einen Ruck, nahm sein Gesicht in beide Hände und küsste ihn versöhnlich. Tosender Beifall durchbrach die kurzzeitige Stille.

»Wir gehen an die Arbeit«, rief Mia dazwischen, die offenbar ein wenig neidisch war.

Jannis' Ansage, dass die beiden sich nähergekommen waren, gefiel Swantje nicht sonderlich, aber sie musste zugeben, dass die Reaktionen der andern ihr gutgetan hatten. Ein Schritt nach vorn, ein ungewohntes Gefühl, offiziell jemanden zu lieben, nicht mehr allein zu sein. Ob ihr das auf Dauer gefiel? Ein Kribbeln in der Magengegend beantwortete ihre Fragen. Sie lächelte glücklich. Ja, sie wollte die Liebe mit Jannis genießen.

»Lass es los«, riet Ella. Swantje sah sie fragend an. »Wirf die Zweifel über Bord, es kommt, wie es kommen muss.«

Über Bord werfen? Mit Schiffen kannte Swantje sich aus, sie waren ihr täglich Brot. Ella hatte recht, warum zweifeln, die Zukunft würde zeigen, ob Jannis sie für immer glücklich machen konnte. »Sieht man mir das so sehr an?«

»Man nicht, aber ich sehe es, du bist meine Freundin und ich kenne dich ziemlich gut.« Ella grinste.

»Hatte ich doch glatt vergessen.« Swantje lachte befreit. Sie umarmte ihre Freundin, die sie so sehr vermisste, seit sie in Berlin lebte. Swantjes Handy klingelt mit der Melodie, die ihr verriet, dass ihre Mutter versuchte sie zu erreichen.

»Hallo Mama, wie geht es Fiete?«

»Wie es mir geht interessiert dich wohl gar nicht?«

»Doch, natürlich, ist etwas passiert?«

Ilse gluckste amüsiert. »Nein, alles bestens, Fietes Temperatur ist sogar gesunken, aber mich beschäftigt eine Frage.«

»Spuck es aus, was liegt dir auf dem Herzen?« Swantje hoffte, dass der Küstenfunk nicht in Büsum angekommen war und Ilse sich nach Jannis erkundigen wollte. So viel Mittelpunkt mochte sie überhaupt nicht.

»Was hast du mit unserem Polizeioberhaupt angestellt? Er hat die Puschen im Revier gelassen und stolziert durch Büsum, um Präsenz zu demonstrieren. Sogar die Helene hat er unter die Lupe genommen.«

Swantje musste laut lachen. »Der hat Angst vor der Dienstaufsichtsbeschwerde, die ich ihm angedroht habe.«

»Kind, du willst unsere Polizei verklagen?«

»Das will ich, die können schließlich nicht den ganzen Tage Kaffee trinken.«

Ilse seufzte. »Überleg es dir bitte, du weißt nie, welche Nachteile für dich dabei entstehen.«

»Mama ...!«

»Ich bin schon still«, unterbrach Ilse ihre Tochter, die auf dem besten Weg war aufzubrausen. »Kommt ihr gut voran? Wie geht es Mia, leidet sie sehr?«

»Mia geht es gut, mach dir keine Sorgen, wir fahren heute noch zurück, morgen muss ich arbeiten.« Ilse schwieg. »Jannis geht mir zur Hand.« Swantje lauschte angestrengt in den Hörer.

»Oh ..., er ist mal wieder der Retter in der Not. Ich finde es sehr nett von ihm«, erwiderte Ilse.

»Ich auch, Mama«, sagte Swantje leise.

»Aber es ist doch schade, dann kannst du gar nicht viel Zeit mit Ella verbringen. Sie hat sich so gefreut, als ich ihr sagte, dass du in Berlin bist. Warum bleibt ihr nicht wenigstens eine Nacht dort?« Ich kümmre mich gerne um Fiete.«

Swantje grinste. Dafür, dass Ilse Fiete, nicht ausstehen konnte, kümmerte sie sich rührend um den kranken jungen Mann.

»Das musst du sowieso, Mama, wenn Jannis mit mir an Bord geht, und Ella versteht das bestimmt.«

»Ich stricke für Fiete dicke Socken, ein Paar habe ich heute Nacht schon fertig gemacht.« Das wurde ja immer interessanter, Ilse strickte ihre hochgelobten Socken für den Knacki. Swantje hätte sich beinahe an ihrem Kaffee verschluckt.

»Stimmt, du sagst ja stets: Alte Leute brauchen nicht so viel Schlaf. Dann ist es nur gut, einer Beschäftigung nachzugehen.«

»Spotte nicht, Swantje, ich bin ziemliche müde, die Pflege des jungen Mannes ist auch nicht ohne.«

»Ich weiß, Mama, wir sind auch sehr dankbar.« Swantje gluckste. Es war ausgemacht, dass sie Fiete lediglich zu den Mahlzeiten eine Kleinigkeit vorbeibrachte. Aber sie schien ihn tatsächlich zu pflegen. Der arme Fiete. Wenn Ilse erst einmal loslegte mit ihrer Fürsorge, gab es kein Entrinnen mehr.

»Ich habe die Schmutzwäsche in Jannis' Bad mit nach Hause genommen, ich musste sowieso waschen, er hat ... schöne Unterhosen ...«

»Mama!« Swantjes Stimme überschlug sich und entgegen ihrer Art wurde sie schrill. »Bist du jetzt völlig«, sie sprach leiser, denn sie bemerkte, dass alle Augenpaare der Helfer auf sie gerichtet waren. »Übergeschnappt? Jannis' Wäsche geht dich nichts an.«

»Stell dich nicht so an, ich konnte mich im Bad nicht bewegen, vor lauter Wäschebergen. Jannis wird sich darüber freuen.«

Swantje konnte sich beim besten Willen nicht vorstellen, dass in Jannis' Bad irgendetwas herumliegen sollte. Seine Wohnung war für einen Mann sehr ordentlich. Ilse hatte Jannis offenbar ins Herz geschlossen, sonst würde sie nie auf derartige Ideen kommen. Wenn sie nun auch noch erfuhr, dass die beiden ein Paar waren, musste Swantje sie unbedingt in ihren Aktivitäten bremsen, sonst wäre Jannis unter Umständen ihr nächstes Opfer. Wenn er es nicht bereits war.

»Mama, ich stelle mich nicht an, du greifst in Jannis' Privatsphäre ein, das ist unmöglich.«

»Pah, Unterhosen sind doch heutzutage nicht privat, unsere Nachbarin hängt ihre Bollerbüxen sogar auf die Leine.«

Swantje stöhnte auf. »Hör auf damit, du bist einfach nur peinlich.«

Ilse schnaubte beleidigt am anderen Ende der Leitung.

»Wenn ich dir peinlich bin, lege ich besser auf.« Es klickte in der Leitung und Swantje starrte auf das Telefon.

»Gibt es Probleme mit Fiete?« Jannis legte den Arm um Swantje und küsste sie.

»Mit Fiete nicht. Aber du wirst es noch früh genug erfahren.«

»Spann mich nicht auf die Folter, was sollte ich wissen?«

»Meine Mutter hat eine neue Aufgabe für sich entdeckt.« Swantje musste nun doch lachen.

»Sie kann Fiete nicht weiter versorgen?« Jannis sah sie besorgt an.

»Doch, doch, sie sorgt für alle.« Vielsagend zwinkerte sie ihm zu. »Inklusive für dich.«

Jannis lachte unsicher. »Klär mich auf.«

»Nein, es ist mir unangenehm.« Swantje zögerte, dann holte sie tief Luft, bevor sie weitersprach. »Sie hat deine Wäsche gewaschen.«

Jannis grinste schief. »Ich befürchtete schon, es wäre etwas Unanständiges.« Jannis wirbelte sie herum, dann küsste er sie voller Leidenschaft, sodass Swantje dachte, der Boden schwankte.

»Gibt es etwas zu feiern? Dann möchte ich mitmachen.« Dana gesellte sich mit verständnislosem Blick zu ihnen.

»Gibt es, Dana«, erklärte Jannis vergnügt. »Eure Mutter ist im Begriff, mich zu adoptieren.«

»Freu dich mal nicht zu früh, ich habe da ein Mitspracherecht«, erwiderte Swantje.

Dana stimmte ins Lachen mit ein, ohne genau zu wissen, worum er bei der Familienvergrößerung ging.

Mia hockte traurig auf dem Fußboden hinter dem Empfangstresen ihres Salons. Sie wirkte teilnahmslos und ignorierte die fröhliche Stimmung ihrer Schwestern. Swantje eilte besorgt zu ihr. »Liebes«, flüsterte sie,

»alles wird gut, glaube mir, du bekommst die Chance eines Neubeginns. Der Norden kann sich glücklich schätzten, eine so gute Kosmetikerin zu bekommen.«

»Ich habe mich hier so wohl gefühlt, so sicher und zu Hause. Nie hatte ich geplant, zurück in die Heimat zu ziehen. Nun krieche ich an Muttis Herd, ohne Perspektive auf einen Job.« Swantje nahm ihre Schwester liebevoll in den Arm. Sie hielt sie fest, Worte würden nur an Mia abprallen. Dana, die die Situation erkannte, setzte sich ebenfalls wortlos dazu. Gemeinsam gelang es ihnen, Mias Seele aufzurichten. Sie ließ ein letztes Schluchzen entweichen, um dann den Aufbruch anzukündigen. Die Muskelmänner hatten sich bereits vor einer halben Stunde verabschiedet, nicht ohne das Versprechen abzugeben, ihren nächsten Urlaub in Büsum zu planen.

»Müssen wir noch saubermachen?« Jannis war zögernd nähergekommen.

»Mit Sicherheit nicht, soll er doch selbst den Staub aus den Ecken holen«, meinte Mia gleichgültig.

»Schade, ich habe keinen gefunden«, meinte Swantje trocken, die von der Sauberkeit des Geschäfts von vornherein beeindruckt gewesen war.

Ella stand mit wehmütigem Blick auf der anderen Seite des Anmeldetresens, offenbar traurig über den bevorstehenden Abschied.

Jannis räusperte sich. »Ich glaube, wir sind startbereit. Wir sollten uns auf den Weg machen, damit wir nicht so spät zu Hause ankommen.«

Die Geschwister erhoben sich schwerfällig und nickten zustimmend. Alle sahen noch einmal in alle Räume, um zu prüfen, ob auch nichts liegengeblieben war. Danach legte Mia den Schlüssel auf dem Tresen ab, um endgültig die Tür ihres Geschäftes zu schließen.

Der Abschied von Ella war wie immer schwer, wussten doch alle, dass sie sich nicht so schnell wiedersehen würden. Die Entfernung zwischen Berlin und Büsum hinderte die Freundinnen daran.

»Wir telefonieren, okay?« Ella schniefte.

»Was sonst?«, flüsterte Swantje. Eilig stieg sie in den LKW, um den Abschied nicht noch schwerer zu machen.

Swantje protestierte nicht, als Jannis neben ihr im LKW Platz nahm. In diesem Moment konnte sie sich keinen besseren Beifahrer wünschen. Jannis übernahm die Eingabe der Route nach Büsum in Swantjes Handy, wenige Sekunden später ertönte die Frauenstimme des Gerätes, um ihnen den Weg aus der Stadt zu weisen.

Swantje erblicke Ella im Rückspiegel, sie stand verloren auf dem Bürgersteig und wartete darauf, dass Swantje losfuhr. Dana hatte ihren Flitzer ausgeparkt und brauste mit lautem Hupen vorbei. Offensichtlich hatte sie nicht vor, hinter Swantje durch die Stadt zu tuckern. Sie verschwand aus ihrem Sichtfeld, als sie an der nächsten Straßenecke abbog. Seufzend betätigte Swantje den Blinker, um sich in den Verkehr einzureihen.

»Du vermisst Ella, nicht wahr?« Jannis einfühlsame Frage verursachte bei Swantje einen Kloß im Hals. Ein heftiges Nicken musste als Antwort genügen, denn sie kämpfte mit den aufkommenden Tränen. Energisch wischte sie sie fort. »Auf nach Büsum, mein Kutter will in See stechen«, sagte sie mit belegter Stimme. Dabei warf sie Jannis einen vielsagenden Blick zu.

Die Heimkehrer

Völlig übermüdet erreichten sie Büsum. Es war weit nach Mitternacht, aber Swantje musste noch einen Kontrollgang zur Helene unternehmen. Das Klappern der Masten empfing sie auf eine liebevolle Art, so wie sie es kannte. Vertraut, romantisch und beruhigend. Jannis war in seine Wohnung gefahren, um nach Fiete zu sehen, danach hatte er versprochen bei ihr am Hafen vorbeizuschauen. Swantje fand sein Vorhaben unnötig, denn wenn sie sich vergewissert hatte, dass alles in Ordnung war, wollte sie sofort ins Bett fallen, um für den nächsten Tag einigermaßen ausgeschlafen zu sein.

Beim Betreten des Kutters hielt sie die Luft an. Musste sie mit einem erneuten Einbruch rechnen? Auf den ersten Blick schien alles okay. Das eingebaute Schloss mit der zusätzlichen Verriegelung war unversehrt. Swantje atmete erleichtert auf. Ihre Mutter hatte ihr berichtet, dass die Polizei regelmäßige Kontrollgänge am Hafen absolvierte, damit hatten Einbrecher weniger Chancen auf Ungestörtheit. Sie lächelte, als ihre Augen die entfernte Mole entdeckten. Morgen ging es mit Jannis auf Krabbenfang. Bei dem Gedanken an ihn wurde ihr warm ums Herz. Das Flackern in der Magengrube war nur schwer zu ignorieren. Jannis hatte Gefühle in ihr erweckt, von denen sie keine Ahnung gehabt hatte, dass sie in ihr schlummerten. Swantje schloss die Augen und lauschte den vertrauten Geräuschen des Hafens, die sie von Kindesbeinen an kannte und liebte. Sie hatte den Eindruck eine Weile ganz allein auf der Welt zu sein, ohne dabei Einsamkeit zu empfinden.

Swantje schrak zusammen, als sie einen näherkommenden Schatten bemerkte. Für gewöhnlich war sie keine schreckhafte Person, aber der Einbruch auf ihrem Kutter hatte unerwartet Spuren auf ihrem Nervenkostüm hinterlassen. Erfreut und erleichtert sah sie Jannis auf die Brücke zukommen.

»Du schaust wie ein aufgeschrecktes Kaninchen, ich hoffe, ich habe dir keinen Schrecken eingejagt«, sagte er.

Swantje strahlte ihn an. »So leicht bin ich nicht zu erschrecken«, tönte sie, wenig überzeugend, denn ihre Stimme versagte.

»Alles okay an Bord?« Dabei sah Jannis sich suchend um.

»Melde: keine besonderen Vorkommnisse.« Swantje salutierte lachend.

Jannis stand nun dicht vor ihr, seine Augen verschlangen sie beinahe. Sanft berührte er ihren Arm. »Wirklich keine?«, raunte er ihr zu.

Swantjes Beine drohten ihren Halt zu verlieren. »Kaum ...« Sie schlang ihre Arme um Jannis' Hals und küsste ihn zärtlich. Ihre Stirn ruhte an seiner Wange, sie sog den Duft seiner Haut ein. Jannis hatte geduscht, bevor er ihr auf den Kutter gefolgt war. Ein betörendes Aftershave verwirrte ihre Sinne. Sie war sicher, dass die Helene es ihr nicht übelnehmen würde, wenn sie die erste Liebesnacht mit Jannis auf der Brücke verbrachte. Sie versanken in einem innigen Kuss. Nicht einmal das leise Schaukeln verriet sie, denn Jannis war ein umsichtiger, genussvoller Liebhaber.

Swantje erwachte mit schmerzenden Gliedern. Sie waren fest umschlungen auf den harten Schiffsplanken eingeschlafen. Sie löste sich vorsichtig aus der Umarmung. Dann betrachtete sie lächelnd Jannis' Gesicht. Er schlief noch tief und fest, der gleichmäßige Atemzug verriet es. Sanft küsste Swantje ihn auf die Nasenspitze.

»Aufwachen«, hauchte sie ihm ins Ohr. »Ich brauche für die letzten Stunden ein Bett.«

»Ich komme hier nicht mehr hoch«, grunzte Jannis mit geschlossenen Augen. »Ich spüre meine Knochen gar nicht.«

Swantje lachte. »Das kommt davon, wenn man in deinem Alter versucht, auf Holzfußböden zu übernachten.«

»Kann gut sein, aber ich sehe, dass es dir auch nicht besser geht.« Er sah sie verschlafen an.

»Unsinn, ich spüre nichts.« Swantje kicherte albern.

Jannis zog sie näher zu sich heran, um sie leidenschaftlich zu küssen.

Bevor Swantje seinen Zärtlichkeiten unterlag, schob sie ihn sanft zurück. »Wir haben in wenigen Stunden unseren ersten gemeinsamen Fang. Ein paar Stunden Schlaf könnten helfen, den Tag zu überstehen.«

»Kommst du mit zu mir?«

»Lieber nicht, Fiete schläft doch bei dir, ich möchte in mein Bett.«

»Dann muss ich es wohl so akzeptieren?«

»Ja bitte, wir treffen uns um zehn Uhr am Hafen, wenn du einverstanden bist.«

»Unbedingt, die Helene hat Potenzial zum Liebesnest.« Jannis grinste vielsagend.

»So habe ich mir das nicht gedacht, ich muss arbeiten.« Swantjes Stimme überschlug sich. Die Stunden mit Jannis auf der Brücke hielten Einzug in ihr aufgewühltes Herz.

»Na komm, ich begleite dich nach Hause.« Jannis erhob sich erstaunlich leichtfüßig aus der unbequemen Lage. Er reichte Swantje die Hand, um ihr beim Aufstehen zu helfen. Augenblicklich zog Swantje ihn zurück auf den Boden. Jemand schlich am Kutter vorbei, den Swantje nicht erkennen konnte. Sie legte den Zeigefinger auf die Lippen, um Jannis anzudeuten, leise zu sein. Sie lauschen den Schritten, die sich nun langsam von der Helene entfernten. Rasch stand sie auf, um einen Blick auf die Person erhaschen zu können. Die Statur des Mannes kam ihr bekannt vor, aber sie war nicht sicher.

Swantje schaute aus dem Fenster der Brückentür. Sie kicherte erleichtert. »Das war Heinrich von Held, er kann bestimmt wieder nicht schlafen, dann geht er nachts am Hafen spazieren.«

»Schade, dass er in der Einbruchsnacht offenbar nicht unter Schlaflosigkeit gelitten hat, sonst wäre ihm unter Umständen etwas aufgefallen«, brummte Jannis nachdenklich.

»Er hätte dann zur gleichen Zeit herumwandern müssen, und ich glaube, der oder die Diebe haben den richtigen Moment abgewartet«, kombinierte Swantje fachmännisch.

»Du hättest Ermittlerin werden sollen«, sagte Jannis, dabei sah er sie verliebt an.

»Stimmt, dann hätte ich auch keine Probleme, mir Personal zu suche.«

»Komm jetzt, ich bringe dich nach Hause«, bestimmte Jannis zärtlich.

Nachdem Swantje alles gut verschlossen hatte, gingen sie nebeneinander an den anderen Kuttern vorbei.

»Wie geht es Fiete?« Swantje war stehen geblieben.

»Es sieht ganz danach aus, dass deine Mutter gut auf ihn aufgepasst hat. Das Fieber ist weiter gesunken und er hat einen Bärenhunger«, erzählte Jannis.

»Nachts?«

»Er stand vor dem Kühlschrank und hat ein Glas Erdnussbutter vernascht.«

Swantje schüttelte sich. »Boa! Wie scheußlich.«

»Ihm hat es offenbar gut geschmeckt.«

»Dann hat er sicher genug Kraft, um morgen den LKW auszuladen«, meinte Swantje.

»Kaum ist er aus den Fängen der geldgierigen Bäuerin entflohen, wird er von dir zum Arbeitsdienst verdonnert. So wird er nie gesund werden.«

Beide lachten ausgelassen über ihr Wortgefecht.

»Da muss er nun durch.«

»Mal im Ernst, ich hoffe, er ist bald fit um zu arbeiten, du hast schließlich noch einen kleinen Nebenjob.«

»Einen sehr kleinen, mach dir darüber keine Gedanken.«

»Witzbold!«

»So bin ich.«

Swantje blieb erneut stehen. Ihr Blick ging über das Hafenbecken, dort wo die zahlreichen bunten Kutter vor Anker lagen.

»Ist der Hafen für dich auch der schönste Ort auf der Welt?«, fragte Swantje beseelt.

»Es ist noch ein weiterer dazugekommen.«

Sie sah ihn fragend an. »Welcher?«

»Bei dir, kleine Fischerin.« Seine zärtlichen Blicke trafen Swantje direkt ins Herz. Unweigerlich begann es wild zu klopfen.

»Das ist ein schöner Ort, du hast dort noch gefehlt.« Sie lächelte ihn an und ging langsam weiter. Swantje legte ihre Hand in die von Jannis, dabei spürte sie die Kraft für ein neues gemeinsames Leben.

Vor dem Haus ihrer Eltern blieben sie stehen, um sich voneinander zu verabschieden.

»Bis gleich«, flüsterte Swantje.

»Ich freue mich auf dich.« Jannis küsste sie ein letztes Mal, dann lief er zum Zentrum, wo seine Wohnung lag und Fiete hoffentlich schlief.

Swantje betrat ihre Wohnung, ihre Muskeln waren bleiern und schmerzten, aber sie war unendlich glücklich. Erstaunt entdeckte sie Mia schlafend auf dem Sofa. Die Wimperntusche war über ihr Gesicht verteilt. Sie musste sich in den Schlaf geweint haben. Swantje legte eine Decke über ihren schmalen Körper und löschte das Licht. Es war schon seltsam, dass Mia ausgerechnet bei ihr Trost suchte, dennoch war es ein gutes Gefühl, zu wissen, dass Mia und sie sich nähergekommen waren. Lächelnd betrachtete sie ihre Schwester. Dann begab sie sich in ihr Schlafzimmer, um wenigstens ein paar Stunden zu schlafen. Sie konnte es kaum glauben, aber sie wünschte sich Jannis herbei, der sie liebevoll in den Arm nahm. Was war nur mit ihr geschehen? Die Liebe hatte sie so sehr erwischt, dass sie kaum in der Lage war, klare Gedanken zu finden. Alles was sie tat, tat sie mit Jannis im Herzen. Er putzte mit ihr die Zähne, begleitete sie ins Bett und lag mit ihr unter der wärmenden Decke. Bevor sie das Licht der Nachttischlampe ausknipste, stellte sie ihren Wecker, damit sie nicht verschlief, dann fiel sie in einen traumlosen Schlaf.

Noch vor dem Klingeln des Weckers erwachte Swantje, weil sie etwas auf ihrem Bett bemerkte. Verschlafen öffnete sie die Augen und sah direkt in die von Mia.

»Guten Morgen«, hauchte Mia.

»Moin, Liebes, du bist aber früh dran.« Verstohlen warf Swantje einen Blick zur Uhr.

»Ich weiß, aber es duldet keinen Aufschub.«

Swantje setzte sich mit dem Rücken gegen das Kopfende des Bettes. »Was gibt es Wichtiges?«

Mia schloss für einige Sekunden die Augen. »Danke.« flüsterte sie ergriffen.

»Aber wofür?« Swantje sah ihre Schwester verwirrt an.

»Dass es dich gibt, kleine Schwester. Ohne dich hätte ich den Umzug nie geschafft und die Saloneinrichtung wäre verloren gewesen.«

Swantje winkte ab.

»Unsinn, du hättest es auch anders hinbekommen.«

»Swantje ..., ich weiß, wir hatten nie ein gutes Verhältnis, ich bin sehr glücklich, dass es jetzt anders ist. Ich bin dir sehr dankbar.« Tränen der Rührung rannen über Mias Gesicht.

Swantje überwand die Müdigkeit und war mit einem Schlag hellwach. »Du hast auf dem Sofa geschlafen, um mir das zu sagen?«

Mia nickte. »Ich musste einfach in deiner Nähe sein. Leider habe ich deine Rückkehr verschlafen.«

»Da bin ich froh, sonst wären die wenigen Stunden Schlaf auch zunichte gewesen.« Swantje grinste verlegen, weil sie an Jannis dachte.

»Wollen wir frühstücken?« Mia blinzelte die letzten Tränen weg.

»Ich wüsste nichts, was ich lieber täte.« Schwungvoll warf Swantje die Decke weg und schob die Beine aus dem Bett. Herzlich umarmte sie ihre Schwester. »Ich springe schnell ins Bad, dann kann es losgehen.«

»Ich gehe in die Küche und bereite unser Mahl vor«, erwiderte Mia und lachte befreit.

Swantje war versucht, Mia zu fragen, ob nicht auch für sie eine Dusche notwendig wäre, aber sie verkniff sich den provozierenden Hinweis. Mia war momentan sehr zart besaitet, Swantje wollte nicht, dass sie erneut in Tränen ausbrach.

»Fährst du heute raus?«, rief Mia von der Tür aus.

»Ja, um zehn, mit der Flut«, rief Swantje zurück.

Mia gluckste. »Mit der Flut oder mit Jannis?«

»Beides!« Lachend verschwand Swantje im Bad.

Das heiße Wasser prickelte auf ihrer Haut, Swantje sparte nicht mit Seifenschaum, der ihren Körper streichelte. Vor wenigen Stunden hatte Jannis sie in den Armen gehalten und überall dort geküsst, wo jetzt die Schaumberge herunterrannen. Swantje schloss die Augen und spürte beinahe die Nähe des Mannes, der ihr den Kopf verdreht hatte. Es störte sie ein bisschen, dass ihre Schwestern eingeweiht waren. Sie hätte es lieber noch als ein Geheimnis bewahrt. Aber sie hatten sich sehr darüber gefreut, was Swantje wiederum glücklich stimmte. Nur ihre Mutter war ahnungslos. Swantje wünschte sich, dass es so bleiben möge. Vorerst zumindest.

Mia erwartete Swantje ungeduldig am Frühstückstisch. Dana hatte mit Ilse die Eckbank belegt, mit einem Becher Kaffee in der Hand sahen sie Swantje entgegen. Ilse Hansen wäre nicht Mutter durch und durch gewesen, wenn sie die Veränderung an Swantje nicht erkannt hätte. Sie strahlte von innen das pure Glück aus. Mit zusammengekniffenen Augen beobachtete Ilse ihre Jüngste, als diese nach der Kaffeekanne griff. »Gibt es etwas, was ich wissen sollte?«

Dana und Mia senkten grinsend ihre Blicke und konzentrierten sich darauf, ihre Brötchen in zwei Hälften zu teilen. Swantje spürte die Röte im Gesicht aufsteigen. Fahrig rückte sie einen Stuhl zurecht, um darauf Platz zu nehmen. Sie versuchte es mit einer Unschuldsmiene, die jedoch kläglich versagte.

»Du möchtest etwas wissen? Was denn?«

»Na, die Unterhosen kenne ich bereits«, stieß Ilse trocken hervor. Für Dana und Mia gab es kein Halten mehr, sie prusteten laut los.

Swantje war ebenfalls belustigend. »Mama!« Das Nesthäkchen sah ihre Mutter vorwurfsvoll an, sie versuchte es zumindest, denn inzwischen fand sie die Situation auch zum Lachen. Wie sollte es möglich sein, ihr Glück zu verstecken, und warum?

»Er fährt heute mit dir raus?« Ilse lauerte über ihrer Tasse.

»So lange Fiete krank ist, ja. Danke übrigens, dass du dich so toll um ihn gekümmert hast.« Swantje gelang es nicht, das Thema zu wechseln.

»Wer kümmert sich um dich? Du strahlst so unverschämt glücklich, du brauchst gar nicht zu versuchen, mich vom Gegenteil zu überzeugen.«

Swantje lächelte ihrer Mutter zu. »Will ich auch nicht, Mama. Ich bin momentan sehr verliebt.« Sie zuckte zusammen. Hatte sie verliebt gesagt? Sie spürte ein warmes Gefühl in ihrem Bauch.

»Nun iss endlich, damit du genug Kraft hast, mit hungrigem Magen kannst du nicht in See stechen.« Ilse schien mit der Auskunft zufrieden, sie biss herzhaft in ein Brötchen, dabei ließ sie wohlwollende Blicke über ihre Töchter streifen. Jede einzelne von ihnen bedachte sie mit einem Lächeln.

»Meine Mädels«, sagte sie bedächtig. »Ich bin unendlich stolz auf euch.«

»Wir lieben dich auch, Mama«, flüsterte Dana.

Ilse straffte die Schultern.

»Nun reicht es, lasst uns zur Tagesordnung übergehen.«

Swantje schob den letzten Bissen in den Mund und sprang entschlossen auf. »Es ist ohnehin Zeit für mich. Danke Mia, für das Frühstück.«

Ihre Mutter räusperte sich hörbar. »Bitte, gern geschehen«, erwiderte Ilse und sah Mia verschwörerisch an. An Swantje gewandt sagte sie: »Ich komme später, um den Verkaufsstand zu öffnen. Wenn ihr überhaupt etwas in die Netzte bekommt vor lauter Herzklopfen.

Swantje zwinkerte ihrer Mutter zu. »Haben wir heute Abend ein Date?«

Ilse Hansen sank in sich zusammen, offensichtlich scheute sie das Gespräch über ihre Vergangenheit noch immer.

Swantje hob den Zeigefinger. »Du hast es versprochen.«

Dana sah von ihrer jüngeren Schwester zu ihrer Mutter. Neugierig geworden hob die die Augenbrauen. »Kann ich dabei sein?«

»Ihr solltet alle dabei zuhören. Aber ich bin heute Abend zu den Kellers eingeladen.«

»Ich dachte, die Familie Keller gibt es nicht mehr in der Konstellation, wie wir sie einmal kannten.« Mia wirkte überrascht.

»Stimmt, Frau Keller hätte Mama nie eingeladen«, funkte Dana dazwischen.

Ilse seufzte. »Stimmt.« Die Geschwister hielten es offenbar für geschickter, nicht weiter zu fragen.

»Dann wünsche ich dir einen schönen Abend mit Lars Keller.« Swantje gab ihrer Mutter einen flüchtigen Kuss und verschwand aus der gemeinsamen Küche. Ilse hatte ein Recht auf Geheimnisse. Zur gegebenen Zeit würde sie schon berichten, was es mit dem Treffen zwischen ihr und dem Anwalt auf sich hatte.

Gut gelaunt fuhr Swantje zum Hafen, in wenigen Augenblicken würde Jannis sie in die Arme schließen. Ihr Herz hüpfte vor lauter Vorfreude in ihrer Brust. Als sie ihr Auto abstellte, hielt sie Ausschau nach ihm. Genau wie sonst Fiete hantierte er auf dem Kutter herum, um die Helene zum Auslaufen klar zu machen. Aber ein kleiner Unterschied war für Swantje zu spüren. Fiete löste nicht dieses Herzklopfen bei ihr aus. Fröhlich winkte sie Jannis zu. Dabei trafen sie die misstrauischen Blicke Heinrichs, der oben auf seiner Brücke stand und Swantje beobachtete. Auch ihm winkte sie zu, stutzte jedoch, als er sich grußlos wegdrehte. Justus war offenbar schon sehr früh ausgelaufen, denn sein Kutter lag nicht mehr im Hafen.

Lachend stemmte Jannis die Fäuste in die Hüften.

»Na du Langschläferin, bist du endlich bereit für einen Ausflug?«

»Das ist kein Ausflugsdampfer, du wirst dich noch wundern, wie viel Arbeit auf dich wartet!«, rief sie ihm entgegen, dabei hievte sie ihren schlanken Körper über die Reling und landete direkt vor seinen Füßen. Sofort spürte sie die Funken, die zwischen ihnen ihr Unwesen zu treiben begannen. Verstohlen drehte Swantje sich um, um zu prüfen, ob sie von jemandem beobachtet wurden, dann versank sie in Jannis' Armen.

»Guten Morgen, kleine Fischerin, gut geschlafen?«

Swantje schob Jannis mit gespielter Empörung weg. »Wie sollte ich, wenn du mir nicht aus dem Kopf gehst?«

Jannis sah sie verliebt an. »Das ist schön zu hören.« Er gluckste. »Deine Mutter hat übrigens ganze Arbeit geleistet.« Swantje sah ihn verständnislos an. »Ilse hat meine Unterhosen sogar gebügelt. So perfekte Wäsche hatte ich noch nie.«

Swantje hielt die Hand vor ihre Augen und sah ihn durch die gespreizten Finger an. »Oh nein, wie peinlich«, stöhnte sie.

»Muss es nicht sein, ich habe heute Morgen mit Vergnügen in den Wäscheschrank gegriffen.«

Swantje schüttelte den roten Schopf. »Dann pass mal auf, dass du dich nicht an der Bügelfalte verletzt«, erwiderte sie.

Jannis strich mit einem Finger über ihr Gesicht, was bei Swantje ein leises Schnurren verursachte. »Klar zum Auslaufen, Käpten«, flüsterte Jannis und löste sich von ihr, um die Leinen der Helene zu lösen.

Aufgewühlt begab sich die Fischerin auf die Brücke und warf den Diesel an. Es gelang ihr nur schwer, sich auf das Ablegemanöver zu konzentrieren. Ständig wanderten ihre Blicke zum Deck, um Jannis zu beobachten, wie er die letzten Handgriffe abschloss. Er war nicht so geübt wie Fiete, aber er erledigte seine Aufgaben gewissenhaft und gründlich. Swantje sah zum Himmel, das Wetter schien es gut mit ihnen zu meinen. Die Sonne hob sich vom Horizont ab und wies ihr den Weg. Sie betrachtete ihr neues Navigationssystem. Nagelneu und auf dem modernsten Stand. Justus war so nett gewesen, es ihr einzubauen, während sie mit ihren Schwestern in Berlin gewesen war. Wieder schaute sie zu Jannis. Die Fahrt zur Bundeshauptstadt hatte vieles verändert. Ihre Gefühle schienen Achterbahn zu fahren. Jannis hatte sie in eine Welt katapultiert, die sie nie zuvor kennengelernt hatte. Konnte eine so rasche Änderung auf Dauer gutgehen? Versonnen lächelte sie vor sich hin.

Es wird gutgehen, ich lasse ihn nicht mehr los.

Swantje zuckte zusammen, als Jannis plötzlich neben ihr stand. Ob er ihre Gedanken erraten hatte? Er nahm sie zärtlich in die Arme, um sie zu küssen.

»Kleine Fischerin, mich wirst du so schnell nicht mehr los.«

»Du drohst mir?« Swantje lachte. »Das haben schon andere versucht.« Sie senkte ihren Blick, um gleich darauf Jannis anzusehen.

»Aber ..., du ... hast es geschafft«, sagte sie kleinlaut, dabei kuschelte sie sich an seine Brust. Eng umschlungen schipperten sie der Sonne entgegen zu den Fanggründen, die Swantje gewählt hatte.

Schuldgefühle

Ilse Hansen hatte den Verkauf der Krabben am späten Nachmittag übernommen. Eine Aufgabe, der sie nur zu gern nachkam, zumal dies eine Entlastung für Swantje bedeutete. Lächelnd hatte sie den beiden Turteltauben nachgeschaut, als sie Hand in Hand den Hafen verließen. Die Sticheleien ihrer Tochter über ihr Date mit Lars Keller ignorierend, hatte sie sich dem Verkauf der Nordseegarnelen gewidmet. Der Umgang mit den Feriengästen sowie den Einheimischen bereiteten ihr Freude. Sie genoss den Klönschnack am Pier und die glücklichen Gesichter der Käufer, wenn sie einen großen Beutel mit Krabben in Empfang nahmen. Zu einem wesentlich günstigeren Preis als im Fischgeschäft. Frisch vom Kutter und ohne Konservierungsstoffe schmeckten die Schalentiere einfach am besten.

Danach war sie nach Hause gefahren, um sich zu duschen und sich für einen Besuch auf dem Keller-Anwesen herzurichten. Sie zog dünne Seidenstümpfe an, um dann ein leichtes Sommerkleid überzustreifen. Auf hochhackige Schuhe verzichtete sie, die waren in ihrem Alter unbequem geworden. Gedankenverloren starrte sie ihr Spiegelbild im Schlafzimmer an. Für ihr Alter war sie noch recht gut in Schuss. Ilse war dankbar für ihr Leben mit ihren Töchtern. Sie gab sich einen Ruck und wandte sich vom Spiegel ab.

Im Flur hatte sie eine rote Rose in einer Vase platziert, die sie beim Verlassen des Hauses herausnahm. Als sie vor die Tür trat, bereute sie, ein so leichtes Kleid gewählt zu haben, gegen Abend wurde es immer noch empfindlich kalt. Sie zog die Stola enger um die Schultern und hielt die Kälte tapfer aus. »Wer schön sein will, muss bekanntlich leiden«, wisperte Ilse.

Mit ernster Miene machte sie einen Umweg zum Friedhof, um ihrem geliebten Mann einen Gruß zu hinterlassen. Er fehlte ihr so sehr, da konnte auch ein Lars Keller nicht gegenhalten. Am Friedhof angelangt, stieß sie die eiserne Pforte auf. Die Stille, die hier herrschte, fing Ilse sofort ein. Drüben in der Eiche zwitscherte eine Lärche ihr Abendlied. Ein Eichhörnchen huschte über den gepflasterten Weg, um gleich den nächsten Baum zu erklimmen. Die dicht gewachsenen Hecken verschluckten den Straßenlärm. Die Sonne versuchte, durch die Verästelungen der Bäume zu dringen. Das ergab ein wunderschönes Zwielicht.

Ilse atmete tief durch. Ja, in Tristans Nähe war es immer so gewesen. Ruhe, unendliche Liebe und Geborgenheit waren zu seinen Lebzeiten schon der Mittelpunkt ihres Daseins. Von einigen Problemen, die wohl jede Familie hatte, mal abgesehen. Diese Geborgenheit gab ihr nun der Friedhof.

Zielstrebig ging sie die Wege ab, die zu seinem Urnengrab führten. Sie traf auf einige bekannte Gesichter, die es immer wieder an diesen Ort zog, um einem geliebten, verstorbenen Menschen nahe zu sein. Ein kurzes Nicken oder ein Handzeichen zum Gruß war alles, was man austauschte.

Vor der Marmorplatte im Grasboden blieb Ilse stehen. Sie faltete ihre Hände, in denen sich die rote Rose befand und begann im Stillen mit ihrem Mann eine Unterhaltung. Dabei rollte eine Träne aus ihrem Augenwinkel. Nach einer Weile beugte sie ihren rundlichen Körper vor, um die Rose abzulegen. Ilse wusste, dass die Friedhofsgärtner sie morgen entfernt hatten, weil es auf Grasgräbern nicht erlaubt war Blumen abzulegen. Aber ihr war es egal. Die Geste, ihrem Mann einen Blumengruß hinterlassen zu haben, gab ihr in gewisser Weise Trost.

»Bis bald, mein Lieber«, hauchte sie und wandte sich zum Gehen. Schwerfällig, als ob ihr jemand Fußfesseln angelegt hätte, ging sie zurück zum Parkplatz. Ob der Last an ihren Füßen drehte Ilse sich noch einmal um. Sie versuchte ein Lächeln, es gelang ihr nur schwer.

Zögernd hob sie die Hand zum Gruß und flüsterte: »Du musst dich noch gedulden, ich habe nicht vor, unsere Töchter allein zulassen.« Mit einem Seufzer setzte sie ihren Weg fort, der nun um einiges leichter erschien. Es quälte sie ein schlechtes Gewissen, weil sie es genoss, dass Lars Keller ihr den Hof machte. Das tat er schon immer, auch als Tristan noch lebte. Es schmeichelte ihr, dass Lars ihr stetig bewies, wie wichtig sie für ihn war. Schließlich war sie eine Frau, die hin und wieder erfahren wollte, wie es war, begehrt zu werden. Sie gönnte sich die kleine Auszeit mit Lars, ohne ihm je Hoffnungen auf ein gemeinsames Leben gemacht zu haben. Lars hingegen ignorierte ihre Ablehnungen. Ilse zuckte mit den Schultern.

»Da kann ich dir nicht weiterhelfen, Lars«, murmelte sie. Sie nickte einigen Friedhofbesuchern zu, die mit Gießkannen bewaffnet waren, um endlich ihr Auto aufzuschließen.

Sie atmete tief durch und schüttelte die Traurigkeit ab, die wie Blei auf ihren Schultern ruhte.

»Showtime!« Sie setzte ein Lächeln auf und fuhr zu Lars.

Ihr Zeigefinger mit dem abgebrochenen Fingernagel betätigte die Haustürklingel, die sie nur zu gut kannte. Sie hörte Lars' Schritte im Flur, er schien es wie immer eilig zu haben, Ilse in Empfang zu nehmen. Mit einem Schwung riss er die Tür auf und strahlte sie an.

»Ilse, schön, dass du da bist, komm herein, das Essen ist auch schon fertig. Möchtest du vorher einen kleinen Drink?«

Ilse hob abwehrend die Hände. »Vielen Dank, ich bin mit dem Auto hier.«

»Ich habe genug Platz, du kannst bei mir übernachten.« Er blinzelte ihr vielsagend zu.

Ilse kicherte verlegen. »Das glaube ich dir sofort, Lars.« Sie ging aber nicht auf sein Angebot ein.

Lars führte sie in das Wohnzimmer, in dem eine ganze Festgesellschaft Platz gefunden hätte. Die lange Tafel, von einer weißen Tischdecke verhüllt, glänzte im Kerzenlicht. Im Kamin flackerte ein Feuer und verbreitete anheimelnde Wärme. Fürsorglich hielt er ihr den barocken Stuhl, auf dem Ilse vorsichtig Platz nahm. Sie persönlich hatte für so alte Möbel nicht viel übrig, man wusste schließlich nie, wann sie unter einem nachgaben. Sie sah zu, wie Lars ihr ein Glas Wein einschenkte. Ilse überlegte, ob er ihr nicht zu Kopf steigen würde. Aber ein Glas konnte sie vertragen. Es duftete nach Rotkohl und Sauerbraten, dicke Knödel glänzten in einer Silberschale. Ilse lief das Wasser im Mund zusammen.

Lars schmunzelte ihr zu.

»Ist alles zu deiner Zufriedenheit, liebe Ilse?«

»Durchaus, wie immer. Danke mein Lieber«, säuselte sie.

Ilse sah Lars nicht an. Sie führte jeden Bissen bedächtig in den Mund und kaute genüsslich. Als sie fertig war, tupfte sie sich mit der Stoffserviette über die Lippen, nahm einen Schluck Wein und blickte Lars zerknirscht an.

»Swantje drängt mich.«

Lars zog besorgt die Stirn in Falten.

»Womit?«

»Sie will die ganze Geschichte hören, wie es damals war, mit Tristan ...«

»Du willst ihr alles erzählen?«

Ilse nickte. »Nicht nur ihr«, sagte sie bestimmt.

Lars machte große Augen. »Bist du dir da sicher?«, raunte er betroffen.

»Ganz sicher.«

»Dana?«

Ilse schauderte. »Allen meinen Töchtern«, sagte Ilse fest, obwohl ihr bei dem Gedanken mulmig war.

Lars schluckte.

Ilse hob die Hände. »Du hältst dich da raus!«, befahl sie resolut.

»Aber du hattest immer Angst sie zu verlieren!« Lars stand schwer atmend auf und lief um den langen Tisch herum. Dabei raufte er seine schütteren Haare.

»Ich darf es nicht länger für mich behalten. Sie hat ein Recht darauf, die Wahrheit zu erfahren.« Ilse wischte die Tränen fort. Als Lars sie in die Arme nehmen wollte, drückte sie ihn bestimmt von sich.

»Kein leichter Gang, Ilse.«

»Ich weiß.«

»Kann ich ...«

»Nein«, sagte Ilse fest. Dann erhob sie sich von ihrem Platz und verabschiedete sich ungewohnt früh von Lars. Er hielt ihre Hand fest umschlungen. Die Hand, an der ihr Ehering steckte. Versonnen sah Lars ihn an.

»Haben wir eine Chance? Danach, meine ich.« Ilse zog ihn zu sich herunter und hauchte ihm einen Kuss auf die Lippen. Sanft strich sie über sein Gesicht. Fast flehend sah sie ihm dabei in die Augen.

Lars verstand sie nur zu gut. Ergeben schloss er die Augen und löste sich von der Liebe seines Lebens.

»Danke für das herrliche Essen. Es war wie immer schön bei dir, Lars.« Hektisch, mit geröteten Wangen, eilte sie hinaus. Ihr Plan duldete keinen Aufschub, sonst verließ sie der Mut.

Veränderungen

Swantje schlich auf Zehenspitzen in ihre Wohnung. Sie hatte die Nacht mit Jannis auf dem Kutter verbracht. Fiete kam langsam zu Kräften und schlief nicht mehr so fest wie am Anfang seiner Lungenentzündung. Swantje wollte nicht riskieren, dass Fiete etwas vom Liebesleben seiner Chefin mitbekam, und in ihrer Wohnung hatte Mia sich eingenistet. Ungestört waren die Verliebten nur auf dem Kutter. Nun hieß es, leise in ihr Bett zu verschwinden. Auch wenn ihre Schwestern wussten, dass Jannis und Swantje ein Paar waren, gönnte sie ihnen keine Einzelheiten.

Swantje freute sich auf jede Fahrt, die sie auf das Meer hinausführte. Mit ihrem Traummann machte das Arbeiten doppelt so viel Freude. Es lief ausgesprochen gut. Sie holten prall gefüllte Netzte ein und kamen glücklich zurück nach Büsum.

Einzig ihre Mutter Ilse bereitete ihr Sorgen. Sie verkaufte die Krabben am Pier und wirkte dabei äußerst nachdenklich. Lag es daran, dass sie am Abend nach dem Verkauf mit ihr und ihren Schwestern sprechen wollte?

Mia schnarchte leise auf dem Sofa. Der Fernseher lief mit einem fragwürdigen Nachtprogramm. Swantje schüttelte den Kopf. Mia schlief am besten vor dem Fernseher. Dabei war ihr Bett breit genug für beide. Swantje genehmigte sich noch eine Runde Schlummern und Träumen, bevor sie unter die Dusche hüpfen würde. Danach würde sie arbeiten müssen. Wobei müssen nicht der richtige Ausdruck war, denn sie wollte es auch. Swantje zog die Decke über die Ohren und genoss das Glücksgefühl, das sie wie eine Welle erfasste, wenn sie an Jannis dachte.

»Swantje? Schläfst du noch?« Mia verharrte an der Tür. Swantje schob die Decke fort.

»Nee, komm doch rein.«

Mia brauchte keine erneute Aufforderung, mit einem Satz huschte zu ihrer Schwester ins Bett.

»Was gibt es?«, fragte Swantje neugierig.

Sag mal, weißt du, warum Mama so geheimnisvoll tut? Sie steht völlig neben sich. Ich mache mir Sorgen.«

»Heute Abend wird sich alles aufklären, so lange müssen wir uns gedulden. Ich habe keine Ahnung, was da heute gelüftet wird.«

Mia riss ihre Augen auf. »Du meinst, es werden Geheimnisse preisgegeben?«

»Da bin ich sicher. Vielleicht sagt sie uns, was wir ohnehin schon alle wissen, dass sie mit Lars Keller den zweiten Mann ihres Lebens getroffen hat.«

Mia setzte sich auf. »Das glaube ich nicht. Sie wird neben Papa niemanden dulden.«

Swantje grinste. »Liebste Schwester, ich glaube, du bist die Einzige, die damit ein Problem hat.«

Erstaunt wirbelte Mia herum. »Merkt man das so sehr?«

Swantje nickte, dabei lächelte sie Mia an. »Lass unserer Mutter doch ihr Glück.«

Mia schluckte. »Ja, womöglich hast du recht, aber es ist so ungewohnt für mich. Dich stört es überhaupt nicht?«

»Stören ist da nicht der richtige Ausdruck. Ungewohnt trifft es eher.«

»Ungewohnt«, wiederholte Mia die Worte ihrer jüngsten Schwester. Dabei verdrehte sie die Augen. »Ich kann mir das nicht vorstellen. Glaubst du, die haben Sex?« Mia schüttelte es offensichtlich bei dem Film, der sich vor ihrem inneren Auge abspielte.

Swantje lachte laut auf. »Mia!«, rief sie belustigt. »Gehörst du zu den Kindern, die glauben, ihre Eltern hätten nie Sex?«

»Ja, nein ... das sind nicht meine Eltern.«

Langsam war Swantje genervt von der Diskussion. Sie warf die Decke zurück, um ins Bad zu verschwinden. »Mia, du bist ja richtig spießig.«

»Genau! Du hast ja auch deinen Jannis!«, rief Mia aufgebracht.

Verdutzt sah Swantje sie an. »Was 'n los mit dir?«

»Nix, ich will nicht drüber reden.« Mia kroch tiefer unter die Decke und gab vor schlafen zu wollen.

»Dann nicht«, murmelte Swantje, während sie die Tür zum Badezimmer schloss.

Swantje lief am Pier entlang und freute sich, dass Justus noch nicht ausgelaufen war. Sie wollte sich die Zeit für einen kleinen Klönschnack mit dem Freund ihres Vaters nehmen.

»Huhu! Justus, darf ich an Bord kommen?« Swantje hielt die Hände trichterförmig vor den Mund. Justus hatte sie offenbar schon gesehen, denn er trat auf die Brücke und rief: »Kumm rin, Deern. Die Zeit muss sein!«

Freudig betrat Swantje den Kutter.

»Lange nichts gehört von dir, Deern, du scheinst ja nur noch unterwegs zu sein. Wie läuft es bei dir an Bord?« Dabei sah er sie verschmitzt an.

Swantje gab ihm einen Knuff. »Tu doch nicht so ... das hast du doch längst mitbekommen.« Sie lachte verschämt.

»Klar, aber ich möchte es von dir hören.« Väterlich schmunzelte er ihr zu.

»Tja, was soll ich sagen ... ziemlich schwer verliebt.«

»Meinen Segen hast du, Deern. Jannis ist ein feiner Typ.«

»Dann ist der Tag ja gerettet«, erwiderte Swantje unbeschwert.

Justus bot ihr einen Kaffee an, den er frisch zubereitet hatte. Dankend nahm sie den Wachmacher entgegen. Sie hatte nicht viel geschlafen und freute sich über jede Hilfe. Der Kaffee kam ihr wie gerufen. Sie bemerkte jedoch gleich, dass Justus etwas auf dem Herzen hatte. »Spuck es aus, Justus.«

Er raufte sich die spärlichen Haare. »Du merkst auch immer gleich, wenn was los ist.« Nach langem Zögern kam er raus mit der Sprache.

»Unser Gespräch neulich, du weißt, wegen Ruhestand und so.« Er schwieg.

»Mach es nicht so spannend«, forderte Swantje ihn auf.

»Ich überlege schon lange in Rente zu gehen, auch habe ich über meinen Nachfolger nachgedacht.«

»Du hast einen gefunden?« Swantjes Augen weiteten sich. Justus schüttelte den Kopf. »Nicht direkt.«

Swantje stöhnte, warum sprachen eigentlich in letzter Zeit alle nur in Rätseln?

»Ist dir mal aufgefallen, dass meine Frauke ein ganzes Stück größer ist als deine Helene?«

Swantje schluckte. »Was wird das hier, *immer einer mehr als du* ... oder worauf willst du hinaus?«

Justus grinste. »Ich mein ja nur.«

»Ich muss rüber, wir laufen gleich aus.« Swantje machte sich nicht die Mühe zu verstehen, was Justus sagen wollte. »Danke für den Kaffee.« Sie klopfte ihm auf die Schulter.

An der Gangway rief Justus ihr hinterher. »Ich schenke sie dir!« Swantje hielt abrupt inne. Hatte sie das richtig verstanden? »Ich meine es so. Denk bitte drüber nach. Guten Fang!«

Verwirrt lief Swantje zur Helene. Jannis winkte ihr zu, er hatte alles klargemacht zum Auslaufen. Heinrich von Held war an diesem Tag einer der Ersten, der den Hafen verließ. Sehr ungewöhnlich für den kauzigen Fischer. Sie nahm sich vor, auch ihm in den nächsten Tagen einen Besuch abzustatten. Sie wollte die Kontakte unter den Kollegen pflegen, ein Zusammenhalt an der Küste war sehr wichtig, das hatte ihr Vater stets gesagt.

»Kleine Fischerin, lange nicht gesehen!«, rief Jannis freudestrahlend.

»Stimmt, viel zu lange«, antwortete Swantje fröhlich. Jannis hatte belegte Brötchen mitgebracht und nach dem Auslaufen stand einem entspannten Frühstück nichts im Wege.

»Ich glaube, Justus hat mir eben seine Frauke angeboten«, sagte Swantje mit vollem Mund.

»Du sollst sie kaufen? Kannst du das denn?« Jannis war erstaunt.

»Nein, wo denkst du hin, wenn ich es richtig verstanden habe, will er sie mir schenken.« Jannis verschluckte sich an seinem Brötchen.

»Dir fehlt es doch jetzt schon an Besatzung, wie willst du gleich mit zwei Kuttern arbeiten?«

»Wir haben es nicht ins Detail besprochen, ich habe es anfangs nicht geglaubt. Aber ich vermute, er meint es ernst. Die Helene müsste ich verkaufen.«

Jannis nahm Swantje liebevoll in die Arme. »Aber das könntest du nicht, oder?«

»Keine Ahnung, aber mit der Frauke zu arbeiten wäre schon verlockend. Dabei fällt mir ein, wie geht es Fiete?«

Jannis grinste. »Ihm fällt langsam die Decke auf den Kopf. Um mir zu beweisen, dass es ihm besser geht, macht er Liegestütze, damit er bald mit dir rausfahren kann. Doktor Altmann ist dagegen, Fiete soll erst ganz gesund werden.«

»Unbedingt, ich kann mir einen weiteren Totalausfall nicht leisten. Wenn dein Frei Törn vorbei ist, muss er fit sein.«

Jannis seufzte. »Ich kann mir nicht vorstellen, ohne dich den Tag zu beginnen.«

Swantje kicherte. »Musst du ja auch nicht, aber arbeiten müssen wir dann getrennt.«

Ein Leuchten huschte über Jannis' Gesicht. »Soll das etwas heißen …«

»Stopp! Gar nichts soll das heißen.« Swantje lachte. »Ich werde nicht bei dir einziehen.«

»Schade.«

Erst am späten Nachmittag kehrten sie an Büsums Mole zurück. Der

Tag hatte sich gelohnt, sodass Swantje durchaus zufrieden war. Etwas mulmig wurde ihr, als sie an das Treffen mit ihrer Mutter und ihren Schwestern dachte. Vor allem, weil Stine nicht dabei wäre. Sollte sie nicht auch erfahren, was Ilse offenbar so wichtig war? Ihre Schwester hatte lange nicht angerufen, geschweige denn ihre Familie besucht. Swantje war nicht sicher, ob Ilse richtig handelte. Stine war früher als Kind sehr nachtragend gewesen, und das hatte sich bis heute nicht geändert. Wenn sie also ausgeschlossen wurde, könnte es Ärger geben. Swantje seufzte. Warum war das so kompliziert? Sonst lief in ihrem Leben gerade alles gut. Jannis war der Glücksfall, auf den sie lange heimlich gewartet hatte. Er machte sie glücklich, ohne Kompromisse.

Bisher zumindest.

Jannis verabschiedete sich nach dem Anlegen zärtlich von Swantje. Er musste seinen Kollegen einen Besuch abstatten. Der Vormann hatte Geburtstag. Da er keine Freiwache hatte, wollte Jannis ihm zumindest in der Station alles Gute wünschen.

»Richte ihm Grüße von mir aus, leider muss ich zum Familienrat, da darf ich nicht fehlen. Wer weiß schon welche Katastrophenmeldungen zutage kommen. Ich habe ein ungutes Gefühl.«

»Nun mach dir keinen Kopf, deine Mutter wird mit guten Nachrichten aufwarten. Warte nur ab«, meinte Jannis.

»Wir sehen uns morgen an Bord.«

Swantje ignorierte den verwirrten Ausdruck in Jannis' Gesicht. Dass sie die Nacht getrennt verbrachten, überraschte ihn offenbar. »Grüße an Fiete«, rief sie ihm hinterher.

Das mulmige Gefühl ließ nicht nach, als Swantje zu Hause ankam. Ilse schien äußerlich gelassen, aber ihre Augen flackerten verdächtig. Ihre zitternden Hände verbarg sie in der Schürze.

Nachdem die Hansen-Frauen im Wohnzimmer versammelt waren, ging Ilse auf und ab, ohne ihre Töchter anzusehen.

»Mama, setzt dich endlich, damit wir anfangen können«, sagte Dana ungeduldig.

»Wir warten auf Stine.«

»Stine?« Sie kommt auch?« Swantje konnte es nicht fassen. Was ging hier vor?

»Du machst mir langsam Angst, Mama«, murmelte Mia.

»Euch wird nichts Schlimmes widerfahren, beruhigt euch«, sagte Ilse bestimmt.

Kellergeheimnisse

Ilse lag tränenüberströmt auf der Schmutzwäsche im Keller vor der Waschmaschine. Nachdem sie Michele ihre Scheidungsabsichten mitgeteilt hatte, hatte er sie in Richtung Kellertreppe gestoßen, sodass Ilse die Steinstufen hinuntergestürzt war.

»Glaub mir, du wirst dort unten versauern, wenn du bei deiner Entscheidung bleibst.« Das waren die letzten Worte, die Ilse vernommen hatte, bevor sie in die Dunkelheit der Ohnmacht fiel.

Ilse hatte alle Hoffnungen auf ein besseres Leben aufgegeben, aber zu Michele wollte sie trotzdem nicht zurück. Eher wollte sie in der Hölle schmoren.

Am dritten Tag ihrer Haft im eigenen Keller sah sie sich nach etwas Essbarem um. Ein unerträglicher Durst quälte sie. Sie hatte das abgestandene Wasser ihres Dampfbügeleisens getrunken, aber es war nicht viel gewesen. Danach fühlte sich ein wenig kräftiger. Sie schob die Waschmaschine ein Stück vor und schraubte mit bloßen Händen den Schlauch vom Wasserhahn. Sie lachte Freudentränen, als das benötigte Nass aus dem Hahn lief. Mit zitternden Händen wusch sie sich das verweinte Gesicht. Dann machte sie ein Glas Marmelade auf, um wenigstens irgendetwas zu essen. Mehr war im Keller nicht aufzufinden. Der Vorratsraum für die Küche befand sich oben. Mit der Marmelade in der Hand dachte sie an Tristan. Sicher glaubte er, sie habe es sich anders überlegt. Der arme Junge. Aber vielleicht war es besser so. Der Altersunterschied war ihrer Meinung nach gravierend.

Die Tür zur Nebenstraße hatte Michele natürlich ebenso verriegelt wie den Zugang in die Wohnung. Es blieb ihr nichts anderes übrig, als darauf zu hoffen, in den nächsten Tagen freigelassen zu werden. Ihr Fuß schmerzte unerträglich, und eine Platzwunde an der Schläfe war langsam getrocknet, ohne versorgt zu werden. Aber die körperlichen Schmerzen wogen nicht so schwer wie die seelischen. Ilse weinte bitterlich.

Nach weiteren zwei Wochen wusste Ilse nicht mehr, welcher Tag gerade war. Es interessierte sie auch nicht mehr. Sie betete um Erlösung. Sie fragte sich, ob Michele ihr ein würdiges Grab bereiten würde, sobald sie dieser Qual durch den Tod entgangen war. Vielleicht verarbeitete er ihre Überreste auch zu Hackfleisch? Ilse lachte höhnisch. Das könnte dem Restaurant schaden, denn sie läge den Gästen sicher schwer im Magen.

Sie erschrak über ihre Gedanken. Sie musste sich zusammenreißen, sonst verlor sie noch den Verstand.

Ilse konnte nicht ausmachen, ob es Tag oder Nacht war, als es wild an dem vergitterten Fenster am hinteren Eingang klopfte. Mühevoll richtete sie ihren geschundenen Körper auf und lauschte. Tatsächlich, es rüttelte jemand daran. So schnell es ihre Schmerzen erlaubten, kroch sie dorthin. Sie entdeckte helle Hosenbeine, die Füße steckten in schwarzen Lackschuhen. Ein Schrei blieb in ihrem Hals stecken. Sie erkannte eindeutig die Beine des Anwalts Lars Keller. Hatte er geahnt, dass er sie hier fand?

»Ich bin hier unten!«, krächzte sie.

Lars Keller gab ihr ein Zeichen, sie solle ruhig bleiben. »Ich hole dich da raus!«, kam es gedämpft durch die Fensterscheibe. Nun rüttelte er an der Tür. Ilse hockte mit Tränen in den Augen auf dem Treppenabsatz. »Weg von der Tür!«, rief er. Kurz darauf zerstörte er die Tür, von der Ilse geglaubt hatte, sie verwehre ihr für immer das Tageslicht.

Lars stürzte auf Ilse zu. »Um Gottes willen, Ilse, was hat er dir angetan?« Er nahm sie fürsorglich in die Arme und führte sie ans Licht. Das

Licht der Hoffnung, die Ilse fast aufgegeben hätte. »Mein Wagen steht gleich hier vorn, ich bringe dich erst mal in Sicherheit.«

Ilse bekam nichts davon mit, dass Lars Keller sie in sein Haus brachte. Er bettete sie auf ein weiches Bett, hüllte sie in warme Decken und flößte ihr heißen Tee ein. Feste Nahrung wäre eine zu große Herausforderung für ihren Magen gewesen.

Drei Tage dämmerte Ilse in einem unruhigen Schlaf. Nur wenn Lars sie vorsichtig mit einer Suppe fütterte, erwachte sie für den Augenblick. Dann endlich kehrte die Kraft zurück. Ilse blinzelte Lars an und bat ihn, die Mahlzeit allein essen zu dürfen. Dabei sah sie an ihrem Nachthemd herunter. Wie war sie dort hineingekommen? Sie blickte Lars fragend an und errötete peinlich berührt. Sie fingerten an den Knöpfen.

Lars lächelte sie verstohlen an. »Es ist nichts dabei, Ilse, du musstest aus deiner Kleidung, und gewaschen habe ich dich auch.«

»Ich hab wohl sehr gemüffelt, was?« Ilse gelang ein Grinsen.

»Nein«, log Lars.

»Ich habe mich noch gar nicht bedankt«, murmelte Ilse betroffen.

»Pst ..., da gibt es nichts, wofür du dich bedanken musst. Sei unbesorgt.«

Schlagartig dachte sie an Tristan. Ob er zurück nach Flensburg geradelt war? Aber er hatte keine Bleibe mehr, sein Vater hatte ihn auf immer vom Hof verjagt. »Ich muss Tristan suchen!« Ilse warf die Decke von ihrem Körper, der ihr nicht so recht gehorchen wollte.

»Du meinst sicher den Jungen, der tagelang vor eurem Restaurant herumlungerte, bis dein Mann ihn bei der Polizei angezeigt hat?«

»Hat man ihn verhaftet?« Ilse zitterte vor Wut.

»Nein, ich war jeden Tag im Restaurant, weil ich spürte, dass etwas nicht stimmte, dabei habe ich die Szene mitbekommen. Ich konnte ihn bei einem Freund in Husum unterbringen. Du musst dir keine Sorgen machen.« Liebevoll streichelte er ihre Hand, die sie ihm sofort entzog. Kurz darauf bereute sie es, denn Lars blickte sie traurig an. »Tut mir leid, Lars, ich bin es nicht gewöhnt.«

»Schon gut, ich lass dich erst mal wieder in Ruhe. Später gibt es ein

Stück Kuchen und einen kräftigen Kaffee, dann sehen wir weiter.« Langsam erhob Lars sich von der Bettkante, um den Raum zu verlassen. Ilse sah ihm nach. Er hatte sie ausgezogen, offenbar auch gewaschen. Am Kopf klebte ein Pflaster, unter dem es unangenehm juckte. Ihr Fuß lag auf einem Kissen, sorgfältig bandagiert. Wie konnte sie das alles nur wieder gut machen?

Ilse wurde das Gefühl nicht los, dass er mehr von ihr wollte, als nur die Pflege zu übernehmen. *Dann sehen wir weiter.* Was er damit wohl meinte? Ilse hatte sicher eine andere Vorstellung davon als Lars Keller. Sie konnte Tristan schließlich nicht seinem Schicksal überlassen. Außerdem waren dort einmal Schmetterlinge für ihn in ihrem Bauch gewesen, dort wo es nun rumorte und zwickte, als ob ein Tier sein Unwesen darin trieb. Ilse schloss die Augen, vielleicht konnte sie ihre Lage besser verarbeiten, wenn sie nichts sah. Sie dämmerte in einen traumlosen Schlaf.

Ilse erwachte, als ein Kaffeeduft zu ihr ins Zimmer drang. Sie versuchte, langsam aufzustehen. Auf der Bettkante verharrte sie einen Augenblick, bevor sie barfuß in das untere Stockwerk schlich. Dem Aroma des Kaffees nachgehend, landete sie in der Küche des Hauses. Lars empfing sie mit einem erleichterten Lächeln.

»Dir geht es besser?«

Ilse nickte, dann setzte sie sich vorsichtig auf einen Stuhl. Lars hatte Kuchen gekauft, der verdammt gut duftete. Ilse spürte, wie ihr das Wasser im Mund zusammenlief. Sie wertete dies als ein gutes Zeichen, denn sie musste etwas essen, um wieder ganz gesund werden zu können. »Nur zu, bediene dich. Der Kuchen ist köstlich«.

»Danke«, hauchte Ilse verlegen. Aber dann griff sie beherzt zu. »Wie lange bin ich hier?«

»Sieben Tage und fünf Stunden«, antwortete der Anwalt.

»Was ist mit Michele?«

»Ich habe dafür gesorgt, dass er erst einmal keinen Unfug mehr machen kann. Er ist zwar auf freiem Fuß, aber er muss sich der Polizei zur Verfügung halten. Er wird mit einer saftigen Strafe rechnen müssen. Körperverletzung, Freiheitsberaubung und Steuerhinterziehung. Da sind die Beamten bei der Hausdurchsuchung drauf gestoßen. Das Restaurant bleibt geschlossen.«

»Wenigstens etwas«, stieß Ilse zornig hervor.

»Da ist noch eine Kleinigkeit, Ilse.« Lars ging auf sie zu, um ihr beim Aufstehen zu helfen. Er war einen Kopf größer als sie. Sie musste zu ihm aufschauen. Die liebevollen Blicke ihres Retters fuhren wie ein Blitz durch ihren geschundenen Körper. Zärtlich streichelte er ihr Gesicht, dabei beugte er sich zu ihr herunter. Ilse erstarrte, als ein warmer fordernder Kuss auf ihren Lippen landete. Dann gaben ihre Knie nach, vor lauter Verlangen vergaß sie alles um sich herum und verschmolz im Liebesrausch mit diesem Mann, den sie eigentlich nur vom Restaurant kannte. Eingefangen in zarten, liebevollen Berührungen, deren Wirkung sie längst vergessen hatte. Ilse zitterte von den Haarspitzen bis zu den Zehen. Sie verfiel in eine Trance, aus der sie nie mehr erwachen wollte. So fühlte es sich also an, wenn ein Tornado durch die Adern floss und Liebe Einzug hielt. Ilse wusste nicht, warum sie Lars so begehrte, war es Dankbarkeit? Pflichtgefühl? Was sie ihm etwas schuldig? Den zärtlichen Berührungen, die sie lange entbehren musste, weil ihr Mann sie nur geschlagen hatte, konnte sie letztendlich nicht widerstehen.

Später lagen beide vor dem Kamin, in dem ein Feuer flackerte. Ilse streckte wohlig ihre Glieder. So hatte sie sich die Hölle nicht vorgestellt. Mit geschlossen Augen ließ sie die Liebkosungen zu, die Lars ihr schenkte. Plötzlich riss Ilse ihre Augen auf. Hölle? War sie ihr nicht gerade entkommen? Tristan!, schoss es ihr durch den Kopf. Sie hatte ihn verraten. Auf eine Art, die er ihr nie verzeihen würde. Entschlossen löste sie sich aus der Umarmung und richtete sich auf.

»Das dürfen wir nicht, Lars. Ich muss meine Versprechen einhalten. Tristan hat alles aufgegeben, um mit mir eine Zukunft aufzubauen.«

Lars‘ besorgte Blicke ruhten auf ihr. »Aber was ist mit unserer Zukunft? Mit unserer Liebe?«

»Die gibt es nicht, ich muss Tristan suchen.« Eilig sprang sie auf. Sie starrte unentschlossen auf ihr Nachthemd, das ohne Zweifel von Lars' Frau stammte. »Habe ich etwas zum Anziehen?«

Lars schüttelte langsam seinen Kopf. »Nein, aber ich kann dir etwas heraussuchen.« Enttäuscht schlich Lars ins Obergeschoss, zum ehemaligen Schlafzimmer seiner Frau.

Ilse steckte in einer Jeans und einem leichten Pulli. Es kam ihr ein wenig befremdlich vor, die hochwertigen Kleider einer Frau zu tragen, die sie ihr mit Sicherheit nicht freiwillig überlassen hätte.

»Du kannst meinen Wagen nehmen, um Tristan aus Husum abzuholen. Der Glückliche wird erfreut sein, dich in seine Arme zu schließen.« Lars wirkte gefasst, aber Ilse erkannte deutliche Spuren von Trauer in seinem Gesicht.

Ilse nahm den Autoschlüssel und die Adresse in Husum entgegen, um Tristan nach Büsum zu holen. Wo sie danach wohnen würden, war unklar.

Zerbrochen

Ilse sah verstohlen in die Augen ihrer Töchter. Stine, die erst vor einer Stunde eingetroffen war und von ihren Schwestern fröhlich begrüßt wurde, verhielt sich zurückhaltender als die anderen.

Dana brachte als erste einen Kommentar hervor. »Sex vor der Ehe, na und? Wusste Papa davon?«

»Ja«, antwortete Ilse leise, dabei konnte sie Dana nicht ansehen. Es war nicht nur Sex … vor der Ehe.« Ilse schluckte einen Kloß herunter.

Swantje beugte ihren Oberkörper vor, um gleich wieder in die vorherige Position zurückzukehren. Sie hielt es für besser, den Mund zu halten.

Ilses zerknirschte Blicke blieben an Dana hängen.

Dana schnappte nach Luft. »Mama, sag nicht, dass es das ist, was ich gerade denke!« Sämtliche Farbe war aus Danas Gesicht entwichen.

Mia ließ einen leisen Pfeifton vernehmen. Stine wagte kaum, zu atmen. Die Stille vor dem Sturm schien alle zu lähmen. Ilses Augen füllten sich mit Tränen.

Dann schrie Dana: »Du willst mir im Ernst sagen, dass ich nicht die Tochter meines Vaters … bin?«

»Doch, Kind du wirst immer seine Tochter sein, Tristan liebte dich über alles. Das musst du mir glauben.«

Dana sprang auf, um wie angeschossen durch das Wohnzimmer zu rennen. »Das muss ich dir glauben?« Dana schrie ihre Verzweiflung heraus. »Wie soll ich dir jemals wieder glauben? Du hast mich mein Leben lang belogen.« Dana zitterte.

»Dana«, flüsterte Swantje, »beruhige dich, bitte.« Flehend hielten ihre Augen den Blick von Dana fest.

»Sieh das doch einfach als Wink des Schicksals, du erbst eines Tages das Vermögen eines erfolgreichen Anwalts«, warf Mia unsensibel ein.

Dana starrte sie böse an. »Das ist mal wieder typisch für dich Mia, wenn es um Kohle geht, ist dir alles recht, nicht wahr?« Dana spuckte die Worte aus, die ihr offenbar bitter auf der Zunge lagen.

Swantje legte die Arme über den Kopf. Jetzt war der Streit am Höhepunkt angekommen.

Mia bekam einen hochroten Kopf. »Das musst du gerade sagen, wer schaut denn verzweifelt nach reichen Männern?«

»Ich verdiene selbst genug, im Gegensatz zu dir habe ich nämlich in der Schule aufgepasst. Du dumme ... dumme Tussi!« Dana spuckte die Beleidigungen nur so aus. Fast schien es, als hätte sie lange auf diesen Moment gewartet.

»Kinder, nun hört doch auf, euch zu beschimpfen. Greift mich an, das könnte ich verstehen und muss es erdulden, aber nicht euch ... bitte ... ich wollte nicht, dass ihr euch streitet.«

»Es wäre besser gewesen, wenn du dir das vorher überlegt hättest. War es denn schön gestern bei dem Keller? Habt ihr euch über mich lustig gemacht? Seid ihr danach mit Vergnügen in die Kiste gesprungen? Dass du dich nicht schämst, Mutter.«

»Dana! Jetzt ist Schluss, Mama hatte nicht die Idee, über ihre Vergangenheit zu sprechen, wir haben sie dazu ermutigt.« Swantje war aus ihrer Ecke geschossen und stellte sich vor Dana.

»Ja, genau, von alleine hätte sie es mir nie gesagt. Und du findest es nicht schlimm, dass ich nicht deine Schwester bin?« Dana grinste böse, denn sie hatte offensichtlich bemerkt, wie sehr Swantje diese Worte schmerzten.

»Du wirst nie etwas anderes für mich sein«, flüsterte Swantje gefährlich leise. »Aber du hast selbstverständlich die freie Wahl.« Swantje wandte sich ab, um den Raum zu verlassen. Die mit Wut geladene Stimmung im Wohnzimmer ihrer Mutter hielt sie nicht mehr aus.

Stine folgte ihr zur Tür. »Bleib doch, bitte. Wir sollten dieses Zerwürfnis nicht einfach stehenlassen.« Einfühlsam strich Stine über ihren Arm.

Swantje neigte ihren Kopf etwas herunter. »Zerbrochen ist wohl die richtigere Bezeichnung. Ich hoffe, wir bekommen es wieder hin.«

»Aber nicht, wenn du gehst«, sagte Stine sanft.

»Es geht nicht anders, laut Dana habe ich eben eine Schwester verloren. Damit muss ich erst mal klarkommen.«

»Dana wird sich beruhigen, glaube mir.«

»Dann kann sie gerne bei mit anklopfen.« Swantje schaltete auf stur, nahm den Türgriff in die Hand, um das Hansen-Haus zu verlassen.

Swantje brachte es nicht fertig in ihre Wohnung, den Anbau des Hauses, zu gehen. Ihr erschien die Luft auf dem gesamten Grundstück zu knapp, um sie mit dem Rest der Familie zu teilen. Zu Fuß ging sie durch die leeren Straßen von Büsum. Sie lief zum Hafen, an ihrem Kutter vorbei, und anschließend über den Deich an den Strand. Der gepflasterte Weg führte sie an Strandkörben entlang, bis nur noch verwirrt blickende Schafe ihre zierliche Gestalt wahrnahmen, bevor sie unbeeindruckt weitergrasten.

Als Swantje an die künstlich angelegte Lagune gelangte, warf sie sich in den Sand und schaute in den Himmel. Dorthin, wo sie ihren Vater vermutete, der beschützend auf sie herabsah. »Paps, glaubst du, es wird je wieder wie früher werden? Natürlich nicht, es wird ohne dich nie wie früher.« Sie schloss die Augen und lauschte den Wellen der Nordsee. Es schien, als flüsterten sie ihr zu. Swantje verstand nicht, was sie sagen wollten, aber es beruhigte ihre aufgewühlte Seele.

Swantje wusste später nicht mehr, wie lange sie in dem feuchten Sand gelegen hatte. Sie spürte, wie die Nässe ihren Körper durchdrang, sodass sie fror. Sie setzte sich auf und starrte auf das Meer. Wie würde *sie* reagieren, wenn sie erfuhr, dass ihr Papa nicht ihr leiblicher Vater war? Plötzlich hatte sie Mitleid mit Dana. Für sie war eine Welt aus den Angeln gehoben worden. Sie musste die Sicherheit der Familie infrage stellen. Verständlich, dass sie erst einmal außer sich war. Aber hatte Dana ihr zu verstehen geben müssen, dass sie, Swantje, nicht ihre Schwester sei? Eine Schwesternliebe, die von einer Minute zur anderen nur noch Schall und Rauch war? Das war doch völlig verrückt. Sie kannten sich ihr Leben lang, hatten dieselbe Mutter. Das ergab keinen Sinn.

Swantje hielt die Kälte nicht mehr aus, die scheinbar aus ihrem tiefsten Innersten an die Oberfläche gelangte. Zitternd stand sie auf. Wohin sollte sie gehen? Ihr fiel der Kutter ein, auf dem sie liebevolle Nächte mit Jannis verbracht hatte. Jannis! Ob er bereits schlief? Sie verspürten eine Sehnsucht nach ihm, die sie bis vor seine Tür lenkte. Der Sand klebte an ihren Kleidern, aber das störte sie nicht. Swantje legte den Finger auf den Klingelknopf und ließ ihn erst wieder los, als Jannis verwirrt die Tür öffnete.

»Krise im Hause Hansen«, sagte sie, um Fassung bemüht. Dann warf sie sich in seine Arme. So viele Tränen hatte sie in ihrem ganzen Leben noch nicht vergossen. Ihre harte Schale bröckelte an allen Enden.

Jannis führte sie in die Küche, die im sanften Dämmerlicht lag.

Auch Fiete erschien, in einem viel zu großen Schlafanzug, der offensichtlich Jannis gehörte. An den Türrahmen gelehnt, sah er Swantje besorgt an.

»Wem soll ich eine reinhauen?« Fiete ballte kampfbereit die Fäuste.

Swantje lachte unter Tränen. Ihre Ritter der Nordsee waren offensichtlich zu allem bereit. »Niemandem, Fiete, aber danke. Lässt du uns bitte allein?«

Fiete zog grimmig die Stirn kraus. »Es ist schrecklich langweilig auf meinem Krankenlager. Nun kommt mal Leben in die Bude und schon werde ich weggeschickt«, sagte er beleidigt.

»Dann kannst du morgen ja wieder arbeiten«, konterte Jannis lachend.

»Ich hätte kein Problem damit, nur dein Doc, der macht Zicken.« Fiete trottete in sein Zimmer, nicht ohne die Tür geräuschvoller, als es angebracht war, zu schließen.

Jannis schaltete den Wasserkocher ein, um Tee zu kochen. Dann hockte er sich vor Swantje. »Was ist passiert?«

Swantje holte tief Luft, um Jannis von dem Abend mit ihrer Familie zu berichten. »Dana will mich nicht mehr als Schwester«, schloss sie atemlos. Die Tränen waren versiegt, ihre Gefühle in Wut umgeschlagen.

Jannis gab leise Zischlaute von sich. »Hey, kleine Fischerin, die Wogen werden sich glätten, glaube mir. Dana muss sicher erst mal mit der Situation klarkommen.«

»Ich hoffe es, zumal meine Mutter ziemlich fertig ist. Hätte ich sie nur nicht gedrängt, mir alles zu erzählen. Dann wäre sie jetzt nicht in dieser Zwickmühle.«

»In die sie selbst hineingelaufen ist. Dich trifft keine Schuld. Rede dir das bitte nicht ein.«

Swantje nickte trotzig. »Kann ich eine Weile bei dir wohnen?«

Jannis lächelte. »Nicht nur eine Weile, ich wünsche mir, dass du für immer bleibst.«

»Darüber reden wir noch, lass uns schlafen gehen, morgen heißt es früh raus.«

»So gefällst du mir schon besser«, raunte Jannis.

Swantje schlief unruhig, aber immer dann, wenn es am schlimmsten wurde, nahm Jannis sie fester in seine Arme, bis sie sich entspannte.

Am nächsten Morgen hatte Fiete für alle das Frühstück zubereitet. Der Kaffee duftete mit den Brötchen um die Wette. Swantje freute sich sehr darüber. Fiete sah schon wieder recht fit aus.

»In zwei Tagen komme ich wieder mit dir auf Fang. Da kann der Doc noch so meckern, mir fällt die Decke auf den Kopf. Dann ziehe ich auch zurück in mein Zimmer.«

Swantje sah ihn verständnislos an. »Auf keinen Fall gehst du zurück in dieses Loch. Wir suchen dir etwas Passendes. Solange bleibst du hier!«

»Aber ich will nicht stören …«

»Unsinn, du bleibst«, sagte Jannis.

»Gibt es Neuigkeiten von dem Einbruch?«, fragte Fiete, um das Thema zu wechseln.

»Nein, aber irgendwann komme ich der Sache auf die Spur.« Swantje war sicher, dass sie den oder die Täter finden würde.

»Aber du glaubst nicht, dass ich es war?«

»Nein, natürlich nicht.« Swantje trank nur den Kaffee, die Brötchen schob sie weg. Sie hatte keinen Appetit.

Verdachtsmomente

Swantje und Jannis erreichten die Helene gemeinsam. Justus war mit seiner Frauke noch im Hafen, er schien auf Swantje gewartet zu haben, denn als sie näherkamen, wuchtete er seinen schwerfälligen Körper über die Gangway, um direkt auf Swantje zuzusteuern.

»Moin Deern, hast du dir mein Angebot überlegt?«

»Moin, tut mir leid, Justus, ich bin nicht dazu gekommen. Ich glaube aber, ich kann das nicht annehmen.« Swantje sah Justus die Enttäuschung an. Auch wenn er versuchte, unbeeindruckt zu wirken.

»Du musst dich nicht sofort entscheiden, lass dir Zeit.«

»Bei mir läuft's gerade nicht rund, ich brauch eine Weile.«

Justus sah sie beunruhigt an. »Gibt es Neuigkeiten, in Sachen Einbruch?«

Swantje winkte ab. »Nein, aber ist nicht wichtig.«

»Nicht? Verstehe ich nicht. Die Einbrecher laufen frei rum, und du bleibst auf den Kosten sitzen«, brummte Justus.

»Sag mal, Justus, findest du nicht auch, dass Heinrich sich sehr sonderbar verhält?« Swantje hatte keine Lust über ihre Sorgen zu quatschen.

Justus fuhr mit den Fingern durch seinen Bart, bevor er antwortete. »Ich bekomme ihn kaum mehr zu Gesicht. Er schaut auch nicht mehr bei mir rein. Ich habe keine Ahnung, was mit ihm los ist.«

»Ich schau später bei ihm vorbei, da kann er nicht ausweichen«, sagte Swantje bestimmt. Dann verabschiedete sie sich von Justus. Jannis war bereits zur Helene vorgegangen.

»Ich freu mich für dich, Deern!« Rief der alte Seebär ihr hinterher.

Swantje hob winkend die Hand, ohne sich umzuschauen. Auf der Brücke sah sie besorgt zum Himmel, es braute sich etwas zusammen. Dunkle Wolken zogen auf und der Wind zerrte am Kutter. »Na ja, passend zu meiner Stimmung«, murmelte sie.

Hoffentlich kam es nicht so dicke wie beim letzten Mal. Jannis hatte den Wetterbericht abgehört und keine Bedenken geäußert hinauszufahren. Das genügtc Swantjc. Wcnn Jannis sein okay gab, war es in Ordnung. Sie konnte getrost auf sein Urteil vertrauen.

Die Helene glitt aus dem Hafenbecken auf die See zu und Swantje ließ die Probleme mit ihrer Familie hinter sich. Sie musste konzentriert arbeiten, damit keine Pannen passierten. Jannis hielt ihr einen Kaffeebecher hin, den sie dankend entgegennahm, während sie den Kutter auf Kurs hielt. Sie konnte jedoch nicht verhindern, dass Danas Bild vor ihrem inneren Auge auftauchte. Jannis nahm neben ihr Platz. Die Zweisamkeiten mit Jannis würden ihr fehlen, wenn Fiete seinen Dienst wieder antrat.

Der Fang fiel an diesem Tag nicht zu Swantjes Zufriedenheit aus. Sie erwischte sich dabei, dass sie heimlich Dana die Schuld dafür gab. Frustriert legte sie im Hafen an und hielt Ausschau nach ihrer Mutter. Würde sie kommen, um den Verkauf zu übernehmen, oder fehlte ihr die Kraft dazu? Erleichtert sah sie Ilse am Pier. Sie wirkte erschöpft, aber sie versuchte, Swantje fröhlich zuzuwinken. Swantje überließ Jannis die letzten Handgriffe auf der Brücke und eilte ihrer Mutter entgegen.

»Hallo Mama, schön dich zu sehen.«

Ilse zuckte teilnahmslos mit den Schultern. »Wenigstens eine meiner Töchter ist erfreut mich zu sehen.«

»Wie läuft es mit Dana?«

Ilses Gesicht verfinstert sich. »Sie ist weg.«

»Was heißt weg?«

»Das, was ich sage. Dana hat Büsum wie es scheint für immer verlassen.«

»So ein Unsinn, wo sollte sie denn hin?«

»Sie hat ziemlich genaue Vorstellungen. Das Jobangebot einer Hamburger Firma lag schon einige Wochen vor. Sie hat heute Morgen zugesagt.

»Einfach so? Ohne Abschied?« Swantje war entsetzt.

»Das hat sie gestern Abend doch bereits erledigt, indem sie uns allen die Freundschaft gekündigt hat.« Ilse wirkte traurig, aber sie schlug einen flotten Ton an, der wohl ihre Trauer vertuschen sollte. Dana machte keine halben Sachen, wenn sie ihren Rückzug aus der Familie ankündigte, meinte sie es ernst. Mit Drohungen gab sie sich nie zufrieden.

Swantje umarmte ihre Mutter flüchtig.

Das Wetter glich dem Gemütszustand der Hansen-Frauen. Der Himmel öffnete seine Schleusen und es begann zu regnen.

Swantje ordnete an, den Krabbenverkauf einzustellen und gleich alle dem Großhändler mitzugeben. Ilse sollte nicht im Regen stehen und die ausbleibenden Kunden herbeisehnen.

Offensichtlich kam Ilse dies gerade recht. »Dann fahre ich zu Lars, um ihm zu berichten, was mein Ausrutscher nach Jahrzehnten ausgelöst hat«, sagte sie trocken.

Swantje war nicht sicher, wie sie das deuten sollte. »War es denn nur ein Ausrutscher? Oder plant ihr eine Zukunft?«

Ilse antwortete bestimmt: »Zwischen uns läuft nichts. Wir treffen uns nur als Freunde.«

Swantje starrte ihrer Mutter nach. Sie spürte, dass Jannis seinen Arm um sie legte. Zart küsste er ihre Schläfe.

Schutzsuchend kuschelte sie sich an Jannis. »Dana ist abgehauen«, sagte sie tonlos.

»Das ist bestimmt nur eine Kurzschlussreaktion. Die kommt wieder«, sagte Jannis in tröstendem Ton.

Swantje schüttelte ihre rote Mähne. »Ich kenn sie besser, Dana macht Nägel mit Köpfen. Rumeiern ist nicht ihr Ding.« Sie gab Jannis einen langen Kuss. »Aber ich kann es nun mal nicht ändern. Ich will noch bei Heinrich vorbeischauen. Kommst du mit?«

»Ich mache lieber ein paar Besorgungen für unser Abendessen.«

Wenn Dana ihre eigenen Wege gehen wollte, konnte Swantje das nicht ändern. Sie musste ihren Alltag so gut es ging bewältigen. Es freute sie, dass Jannis den Einkauf übernahm. Dazu hatte sie ohnehin keine Lust. Sie ahnte, dass Jannis sie mit einem Abendessen überraschen würde und freute sich darauf. Nach einem arbeitsreichen Tag knurrte ihr Magen und verlangte nach Nahrung.

Swantje sah noch zu, wie Jannis ins Auto stieg. Dann ging sie sich auf den Kutter von Heinrich zu. Während sie ihm ein »Hallo« zurief, kletterte sie über die Gangway. »Moin Heinrich, alles klar bei dir?« Sie sah ihn prüfend an. Er wirkte verschlossen, fast brummig und machte keine Anstalten sie auf die Brücke einzuladen. Wovon Swantje sich jedoch nicht beirren ließ. Schließlich kannte sie seinen Kutter von Kindesbeinen an. Mit ihrem Vater war sie oft zu Besuch bei Heinrich gewesen.

»Was ist? Hat der Knacki dich beklaut? Wie lange soll Jannis noch die Aushilfe spielen, er muss doch sicher bald wieder arbeiten? Oder hat er bei der Gesellschaft gekündigt? Ihr scheint euch gut zu verstehen.«

Swantje blickte ihn irritiert an. Er wirkte fast feindselig auf sie. »Was ist dir denn für eine Laus über die Leber gelaufen? Fiete ist krank, nur deshalb fährt er nicht mit raus.« Swantje ärgerte sich, dass sie sich rechtfertigte.

»Ach Unsinn, er hat genau gewusst, dass ne Frau ihn nicht so schnell durchschaut. Offensichtlich hatte er recht damit.« Heinrich lachte böse.

Swantjes Geduld mit dem alten Mann war am Ende. »Wenn du dich nicht benehmen kannst, verabschiede ich mich besser. Du bist doch nur verbittert, weil deine Frau dich verlassen hat.«

Heinrich zuckte sichtlich zusammen, als Swantje seine Frau erwähnte. Dann donnerte er los.

»Verschwinde, ich mag keine Weiber an Bord, die bringen nur Pech.«

»Alter Griesgram«, schimpfte Swantje. Sie hatte genug, sollte Heinrich doch rumgrummeln, mit wem er wollte. Sie verspürte nicht die geringste Lust, mit ihm zu streiten. Entschlossen trat sie den Weg von der Brücke an. Im letzten Moment entdeckte sie in einer offenen Schublade etwas, das sie zögern ließ. Es sah aus wie Kabel ihres Navigationssystems. Sie hatte keine Zweifel daran. Denn sie persönlich hatte beim Einbau des Gerätes die Verbindungen mit rosa Isolierband versehen. Sie hatte es lustig gefunden, weil ihr Vater sie ständig in rosa Kleidung hatte sehen wollen. Er hatte geglaubt, das gehöre sich für Mädchen so. Bereits als kleines Kind hatte sie Rosa gehasst.

»Schau, Papa, endlich besitze ich etwas in deiner Wunschfarbe«, hatte sie stolz verkündet, um gleich darauf das Gerät in das dafür vorgesehene Fach zu schieben. Auf nimmer wiedersehen. Tristan hatte laut gelacht und seine Tochter in die Arme geschlossen. »Ach mein Mädchen, ich liebe dich auch in trostlosen Farben.«

Heinrich konnte ihrem Blick nicht standhalten. Er schielte zum Boden und schob die Hände tief in seine Hosentasche.

»Warum liegen diese Dinger in deiner Schublade, Heinrich?«

»Och, was denkst du? Ich habe sie am Pier gefunden und mitgenommen.«

»Aha«, Swantje nickte übertrieben langsam. Sie glaubte Heinrich nicht. »Du hieltest es also für besser, ein Versteck zu suchen, statt mir die Kabel zurückzugeben?«

»Woher sollte ich wissen, wem die gehören?« Heinrich erlangte seine Selbstsicherheit zurück. »Ich wusste doch nicht, dass die zu deinem Navi gehören. Dann hätte ich sie dir rübergebracht.«

Swantje brauste auf.

»Woher weißt du es denn jetzt so plötzlich?« Sie ließ ihn nicht aus den Augen und beobachtete jede Regung in seinem Gesicht, das ihr merkwürdig verdächtig vorkam.

Heinrich platzte der Kragen. »Du beschuldigst mich?«, polterte er aufgebracht los.

»Liegt doch sehr nahe, das musst du zugeben.« Swantjes Stimme hallte erbarmungslos über die Brücke.

Doch Heinrich hielt dagegen und jagte Swantje endgültig vom Kutter.

»Sag mir Bescheid, wenn ich die Polizei nicht verständigen soll. Gib mir mein Eigentum zurück, sonst habe ich keine Wahl«, rief sie beim Verlassen der Brücke.

Heinrich von Held, Swantje hätte es nicht für möglich gehalten. Aber er war schon immer dagegen gewesen, dass eine Frau zum Fischerkollegium gehörte. Das passte nicht in Heinrichs Weltbild. Nur dass er so weit gehen würde, ihr zu schaden, hätte sie nie gedacht. Swantje war fassungslos.

Eilig machte sie sich auf den Weg in ihr neues Heim zu Jannis und Fiete, um ihnen von dem Zusammentreffen mit Heinrich zu berichten. Nach dem Essen wollte sie bei ihrer Mutter vorbeischauen. Sie brauchte sicher ebenfalls etwas Trost, Dana hatte ihr zu sehr zugesetzt.

Jannis wartete tatsächlich mit dem Abendessen auf Swantje. Es gab Matjes mit Pellkartoffeln und zum Nachtisch Eis mit heißen Himbeeren.

Fiete saß mit Messer und Gabel in der Hand am Esstisch, um seinen Hunger kundzutun. Als er sah, wie aufgebracht Swantje wirkte, ließ er das Besteck sinken.

Ohne Punkt und Komma sprudelte aus Swantje heraus, was soeben auf dem Kutter von Heinrich vorgefallen war. Jannis hörte ruhig zu, während Fiete Protestlaute ausstieß und sie mit Zwischenfragen unterbrach. Fiete konnte nicht verstehen, warum Swantje Heinrich nicht sofort anzeigte. Jannis hingegen schien mit ihr einer Meinung.

Fiete rief aufgebracht: »Diese Chance hätte mir mal jemand geben sollen, bevor ich in den Knast wanderte. Du bist viel zu gutmütig, Swantje.«

»Genau, darum habe ich dir zum Beispiel sofort einen Arbeitsvertrag angeboten, weil ich so naiv bin.« Swantje schmunzelte, als Fiete mit einem Schlag die Abwehrhaltung aufgab.

Jannis räusperte sich geräuschvoll. »Heinrich von Held hat sich nie etwas zu Schulden kommen lassen. Wer kennt schon seine Beweggründe? Er wird sich hoffentlich bald erklären und bei Swantje entschuldigen.«

Swantje nickte nachdenklich. Dann füllte sie ihren Teller, um das Thema vorerst ruhen zulassen. Sie wollte Heinrich nicht schaden, daher hoffte sie inständig, dass er eine Erklärung haben würde, die sie nachempfinden konnte.

Ohne Abschied

Es freute Swantje zwar, dass Fiete wieder voll einsatzbereit war, aber Jannis fehlte ihr an Bord. Hinzu kam, dass Jannis' Frei Törn beendet war und sie ihn nur selten sehen konnte. Sie musste ihn auf der Station besuchen, wenn die Sehnsucht zu groß wurde. Doch oft war er mit den Rettern draußen auf See. Zum Glück gab es Handys. Regelmäßig schrieb er ihr liebevolle Nachrichten, die Swantje genauso zärtlich beantwortete.

Sie hielt sich noch immer von ihrem Elternhaus fern. Hin und wieder besuchte sie ihre Mutter, die glücklicherweise regelmäßig die Krabben verkaufte.

Stine war wenige Tage nach dem Familienzusammenbruch abgereist, ihre Urlaubstage verbrachte sie lieber zu Hause. Verstehen konnte Swantje sie, aber es wäre ihr lieber gewesen, wenn sie ihrer Mutter das Gefühl gegeben hätte, nicht nur verbrannte Erde vorzufinden.

Dana ging nicht ans Telefon. Sie war schon am Tag nach dem Geständnis ihrer Mutter zu einer Freundin nach Hamburg gezogen und hatte ihrem Arbeitgeber zugesagt, die Stelle dort anzunehmen. Wenn Swantjes versuchte, sie anzurufen, wurde sie weggedrückt. Swantje vermisste ihre Schwester. Die vertrauten Stunden nach Feierabend ebenso wie die Albernheiten, die sie zusammen ausgeheckt hatten. Auch ihre Mutter litt sichtlich schwer an der Situation im Hansen-Haus.

Heinrich von Held war indessen verschwunden. Angeblich machte er einen geplanten Urlaub. Sein Kutter lag verwaist im Hafen. Swantje war zwar inzwischen bei der Polizei gewesen, um Anzeige zu erstatten, hatte jedoch den Eindruck, auf taube Ohren gestoßen zu sein.

Warum lief im Moment eigentlich alles schief? Heinrich würde sicher bei seiner Aussage bleiben, dass er die bunten Kabel am Pier gefunden hätte. Sie hatte keine Beweise, wenn nicht das gestohlene Navigationsgerät bei ihm gefunden wurde. Aber sicher hatte er dafür Sorge getragen, dass dies nicht passierte.

Swantje zermarterte sich den Kopf, warum er überhaupt diese Tat begangen hatte. Sie konnte es sich nicht erklären. Denn finanzielle Schwierigkeiten hatte er sicher nicht. Lag es daran, dass er keine Frau auf See wissen wollte? Das erschien Swantje nun doch zu albern. Schließlich fuhr sie nicht erst seit gestern zur See. Lange hatten die Kollegen Swantje akzeptiert. War es bei Heinrich anders gewesen?

Nach Feierabend fuhr sie zu ihrer Mutter. Als sie das Hansen-Haus betrat, war kein Laut zu hören. Waren etwa alle ausgeflogen? Zielstrebig ging sie in die Küche. Nichts. Auch das Arbeitszimmer ihres Vaters war leer. Dorthin verschlug es ihre Mutter oft, wenn sie ihrem Mann nahe sein wollte. Sie strich dann über die Schreibtischplatte, wühlte in uralten Papieren und saß stundenlang in dem Chefsessel, der damals nur für Papa reserviert gewesen war.

So früh am Abend war ihre Mutter nie im Wohnzimmer, trotzdem schaute sie auch hier nach. Swantje zuckte zusammen, als sie Ilse dort auf dem Sessel kauern sah. Leise Tränen rollten über ihr Gesicht.

Swantje eilte zu ihr.

»Mama, geht es dir nicht gut?«

Ilse schüttelte heftig den Kopf.

»Nein«, schluchzte sie verzweifelt.

»Dana?«

Diese Mal nickte Ilse. »Sie ist weg.«

Swantje schluckte einen Kloß herunter. »Ja, ich weiß, sie ist nach Hamburg gegangen.« Sie versuchte, einen sachlichen Ton anzuschlagen.

»Nach Hamburg.« Ilse heulte auf. »Sie hat nicht mal Tschüss gesagt.«

Swantje nahm ihre Mutter fest in die Arme.

Ilse schluchzte: »Das hast du lange nicht gemacht.«

»Tut mir leid, Mama.«

Ilse erklärte, dass Mia freudestrahlend in die obere Wohnung eingezogen war. Dana hatte ihre Möbel nicht mitnehmen wollen, sodass Mia eine komplett eingerichtete Bleibe übernommen hatte. »Sogar ihre Nussnugatcreme hat sie dagelassen«, sagte Ilse schniefend.

Nun, die gab es sicher auch in Hamburg zu kaufen. Aber Dana ließ ihre verzweifelte Familie zurück. Swantje glaubte nicht daran, dass Dana Ilse verzeihen würde. Sie neigte für gewöhnlich nicht zu Kurzschlusshandlungen. Wenn Dana etwas tat, dann überlegt. Mit Mia wollte Swantje noch ein Wörtchen reden. Wie kam sie dazu, so einfach in Danas Wohnung zu ziehen? Ilse bat sie darum, es nicht zu tun, sie wollte auf keinen Fall noch eine Tochter verlieren.

»Schon gut, ich werde mich benehmen«, versprach Swantje. Innerlich kochte sie vor Wut. Sie beschloss, wieder in ihre eigene Wohnung zu ziehen, womöglich würde sie die sonst auch noch verlieren. Jannis war ohnehin an Bord der Theodor-Storm, dann konnte sie genauso gut hierbleiben.

Swantje war nicht überrascht, dass Ilse sich über ihre Entscheidung freute. Die beiden Frauen tranken ein Glas Rotwein, der wohlig durch ihre Adern floss. Ilse hatte wie immer für Tristan eine Flasche Bier neben ihrem Glas platziert. Daran merkte Swantje, wie sehr ihre Mutter ihren verstorbenen Vater in dieser schweren Zeit vermisste.

»Lars und du …?«

»Gibt es nicht, hat es nie gegeben«, sagte Ilse fest. Offenbar wollte Ilse nicht über Lars sprechen. Swantje akzeptierte ihren Wunsch.

Weit nach Mitternacht ging Swantje schlafen, auch Ilse gab vor müde zu sein. Doch Swantje sah ihr an, dass sie nächtelang keinen Schlaf gefunden hatte. Vielleicht half da ja der Rotwein.

Swantjes Wohnung glich einem Schlachtfeld. Mia hatte in ihrer Abwesenheit ganze Arbeit geleistet. Das schmutzige Geschirr hatte sie in der Küche zu Türmchen gestapelt. Essensreste verklebten die Teller und gaben ihnen zusätzlichen Halt, um nicht einzustürzen. Es roch fürchterlich, der Broccoli auf der Fensterbank hätte auch einmal Kartoffeln gewesen sein können, Swantje war nicht sicher. Neben den Pizzakartons hortete Mia Plastikpfandflaschen. Das Wohnzimmer bot auch keinen besseren Anblick. Leere Chipstüten, Gummibären und Schokoreste verzierten ihren hellen Teppich.

Swantje traute sich kaum, das Bad zu betreten. Auch hier herrschte Chaos. Wie konnte Mia nur in so kurzer Zeit diese Verwüstung anrichten?

Ob Mia bereits schlief oder nicht war Swantje egal. Wutentbrannt stürmte die in Danas Wohnung. Schmerzlich nahm sie Danas Duft wahr. Sie hielt kurz inne. Dann lief sie zum im Dunkeln liegenden Schlafzimmer.

»Mia!«, schrie sie und betätigte den Lichtschalter.

Ihre Schwester richtete sich auf. »Wer zum Teufel ...« Mia brach ab, als sie Swantje vor Wut schäumend im Türrahmen erkannte.

»Swantje«, säuselte sie. »Du warst im Anbau?«

»Genau ... dieser Anbau ist mein Zuhause, aber ich erkenne ihn nicht wieder.«

Bevor Swantje ihren Unmut über den Zustand kundtun konnte, bettelte Mia ergeben: »Bitte, nicht böse sein, ich hatte so wenig Zeit, um Ordnung zu schaffen. Mit dir habe ich noch nicht gerechnet.«

»Mit mir muss man immer rechnen«, konterte Swantje ein wenig besänftigt.

»Das weiß ich natürlich, aber wir streiten doch nicht, oder? Mia nahm ihr den Wind aus den Segeln, die Situation im Hause Hansen war schon schlimm genug. Swantje hatte kein Interesse daran, auch noch mit Mia auf Kriegsfuß zu stehen.

»Warum, hattest du keine Zeit? Du arbeitest noch nicht einmal.«

»Doch, es ist einfach wunderbar ...«

»Was, dass du Danas Wohnung besetzt?« So ganz wollte Swantje nicht einlenken, erneut flammte die Wut in ihr auf.

»Warum denn nicht, so gehe ich dir nicht mehr auf den Geist, und Dana hat ihre Entscheidung offenbar getroffen. Mama bricht es das Herz, aber wir können nichts machen.«

Insgeheim musste Swantje ihrer Schwester recht geben. Trotzdem, der Umzug von Mia in die obere Etage rief nur allen ins Gedächtnis, dass Dana ohne Abschied nach Hamburg gezogen war. Das schmerzte unsagbar.

»Ich mache morgen sauber, versprochen. Stell dir vor, ich habe einen Salon gefunden, hier in Büsum in der Einkaufsstraße. Noch ist es zwar ein Sonnenstudio, aber mit einigen Handgriffen und ein bisschen Farbe schnell in einen Kosmetiksalon verwandelt. Ich freue mich so, endlich kann ich wieder arbeiten und Geld verdienen.« Mia wirkte alles andere als verschlafen. Sie strahlte Swantje glücklich an.

»Freut mich für dich. Herzlichen Glückwunsch.« Swantje lächelte versöhnlich. »Aber morgen ist meine Bude sauber und aufgeräumt, sonst mach ich mit dir eine Schlittenfahrt, die du so schnell nicht vergisst.«

Mia grinste. »So wie früher im Winter am Deich?«

»Fordere es lieber nicht heraus«, erwiderte Swantje grinsend.

Trotz der späten Stunde setzte sie sich auf das Bett ihrer Schwester und forderte Details über die Räumlichkeiten, die in Kürze Mias neuer Wirkungskreis werden sollten.

Irgendwann lag Swantje mit bei Mia im Bett. Sie bekam nur noch Bruchstücke mit, Mia redete wie ein Wasserfall.

Dann schlief Swantje ein. In dem Bett, das Dana gehörte, die es nie wieder nutzten wollte.

Sie träumte von den Schlittenfahrten zu Kinderzeiten am Deich, mit Dana als ihrer fürsorglichen Schwester, die stets ein Auge auf sie gehabt hatte, damit ihr nichts geschah.

Fataler Irrtum

Der Tag begann mit einem strahlend blauen Himmel. Der Frühling hielt mit warmen Sonnentagen Einzug. Swantje ließ sich von der Frühlingsstimmung einfangen und freute sich auf die Arbeit. Justus grüßte freundschaftlich von der Brücke her, als er wie üblich als Erster den Hafen verließ. Sie war ihm noch eine Antwort schuldig, die sie selbst nicht kannte.

Jannis wartete am Pier auf sie. Er sah müde aus. Swantje vermutete, dass ein nächtlicher Einsatz ihn in Atem gehalten hatte. Sie küsste ihn liebevoll, dann stürmischer, bis sie bemerkte, dass er ihren Kuss nur halbherzig erwiderte.

Verwundert betrachtete sie sein Gesicht. »Stimmt was nicht?«

»Das musst du mir sagen, du bist bei mir ausgezogen.«

Swantje blinzelte Jannis an. »Ich war nie eingezogen, warum bist du so angefressen?«

»Enttäuscht ist hier der bessere Ausdruck.«

»Ich habe die Nacht mit meiner Mutter und Mia verbracht.« Sie ärgerte sich, ihm nicht die ganze Wahrheit sagen zu können. Nämlich, dass sie tatsächlich nach Hause wollte.

Jannis schien es jedoch zu ahnen. Aus zusammengekniffenen Augen sah er sie an. »Heißt das, du bist nicht ausgezogen?«

Seine Wortklauberei ging Swantje auf den Keks.

»Das heißt immer noch, dass ich nie eingezogen bin«, erwiderte sie bissig. »Du hast doch sowieso Dienst, da ist es doch gleich, wo ich schlafe.«

»Du musst dich aber an meine Dienstzeiten gewöhnen. Ich habe nun einmal diesen Beruf.«

Swantje verstand nur Bahnhof. Wollte er sie überreden, bei ihm einzuziehen?

»Stell dir vor, ich habe auch einen Beruf, der mich mindestens genauso einspannt wie deiner dich.«

»Du musst ihn aber meinetwegen nicht ausüben, ich verdiene ausreichend für uns beide.«

Swantje riss die Augen auf. Sie schnappte hörbar nach Luft. Was war mit ihrem Jannis passiert, sie erkannte ihn kaum wieder! Glaubte er ernsthaft, sie gäbe ihre Helene auf und rührte ihm zu Hause die Suppe? »Wenn du jemanden brauchst, der dir die Wäsche wäscht, such dir besser eine Putzfrau. Mit mir darfst du dabei nicht rechnen. Ich wünsche dir einen schönen Tag, eine gute Woche und ein schönes Leben« Swantje warf ihm noch einen wütenden Blick zu und schob sich an ihm vorbei, um an Bord zu gehen. Sie fluchte innerlich. *Hab ich es doch gewusst, es gibt keine ehrliche Liebe.*

Sie nickte Fiete kurz zu. »Können wir?«

Fiete starrte sie verwirrt an. Sagte aber nichts außer: »Klar zum Auslaufen.«

Swantje sah nicht zum Pier, aber sie spürte, dass Jannis ihr nachschaute. Sollte er doch zu seinen Kollegen gehen, deren Frauen brav zu Hause auf ihre Männer warteten. Vielleicht traf er da ja eine treusorgende Frau, die auf ihn warten wollte. Sie würde ihren Beruf nicht aufgeben, das hätte ihm von vornherein klar sein müssen.

Swantje manövrierte die Helene durch die enge Mole. Später konnte sie sich nicht erinnern, wie sie es geschafft hatte, ohne Schäden hindurch zu fahren. Ihre Gedanken waren bei Jannis gewesen.

Fiete, der die Diskussion mitgehört hatte, stand neben ihr am Steuerrad. Forschend betrachtete er ihr Profil. »Er meint es nicht so.«

Swantjes Kopf flog in Fietes Richtung.

»Er hat es aber so gesagt.«

»Jannis weiß, dass du die Fischerei nie aufgeben könntest. Aber du müsstest natürlich, wenn ihr Nachwuchs erwartet.«

Swantje schnappte nach Luft. Solche Worte aus seinem Mund wirkten ungewohnt. Fiete war fast noch ein Kind, was wusste er schon von ihrer biologischen Uhr, die bald ablief. Kinder standen längst nicht mehr auf ihrem Wunschzettel des Lebens.

Als ob Fiete ihre Gedanken erraten hätte, präsentierte er die nächste Weisheit. »So alt bist du noch gar nicht, da ist noch alles drin.« Verschmitzt grinste er seine Chefin an.

»Du würdest nie von deiner Frau verlangen das Haus zu hüten, oder?

»Verlangen nicht, aber wenn sie nicht will ... dann kann ich ja Hausmann werden. Ich müsste nie wieder auf ein Fußballspiel verzichten.«

Swantjes Gesichtszüge entglitten.

Fiete grinste schief. »War 'n Scherz, Käpten.«

»Ach so, ich lach später vielleicht.« Sie blickte stur geradeaus, die Fanggründe bereits vor Augen.

Männer! Ach wenn sie nur mit Dana reden könnte.

»Wie lange noch?«, durchbrach Fiete ihre Grübelei.

»Halbe Stunde schätze ich.«

Fiete nickte. »Dann haben wir Zeit.« Er holte einen Leinenbeutel unter dem Kartentisch hervor. Verschämt hielt er ihn hoch.

»Was ist da drin?«

Fietes Herumdrucksen machte sie misstrauisch.

»Ich könnte verstehen, wenn du mich feuerst.«

»Raus damit!« Swantje konnte neue Hiobsbotschaften nicht vertragen, sie merkte, wie sich ihr Hals zuschnürte. Umständlich holte Fiete den Inhalt hervor und Swantjes Gesicht entwich sämtliche Farbe. Zögerlich gab Fiete ihr das gestohlene Navi. »Du? Also doch ...« Ihr fehlten die Worte.

»Nein, nein, wo denkst du hin? Ich war das nicht.«

»Wie sonst kommst du an dieses Gerät?« Sie zitterte vor Wut.

»Man hat es mir zum Kauf angeboten, und ich habe es gekauft, um es dir wieder zu geben.«

»Sicher, die Welt ist ja auch so klein, dass ausgerechnet dir mein gestohlenes Navi angeboten wird.«

»Unter Knackis schon.« Niedergeschlagen sah er zu Boden.

»Wer?«

»Ich kann es dir nicht sagen ...« Fiete brach verzweifelt ab. Swantje nahm Füllung zurück, um zu wenden.

»Warum drehen wir?« Fiete schien es mit der Angst zu bekommen.

»Ich bring dich an Land, ich kann dir nicht vertrauen.«

Blass wie ein Häufchen Elend hocke Fiete auf dem Fußboden. Er vergrub das Gesicht in seinen Händen und stöhnte auf. »Es ist nicht, dass ich es geahnt habe, aber ...« Fiete stockte.

»Ich Trottel hatte Heinrich in Verdacht!« Swantje schämte sich zutiefst. Der arme alte Mann. Sicher, er war ein Griesgram, aber noch lange kein Dieb. Wie sollte sie ihm je wieder unter die Augen treten?

Sie änderte die Richtung und gab Vollgas. Ab sofort wollte sie allein zum Fischen rausfahren. Sie würde das schon schaffen. Mit Fiete fuhr sie nicht mehr. So viel war klar.

»Ich kriege einen Heidenärger, wenn ich ihn verrate.«

»Den hast du bereits«. Swantje sah ihn nicht an. Im Vergleich zu Fiete war Anton ein Musterknabe gewesen. Gut, er hatte einen Schaden verursacht, den er aber überwiegend selbst ausbaden musste. Fiete hingegen belog, beklaute und betrog sie nach Strich und Faden. Die Küste war um eine Belustigung reicher. Wutschnaubend linste sie zu Fiete rüber. Ihr Herz setzte für einen Moment aus. Er tat ihr ein wenig leid.

»Bitte, Swantje! Ich habe nicht gelogen.«

»Hör endlich auf zu betteln, ich ertrage es nicht.« Swantje mochte ihren Helfer. Fiete war für sie wie ein jüngerer Bruder geworden. Warum machte er alles kaputt?

Swantje war zwar aus einem harten Holz geschnitzt, aber die Vorkommnisse der letzten Zeit waren selbst ihr zu viel. Plötzlich wurde ihr schwindlig. Sie umklammerte das Ruder. Was war nur los mit ihr?

Schweiß lief an ihrer Schläfe herunter, der Rücken war klatschnass. Zittrig fingerte sie nach den Zigaretten. Sie zündete sich eine an, obwohl sie das sonst nie machte. Der bittere Geschmack lag wie Blei auf ihrer Zunge und der Rauch benebelte ihre Sinne.

Verächtlich warf sie den Glimmstängel aus dem Fenster. Gierig hielt Swantje die Wasserflaschen an ihren Mund, um sie sofort wieder abzusetzen. Ihr Magen rebellierte und sie traute sich nicht, etwas hineinzuschütten.

Fiete sprang auf, als er Swantje stürzen sah.

Ausgebremst

Die Notaufnahme im Heider Krankenhaus platzte aus allen Nähten. In den Kabinen lagen stöhnende Kranke, die auf schnellstmögliche Hilfe hofften. Im vorderen Gang wo sich das Wartezimmer befand, gab es keinen freien Stuhl. Auch hier herrschte Ausnahmezustand.

Swantje lag in Kabine drei und wartete ungeduldig darauf, dass der Notarzt die Entlassungspapiere vorbeibrachte. Doktor Schneider hatte keine Bedenken geäußert, sie zu entlassen. Das Ganze war schon peinlich genug gewesen. Fiete hatte nach ihrem Zusammenbruch die Retter gerufen. Vage erinnerte sie sich, dass Jannis sie hochgehoben und an Greg übergeben hatte. Zuvor hatte Jannis sie zärtlich berührt, dabei flüsterte er unentwegt tröstende Wort in ihr Ohr. Er selbst hatte die Helene übernommen und sie nach Büsum gesteuert. Swantje hatte nicht gemerkt, dass sie wie ein Kind geweint hatte. Erst als sie an Bord der Theodor-Storm auf der harten Pritsche lag und Hanno einen Tropf in ihre Vene führte, hatte sie sich langsam beruhigt und ihre Umgebung wahrgenommen.

Alle waren sehr um sie bemüht gewesen. So waren sie, die Seenotretter von Büsum. Vertrauensvoll hatte Swantje die Augen geschlossen, die sie erst in der Notaufnahme wieder öffnete.

Nun zog sie ihre Decke bis zur Nasenspitze, als es leise an der Tür klopfte.

Doktor Schneider lächelte Swantje zu. »Wie geht es Ihnen?«

»Könnte nicht besser sein«, sagte sie lakonisch. Sie war ohnmächtig geworden, das konnte immer mal vorkommen und war schließlich kein

Wunder, bei dem Stress, den sie in den letzten Tagen hatte aushalten müssen. Sie lächelte ihn tapfer an.

»Tut mir leid, wenn ich Ihnen Unannehmlichkeiten bereitet habe, aber es war, denke ich, ein bisschen viel in der Vergangenheit.«

Doktor Schneider lachte.

»Es ist unser Job, zerbrechen Sie sich darüber nicht den Kopf.«

»Danke«, flüsterte Swantje. »Gut, dass Sie nichts weiter gefunden haben.«

»Da muss ich Ihnen widersprechen.«

Swantje schoss aus ihrem Kissen hoch.

»Wie schlimm ist es?« Ihr Herz klopfte wild in ihrer Brust. War es das Herz?

Doktor Schneider lächelte immer noch.

»Ich finde das nicht lustig, grinsen Sie nicht so unverschämt! Ist meine Mutter noch nicht da?« Swantje merkte, dass ihr erneut schwindelig wurde. Hatte sie einen Hirntumor? Warum sagte der Doktor nichts?

»Frau Hansen, glauben Sie mir, es ist nichts Bedenkliches. Sie müssen aber trotzdem etwas kürzertreten.«

»Das kann ich nicht versprechen, ich bin Fischerin. Glauben Sie, ich kann alles stehen und liegen lassen?« Noch so ein Kerl, der ihr sagen wollte, was sie tun oder lassen sollte.

Wo bleibt meine Mama?

»Herzlichen Glückwunsch, Frau Hansen, Sie sind schwanger.« Das Grinsen des Arztes verbreiterte sich um eine Spur.

Swantje fiel auf das Kissen zurück. Sie hatte den Eindruck, als ob Tausende von Sternen in ihrem Hirn herumwirbelten.

»Kann nicht sein ...«, sagte sie atemlos.

»Freuen Sie sich denn nicht?«

Swantje sprang aus dem Bett und bereute es sofort. Sie taumelte, aber fing sich wieder. Mit leuchtenden Augen strahlte sie den Doktor an.

»Doch!«, rief sie. Ein Baby! Ihr Baby! Swantje konnte es nicht fassen. Nachwuchs im Hause Hansen, welch ein unbeschreibliches Glück.

Doktor Schneider lachte erleichtert. Er wies auf die Tür.

»Da draußen wartet ein junger Mann, er ist etwas grün um die Nase, aber er sagt, dass er Sie unbedingt sprechen muss. Geht das in Ordnung?«

Swantje vermutete, dass es Fiete war. Sie seufzte.

»Lassen Sie ihn rein. Vielen Dank Herr Doktor.

»Gerne, aber bei mir müssen Sie sich nicht bedanken.« Lachend verließ er das karge Zimmer der Notaufnahme.

Fiete eilte auf Swantje zu. Er sah wirklich nicht gut aus. Sein sorgenvoller Blick war auf Swantje gerichtet. Er blieb abrupt stehen, als sie ihm mit versteinerter Miene entgegensah.

»Ist es meine Schuld, dass du hier bist?« Seine Gesichtshaut war so weiß, dass Swantje befürchtete, Fiete würde der nächste Patient werden. Schnell schüttelte sie ihre Mähne, die vom langen Liegen in der Notaufnahme an ihrem Kopf klebte.

»Nein, vielleicht warst du der Auslöser, ich weiß es nicht.« Swantje bemerkte, wie sich Fiete entspannte. Sie schenkte ihm ein freundliches Lächeln, sah dann aber sofort wieder ernst drein.

Plötzlich kam ihr eine Idee. Sie ließ sich auf der Bettkante nieder und klopfte mit der rechten Hand auf die Matratze.

»Komm bitte näher, du darfst dich hinsetzten.« Nachdenklich zupfte Swantje an ihrem Ohr. »Fiete? Du besitzt nicht zufällig ein Kapitänspatent?«

Swantje sah, wie sein Adamsapfel auf und ab wippte. Fietes Augen glänzten verdächtig.

»Ist es so schlimm?«

Swantje lachte.

»Nein.« Sie konnte ihm unmöglich von der Schwangerschaft erzählen, bevor ihre Familie es wusste. »Hast du schon mal darüber nachgedacht, das Patent zu machen?«

Fiete überraschte sie.

»Ich habe das Erbe meiner Eltern nie angerührt. Ich finde, es steht mir nicht zu, bei dem Mist, den ich in der Vergangenheit verzapft habe. Natürlich hatte ich schon mal daran gedacht, das Patent in Angriff zu nehmen. Aber in naher Zukunft habe ich das nicht gesehen.«

Swantje sah ihn betroffen an. Der arme Junge. Er hatte in dieser Abstellkammer gelebt, obwohl er es nicht nötig gehabt hätte. Sie räusperte sich kurz.

»Könntest du dir vorstellen, mit einem Teil des Geldes dein Patent zu machen?«

»Du bist mir nicht mehr böse?«

»Ich kann es dir ehrlich gesagt nicht beantworten, aber ich denke wir bekommen das hin. Oder?«

Verstohlen wischte sich Fiete mit der Hand die Tränen weg. Offensichtlich berührten ihn Swantjes Worte. Er ließ die Hand fallen und sah sie erstaunt an.

»Hatte ich recht mit dem Nachwuchs?« Fiete war offenbar doch nicht so ein Grünschnabel. Er konnte eins und eins zusammenzählen.

Swantje blieb ihm eine Antwort schuldig.

»Meinst du, es wäre möglich, dass du mir irgendwann den Täter nennst, der mein Navi gestohlen hat?«

Fiete dachte kurz nach, dann nickte er.

»Wenn es nicht in absehbarer Zeit sein muss. Ich bekomme sonst wirklich großen Ärger.«

Swantje reichte ihm zur Versöhnung die Hand. Sie war einverstanden. Obwohl die Neugier an ihr nagte, wer so viel Macht über Fiete hatte, dass der seinen Job dafür riskierte.

Swantje war überzeugt, wenn sie Fiete die Helene für die nächsten drei Jahre verpachtete, war ihr Kutter in guten Händen. Sie wollte für ihr Baby da sein und es nicht irgendwo abgeben müssen, um zur See zu fahren. Fiete geriet ganz aus dem Häuschen, als sie ihm ihre Absichten offenbarte. Er versprach, die Anmeldung für die Kapitänsschule noch heute einzureichen.

Trotzdem war die Ausbildung nicht an einem Tag gemacht. Swantje war froh, eine Krankenversicherung zu besitzen, die ihre Kosten abdecken würde. Die Helene würde vorübergehend Urlaub machen.

Da niemand aus ihrer Familie sie im Krankenhaus besuchte, bat sie Fiete, sie nach Hause zu fahren.

»Wie geht es mit dir und Jannis weiter? Er muss doch wissen, dass er Vater wird.«

Swantje fuhr herum. »Untersteh dich, auch nur ein Sterbenswörtchen zu erwähnen. Dann sind wir endgültig geschiedene Leute.«

Fiete duckte sich gespielt entsetzt. »Ehrenwort, Käpten.«

Swantje war zufrieden, obwohl Fiete sie besorgt ansah. Sie hatte selbst noch keine Ahnung, wie sie Jannis begegnen sollte. Sie würde nicht zu ihm kriechen, nur weil sie schwanger war. Das Baby konnte sie auch alleine großziehen. Sehnsüchtig dachte sie an Dana. Sie fehlte ihr gerade jetzt besonders. Denn sie verstand Swantje immer, zumindest hätte Dana einen brauchbaren Rat gehabt.

Auf dem Flur der Notaufnahme traf sie auf Doktor Schneider, er wünschte ihr alles Gute, aber nicht ohne ihr nahezulegen, bald einen Gynäkologen aufzusuchen.

»Ruhen Sie sich aus, dann wird es Ihnen bald besser gehen«, versprach er.

Als Swantje mit Fiete nach draußen trat, ließ die Sonne ihre wärmenden Strahlen auf sie scheinen. An der frischen Luft ging es ihr gleich besser.

Fiete holte Swantjes Auto, welches er benutzt hatte, um ins Krankenhaus zu fahren. Fürsorglich öffnete er ihr den Türschlag, dabei machte er eine einladende Geste.

»Bitte Mum, nimm Platz.« Schelmisch lächelte er ihr zu.

Dankbar plumpste Swantje in den Sitz.

Die Fahrt zum Hansen-Haus verlief schweigend, Swantje vermutete, dass Fiete ihre Entscheidung, Jannis in Unwissenheit zu lassen, nicht fair fand. Aber sie wollte es nun mal so.

Fiete stellte das Auto ab und kündigte an, zu Fuß nach Hause zu gehen. Swantje nahm ihm noch rasch das Versprechen ab, dass er Kontakt zur Nautiker-Schule aufnahm, dann ging sie zu allererst in die Wohnung ihrer Mutter. Verwundert stellte sie fest, dass niemand da war.

Wo sind nur alle?

Seufzend ging Swantje hinüber in den Anbau.

Ruhen Sie sich aus.

Der Empfehlung des Arztes folgend, legte sie sich auf ihr Bett. Ihre Hände ruhten auf dem noch flachen Bauch. Sie schloss die Augen und träumte von ihrem Baby. Wie es wohl heißen sollte? In Gedanken ging sie einige Namen durch, die sie alle wieder verwarf.

»Hat ja auch Zeit«, murmelte sie, verliebt in das kommende Glück.

Was wäre, wenn …

Ilse hielt es im Haus nicht mehr aus. Sie hatte die Versuche, Dana ans Telefon zu bekommen, resigniert aufgegeben. Sie schnappte sich ihre Handtasche zusammen mit dem Autoschlüssel, um Lars zu besuchen. Schließlich hatte er genauso Schuld an ihrem Dilemma, dann sollte er sie auch trösten. Vielleicht hatte er eine Idee, wie es möglich wäre, Dana davon zu überzeugen, dass sie immer eine Heimat in Büsum haben würde. Sie warf die Tür zu, dabei ignorierte sie das Läuten des Telefons. Ilse hatte keinen Blick mehr in den Spiegel geworfen, wie sie es sonst immer tat. Ihr Äußeres interessierte sie genauso wenig wie ihr Haushalt. Die schmutzigen Töpfe und Teller hatten den Weg in die Spülmaschine nicht von allein gefunden, und Ilse verspürte absolut keine Lust, sie zu ordnen. Deshalb sah es in ihrer Küche gerade ein wenig wie auf dem Schlachtfeld aus. Doch sie hatte Wichtigeres zu tun.

Als sie die Einfahrt hinunterrollte, raste ein Krankenwagen vorbei. Erschrocken trat sie auf die Bremse. Ein paar Atemzüge später setzte sie ihre Fahrt fort.

»Hoffentlich kommen die nicht zu spät«, betete sie, für wen auch immer.

Vor Aufregung vergaß sie zu schalten, der Motor ihres Kleinwagens heulte erbärmlich und schien nach einem höheren Gang zu schreien.

Ilse gab Gas, aber die Schaltung betätigte sie nicht. Erst als sie merkte, dass Passanten stehenblieben, um sich die Ohren zuzuhalten, schaltete sie in einen komfortableren Gang. Nun schnurrte ihr Auto wie eine Biene.

Kurz darauf bereute sie ihren überstürzten Aufbruch, hatte sie nicht geschworen, Lars nicht mehr in ihr Leben zu lassen? War sie es Dana nicht schuldig, zumindest jetzt von Lars Keller Abstand zu halten? Dana würde ihr nie verzeihen, wenn Lars weiter Teil ihres Lebens blieb.

»Nur dieses eine Mal«, bestimmte Ilse. Hektisch blickte sie zur Uhr. Viel Zeit blieb nicht, wenn sie rechtzeitig zum Verkaufsstand kommen wollte. Swantje verließ sich schließlich darauf.

Ilse sah das Anwesen von Lars Keller bereits aus der Ferne. Sie konnte es nicht verhindern, dass ihr Herz einen Spruch machte. Auch wenn nie mehr etwas zwischen ihnen gewesen war, genoss Ilse die Fürsorglichkeit des Anwalts im Ruhestand.

Lars war gerade dabei, den Rasen zu düngen. Früher hatte ein Gärtner diese Aufgabe übernommen, nun, da Lars über jede Menge Zeit verfügte, erledigte er es lieber selbst. Er trug eine Schirmmütze, die ihn vor der Sonne schützte. Dazu Gummischuhe und eine alte Jeans. Er sah so verdammt gut aus, dass Ilse dahinschmolz bei diesem Anblick. Als Lars sie erkannte, warf er sofort seine Arbeitsutensilien weg und eilte freudig auf Ilse zu.

Ilse sah seine leuchtenden Augen und bekam ein schlechtes Gewissen. Sie hatte nicht vor, in ihm Hoffnungen zu wecken. »Freu dich nicht zu früh«, sagte sie daher schroff. Ihr Ton fiel schärfer aus, als sie es wollte.

Lars reagierte gelassen. »Aber ich darf mich doch freuen, dich zu sehen?«

»Kannst du«, erwiderte sie etwas milder. »Ich muss dich sprechen.«

»Ich habe Kaffee fertig. Begleitest du mich auf die Terrasse?«

»Gern, danke.« Ilse folgte ihm über die Rasenfläche zur überdachten Terrasse. Währende Ilse sich auf einen der bequemen Stühle setzte, ließ Lars sie nicht aus den Augen. Offenbar war ihm nicht entgangen, wie verzweifelt sie aussah. Er entschuldigte sich für einen Augenblick, um kurz darauf mit Tassen und einer Kanne Kaffee beladen wiederzukommen. Auf dem Holztisch stand ein Strauß Vergissmeinnicht, die der Sonne ausgesetzt waren und ihre blauen Köpfchen hängen ließen.

»Die brauchen wohl Wasser?«

»Kann sein, sie wollen einfach nicht eingehen«, antwortete Lars abwesend. Ilse sah ihn prüfend an. Auch er hatte sich verändert. Dunkle Augenränder zeugten von den Sorgen, die ihn belasteten. Ilse reichte ihm ihre Tasse, dabei beobachtete sie, wie der dunkle Wachmacher hineinfloss. Lars setzte sich ihr gegenüber und sah sie fragend an. Ilse erwiderte den Blick und versuchte ein Lächeln. Sie hielt das Schweigen nicht länger aus.

»Ich weiß mir keinen Rat ...« Sie schluckte die aufkommenden Tränen herunter.

»Dana?« Lars wusste sofort, worauf Ilse hinauswollte. Daher nickte sie betroffen.

»Sie will nichts mehr mit mir oder mit irgendjemandem aus der Familie zu tun haben.« Ein Schluchzen entwich ihrer trockenen Kehle.

Einfühlsam strich Lars ihre Wange. »Wir hätten es uns besser überlegen müssen«, sagte er traurig. »Es tut mir so leid, dass du das alles durchmachen musst.«

»Ich krieg mich schon wieder ein, viel schlimmer ist, was Dana für einen Kummer hat, seit ich ihr gesagt habe, dass du ... ihr Vater bist.«

Lars lehnte an der Rückenlehne des Gartenstuhls. Es schien, als ob er überlegte. Die Fältchen um die Augen herum wirkten tiefer als sonst. Die hohe Stirn gerunzelt, fasste er an sein Kinn. »Ilse?«

»Ja?« Erwartungsvoll versuchte sie, seine Gedanken zu erraten.

»Was wäre, wenn ... wir uns einfach auf der Straße getroffen hätten. Jeder auf der anderen Straßenseite? Wären wir einander nähergekommen? Hätten wir uns an die Hand genommen? Wäre das unser Glück gewesen?«

Ilse schwieg einen Moment und überlegte.

»Ich weiß es nicht. Das wäre ein Wunder gewesen.«

Lars schüttelte langsam sein Haupt. »Ein Wunder wie dich hätte ich bestimmt nie wieder gehen lassen.« Er schmunzelte.

Ilse straffte die Schultern. »Da wäre immer noch deine Frau gewesen, vielleicht auch Michele. Wir hätten uns gar nicht wahrgenommen. Warum also diese unnötige Frage?«

Lars blieb ruhig. »Ich meinte, richtig ... vorher?«

»Hm, dann wäre es ein Wunder gewesen. Aber es ist nicht so gelaufen. Wir hatten unterschiedliche Wege eingeschlagen, da war für Wunder kein Raum. Vom Glück wollen wir gar nicht erst reden.«

»Du meinst, wir wären füreinander geschaffen gewesen?«, fragte Lars.

Ilse atmete schwer. Der Gedanke, ihr Leben hätte anders verlaufen können, lähmte sie. Aber nur für einen Wimpernschlag.

»Ich hatte Tristan und habe meine Töchter, und auf die würde ich nie verzichten wollen! Ich bereue mein Leben und wie es gelaufen ist nicht.«

»Selbstverständlich nicht«, sagte Lars ruhig. »Die Frage habe ich dir nicht gestellt. Sag es mir, Ilse, was wäre, wenn.«

Tränen schimmerten in ihren Augen. »Ich weiß es nicht, Lars«, flüsterte sie. Sie fingerte ein zerknülltes Taschentuch aus ihrer Hosentasche und schnäuzte kräftig hinein, dann trocknete sie ihre Tränen mit dem letzten trockenen Zipfel des Tuchs. »Es ist doch jetzt auch völlig egal.«

»Mir nicht«, raunte Lars.

Ilse hob die Arme und ließ sie wieder kraftlos fallen.

»Ja dann ... ja dann ...«

»Ja dann?«, bohrte Lars nach.

»Wären wir mit unserem Wunder glücklich geworden!«

Ein kaum erkennbares Lächeln huschte über Lars' Gesicht und verschwand gleich darauf wieder.

»Warum greifen wir nicht nach diesem Wunder? Wir könnten zusammen alt werden.«

»Wir sind alt«, erwiderte Ilse trocken. Sie musste fast lachen.

Lars zeigte keine Regung. »Aber nicht wirklich weise, nicht?«, erwiderte er schließlich.

»Du hast doch die Weisheit mit Löffeln gefressen.«

Nun musste Lars grinsen. »Stimmt.«

»Was soll diese ganze Diskussion eigentlich?« Ilse verlor die Geduld.

»Die Frage lautet, was wäre, wenn? Ich deine Hand gehalten hätte, mit dir zusammen aufgewacht wäre und du mich jeden Morgen beim Frühstück angelächelt hättest?«

Ilses fühlte, wie ein Unwohlsein in ihr aufkam. Unruhig rutschte sie auf dem Stuhl hin und her. »Ich muss gleich zum Verkaufsstand, daher ist die Zeit für Träume leider fast vorbei.«

Lars ergriff das Schlagwort. »Ein Traum also?«

»Ach Lars, können wir uns bitte auf mein Problem konzentrieren? Ich brauche einen Rat, wie ich an Dana herankomme.«

»Gib ihr die Chance, alles in Ruhe zu verarbeiten, ich bin sicher, sie kommt auf dich zu. Lass sie wissen, dass deine Türen immer für sie offenstehen, dann warte ab.«

»Es fällt mir unheimlich schwer.«

»Mir auch«, sagte Lars, dabei streichelte er ihre Hand. Er war ihr all die Jahre treu ergeben gewesen, wenn Ilse in Not war, konnte sie sich immer auf ihn verlassen. Obwohl er gewusst hatte, dass Dana seine Tochter war, hatte er sich zurückgehalten. Aber nun war Ilse unsicher, ob sie seinen Rat wirklich befolgen konnte. Dana fehlte ihr, es war unerträglich, dass sie jeden Kontakt verweigerte.

Lars sah sie eindringlich an. »Ich glaube, so richtig hast du meine Frage noch nicht beantwortet.«

»Was wäre, wenn?« Ilse atmete tief durch. »Womöglich wären wir ein Paar geworden.«

Lars lächelte verschmitzt. »Warum dann jetzt nicht?«

Ilse fühlte, wie Lars sie in die Enge trieb. Sie wollte dieses Thema nicht besprechen. Sie hatte ihr Glück mit Tristan gehabt, er sollte in ihrem Herzen wohnen, nur er allein. Alles andere würde Ilse nur Gewissensbisse bringen. Schließlich war sie zufrieden mit ihren Töchtern und mit dem Weg, den sie eingeschlagen hatte. Nur, dass Dana ihr fehlte.

Sie beschloss, dass Lars ihr nicht helfen konnte. Rasch stand sie auf und verabschiedete sich.

»Ich muss los, danke für den Kaffee.«

Sie bemerkte, wie unglücklich Lars plötzlich wirkte. Aber darauf konnte sie keine Rücksicht nehmen. Dana war ihr wichtig, es galt, sie wieder in den Hafen der Familie zurück zu schippern. Noch hatte sie die Hoffnung nicht aufgegeben.

Ilse ließ einen traurigen Lars auf der Terrasse zurück. Zielstrebig fuhr sie zum Hafen, um den Verkaufsstand zu eröffnen. Wenn sie ihren täglichen Aufgaben nachging, rückten die Sorgen um Dana ein wenig in den Hintergrund.

Ilse kam zu früh am Hafen an, die Helene war sicher noch auf See. Sie blickte erstaunt auf, als sie den Kutter ihrer Tochter am Pier dümpeln sah.

Ein mulmiges Gefühl stieg in ihr auf. Der Kutter war leer. Keine Swantje, keine Krabben, auch Fiete war nirgends zu entdecken. Ihre Augen suchten den Hafen ab. Der Seenotretter lag vor Anker, das bedeutete, dass sie die Mannschaft in der Unterkunft vorfinden würde. Mit eiligen Schritten ging sie hinüber. Die Frage, *was wäre, wenn*, bekam in diesem Moment eine andere Bedeutung.

Was wäre, wenn Swantje etwas passiert war?

Jannis kam ruhig auf sie zu.

»Ilse, was können wir für dich tun?«

»Wo ist meine Tochter?« Sie sah Jannis vorwurfsvoll an.

»Sie wurde ins Krankenhaus gebracht, wahrscheinlich nur ein kleiner Schwächeanfall.«

Ilse funkelte ihn an. »Was heißt wahrscheinlich? Warum bist du nicht bei ihr?«

Jannis schien zu zögern. »Ich durfte sie nicht begleiten.«

Ilse ging wütend auf seinen Vormann los. »Warum muss Jannis hier rumgammeln, wenn Swantje ihn im Krankenhaus braucht?«

Jannis berührte Ilse sanft an die Schulter. »Komm, wir gehen vor die Tür.«

Immer noch aufgebracht, ließ sich Ilse von Jannis vor die Tür der Unterkunft führen.

»Warum sagt den niemand etwas?« Empört gab Ilse Jannis einen Stoß.

»Swantje wollte nicht, dass ich sie begleite.«

»Hast du ihr was getan?«

Jannis zuckte mit den Schultern, dann berichtete er Ilse, was vor dem Auslaufen vorgefallen war.

Ilse schnaubte verächtlich. »Das war selten dämlich, Jannis Clausen. So kannst du mit Swantje nicht umspringen.« Noch bevor Jannis etwas zu seiner Verteidigung vorbringen konnte, stürmte Ilse los. »Ich muss ins Krankenhaus. Ist sie in Heide?«, fragte sie, schon aus einiger Entfernung.

»Ja, soll ich dich nicht lieber fahren?«

Abrupt blieb Ilse stehen. Vielleicht sollte sie wirklich nicht fahren. Sie zitterte vor lauter Angst um Swantje. Sie winkte ihm zu. »Das ist wohl besser.«

Jannis beeilte sich, die Autoschlüssel zu holen. Er hoffte, dass sie zu keinem Einsatz gerufen wurden, denn dann musste er an Bord gehen.

Mütter

Swantje hatte tatsächlich eine Stunde geschlafen. Genüsslich reckte sie sich unter der Decke. Wie von selbst wanderten ihre Hände auf den Bauch, um dort zu verharren. Swantje grinste. Der oder die Kleine würde ihr Glück bedeuten. Sie wollte alles dafür tun, dass es ihm gut ginge. Ein Junge wäre toll, davon gab es in ihrer Familie zu wenige. Ihre Eltern hatten auch immer auf einen Jungen gehofft und waren mit vier Mädchen beschenkt worden. Es war unwichtig, welches Geschlecht ihr Baby haben würde. Gesund sollte es aufwachsen.

Unweigerlich wanderten ihre Gedanken und Sehnsüchte zu Jannis. Hatte sie ihm wirklich ein schönes Leben gewünscht? Ohne sie? Wie hatte er ihr auch vorschlagen können, zur Hausfrau zu mutieren. Sie war Fischerin aus Leidenschaft. Daran konnte auch Jannis nichts ändern.

Swantje spürte in ihren Bauch hinein. *In gewisser Weise hast du doch gewonnen, Jannis Clausen. Jedoch mit einem Eigentor.*

Swantje schreckte hoch, als es an der Tür polterte. Mit lautem Getöse flog sie auf und schlug offenbar gegen die Wand.

»Swantje?«, hörte sie ihre Mutter rufen. »Wo bist du, mein Kind?«

Swantje versuchte, möglichst gelassen zu klingen, als sie antwortete. Aber ihre Stimme zitterte ein wenig.

»Hier, im Schlafzimmer!«

Da stand Ilse auch schon im Zimmer.

»Du machst aber auch Sachen, wie geht es dir, was haben die Ärzte gesagt? Warum bin ich nicht informiert worden?« Mit einem Satz war

Ilse an ihrem Bett. Sofort griff sie Swantjes Handgelenk, als ob sie wüsste, wie man den Puls fühlte.

Swantje musste lachen.

»Mama, du kannst mich ruhig in die Arme schließen, den Puls überlass mal jemandem, der sein Handwerk beherrscht.

Ilse brauchte keine zweite Aufforderung. Beherzt drückte sie ihre Tochter an die Brust.

»Ich habe mir solche Sorgen gemacht. Ich bin froh, dich so frech vorzufinden.« Sie lächelte erleichtert.

»Ich bin gesund, Mama. Ich brauche nur eine Auszeit.«

Ilse schob Swantje etwas von sich, offenbar um ihr ins Gesicht schauen zu können.

»Aber warum warst du im Krankenhaus?«

»Ich hatte einen Schwächeanfall, weiter nix.«

»Aber sowas ist ja nicht der Rede wert«, sagte Ilse trocken. »Du machst mir doch was vor!«

»Konnte ich dir schon jemals etwas vormachen?«

»Eben, daher dulde ich keine Ausflüchte.« Ilse richtete sich auf und stemmte die Fäuste in die rundlichen Hüften.

»Kochst du uns einen Tee? Dann mache ich mich kurz frisch, danach komme ich zu dir runter.«

»Du machst es mal wieder spannend«, brummte Ilse, dann ging sie, um Teewasser aufzusetzen.

Nachdenklich sah Swantje ihrer Mutter hinterher. Sollte sie ihr sagen, dass sie bald Oma werden würde? Danach würde Swantje keine ruhige Minute mehr haben. Andersherum wäre es für Ilse nach dem Weggehen von Dana sicher ein Trost. Swantje grübelte unter der Dusche weiter. Fast wäre sie ausgerutscht, als sie aus der Duschkabine stieg. »Verflixt, du musst deine Gedanken besser in den Griff bekommen«, fluchte sie leise.

Eine leichte Übelkeit überkam sie, aber sie verdrängte sie tapfer. Nur nicht wieder schlapp machen, ermahnte sie sich. Sie stieg in ihre Jeans, suchte einen leichten Pulli heraus und ging zu ihrer Mutter, die sie bereits mit gefüllten Teebechern erwartete. Auf dem Tisch standen Zwieback und Butter. Mit einem verständnisvollen Blick sah Ilse ihrer Jüngsten entgegen.

Swantje empfand die Situation in der Küche als unangenehm. Ahnte ihre Mutter, was Swantje ihr bisher versuchte zu verheimlich?

»Ich habe einen schwarzen Friesentee gemacht, der ist am bekömmlichsten.« Ilse wirkte entspannt. Langsam setzte sie sich auf einen Stuhl und wartete, bis Swantje es ihr gleichtat.

»Mir geht es gut, mach dir keine Sorgen«, begann Swantje. Ilse lächelte.

»Jannis hat mich hergefahren«, sagte Ilse. »Er war ziemlich unglücklich, dass ihr euch am Morgen gestritten hattet.«

»Ist dein Auto kaputt?«

»Nein, ich war nur sehr aufgeregt, weil du in der Notaufnahme warst. Darum hat er angeboten mich nach Heide zu bringen.«

»Du warst in Heide?«

Ilse nickte.

»Aber du nicht mehr.« Ilse berichtete, wie es ihr in Heide ergangen war. Swantje war nirgends zu finden gewesen. Sie hatten die Suche erst abgebrochen, nachdem eine nette Schwester ihnen mitgeteilt hatte, dass Swantje von einem jungen Mann nach Hause begleitet worden war.

»Ich hatte dich angerufen, aber du bist nicht ans Telefon gegangen. Wo warst du eigentlich?«

»Ich war bei Lars«, gestand Ilse leicht beschämt.

»Also läuft zwischen euch doch etwas?«

»Nein, wir haben nur geredet.«

»Schade, ich hätte es dir gegönnt.«

Ilse riss die die Augen auf.

»Wirklich?«, fragte sie ungläubig.

Swantje zuckte mit den Schultern. »Warum denn nicht? Nur weil Dana verrücktspielt? Es ist doch völlig normal, dass es für dich auch ein Leben vor uns gegeben hat.«

»Ach Liebes, wenn doch alle deiner Meinung wären.«

»Dann gäbe es ein *Du und Lars?*«

»Diese Frage hat mir Lars heute Vormittag auch gestellt. Es ist genug.«

Swantje respektierte den Wunsch ihrer Mutter. Sie wollte sich nicht in deren Liebesleben einmischen. Gedankenverloren knabberte Swantje an einem Zwieback. Sie musste versuchen etwas in den Magen zu bekommen. Plötzlich stutzte sie. Sonst gab es dieses Trockengebäck nie zum Tee, warum jetzt? Erstaunt sah sie Ilse an.

»Du weißt es?«

Ilse gluckste. »Ich hatte auch immer Schwächeanfälle, als ich schwanger war. Außerdem wirktest du in letzter Zeit ziemlich weichgespült. Ich freue mich so für dich, Kind.«

»Danke, ich freue mich auch, um das gleich vorwegzunehmen. Aber es wird wahrscheinlich keine Hochzeit geben. Jannis ...« Swantje brach ab. Die Erinnerung an den Streit mit Jannis schmerzte zu sehr.

Ilse wusste offenbar, was in Swantje vorging.

»Ihr solltet miteinander reden.«

»Es ist alles gesagt.«

Ilse seufzte. »Warum ist das immer so kompliziert?«

»Ist es doch gar nicht, wir haben für klare Fronten gesorgt. Basta.«

Ilse wollte offenbar nicht mit Swantje streiten, deshalb ließ sie das Thema ruhen. Gemeinsam schmiedeten sie Pläne für den bevorstehenden Familiennachwuchs. Ilse bot an, das Baby zu betreuen, wenn Swantje zur See fuhr. Swantje erklärte Ilse, dass sie gut abgesichert wäre und erst in ein paar Jahren die Fischerei wieder aufnehmen wollte. Dass Fiete solange Käpten der Helene werden sollte, gefiel Ilse. Dass Swantje manchmal mit rausfahren wollte jedoch gar nicht.

Die beiden Frauen genossen den frühen Feierabend mit Tee und Vorfreude auf das Baby und unterhielten sich bis kurz vor Mitternacht. Fiete hatte angerufen, um Swantje zu sagen, dass er in der Nautiker-Schule auf der Warteliste stand. Alle nötigen Papiere hatte er abgeschickt. Offenbar hatte auch Fiete eine Nachtschicht eingelegt und seine Zukunft in die Hand genommen. Swantje verriet ihrer Mutter nicht, dass Fiete den Einbrecher kannte, der ihr Navigationssystem gestohlen hatte. Das würde nur neue Probleme auf den Plan rufen. Und davon hatte sie mehr als genug.

Müde aber glücklich ging Swantje ins Bett. Sie wünschte sich, Dana wäre hier, dann würden sie vermutlich noch bis in den frühen Morgen über ihre Schwangerschaft quatschen. Dana hätte eine gute Patin abgegeben. Aber diesen Wunsch konnte Swantje sich bestimmt abschminken.

Dann fiel ihr Mia ein, sie hatte sich voll in die Arbeit gestürzt, um bald ihren Salon eröffnen zu können. Als Swantje ins Bett gegangen war, war Mia noch nicht zu Hause gewesen. Für einen Augenblick war Swantje versucht, Dana anzurufen, ließ es dann aber bleiben. Jetzt war Dana dran, auf ihre Anrufe zu reagieren.

Swantje kroch ins Bett und schlief sofort ein. Sie träumte von ihrem künftigen Mutterglück.

Swantje wachte am späten Vormittag auf. Sie war überrascht, wie gut es ihr ging. Aber was sollte sie mit der auferlegten Freizeit anfangen? Ein ausgiebiges Frühstück war wahrscheinlich ein guter Anfang. Danach musste sie die Versicherung informieren. Swantje rechnete mit einer Papierflut, die es zu bearbeiten galt. Aufgaben, auf die sie so gar keine Lust hatte. Seufzend hüpfte sie aus dem Bett, um im Nachthemd die Küche aufzusuchen. Ilse war nirgends zu finden. Swantje deckte den Tisch und versuchte es mit Kaffee. Sie hoffte, die Übelkeit vom Vortag würde nicht wiederkommen.

Sie hatte gerade den ersten Bissen Brötchen im Mund, als es an der Tür klingelte. Swantje sah kurz ihren Schlafanzug an und beschloss dann, trotzdem zu öffnen. Als sie sah, wer vor der Tür stand, verschluckte sie sich fast und bekam einen Hustenanfall. Lia, Jannis' Mutter, füllte mit ganzer Breite den Türrahmen aus. Swantje kannte sie kaum, Jannis hatte sie ihr vor einigen Wochen nur kurz vorgestellt. Weitere Kontakte hatte es nicht gegeben.

»Kann ich dich kurz sprechen, Swantje?« Lia versuchte offenbar, resolut zu erscheinen. Swantje nahm es gelassen. Wenn Jannis meinte, seine Mutti vorschicken zu müssen, tat er ihr leid.

Als ob Lia ihre Gedanken lesen konnte, sagte sie rasch: »Jannis weiß nichts von meinem Besuch bei dir. Er würde mich vermutlich zur Hölle schicken, wenn er es erfahren sollte.«

Swantje bat Lia ins Haus.

»Ich habe Kaffee fertig, möchtest du einen?«

»Kaffee macht mich immer so nervös. Lieber einen Tee.«

Swantje vermutete, dass Lia viel Kaffee getrunken haben musste. Sie wirkte überaus hektisch.

»Swantje«, legte Lia sofort los. »Meinst du nicht, Jannis hätte eine zweite Chance verdient? Er ist so verzweifelt darüber, dass ihr euch gestritten habt. Für mich als seine Mutter ist es kaum auszuhalten. Er schläft nicht, macht Überstunden und essen will er auch nicht.« Lia sah Swantje flehend an. Swantje hatte ihr zwar einen Stuhl angeboten, aber Lia zog es vor, in der Küche auf und ab zu wandern, dabei ließ sie Swantje nicht aus den Augen. »Hör ihn bitte wenigstens an, ich glaube, du musst einiges missverstanden haben.«

Swantje konnte sich beim besten Willen an nichts erinnern, bei dem in ihrem Streit mit Jannis Unklarheiten aufgekommen waren. Er hatte sich klar ausgedrückt. Lia war auch nicht die Person, mit der sie über ihre Probleme sprechen wollte. Erneut dachte sie an Dana. Sie hätte gewusst, was Swantje machen sollte. Zumindest wäre ein guter Rat dabei herausgekommen.

»Lia, du erwähntest es vorhin, ich glaube auch, dass es Jannis gar nicht recht wäre, wenn er von diesem Gespräch erführe. Lass uns doch einfach Rücksicht darauf nehmen und das Thema wechseln.«

»Worüber sollen wir uns sonst unterhalten?«, wollte Lia wissen.

Swantje zog den Kopf ein. Offenbar hatte Lia nicht verstanden, dass Swantje keine Lust darauf hatte, mit ihr Smalltalk zu führen. Allerdings musste Swantje zugeben, sich nicht richtig ausgedrückt zu haben. *Durch die Blume* verstand Lia offensichtlich nicht.

»Ich muss gleich weg, und wie du siehst, bin ich nicht landfein für einen Ausflug in die Gemeinde.«

Peinlich berührt fuhr Lia zusammen.

»Entschuldige den Überfall, darf ich vielleicht bald mal wiederkommen?« Lias Augen hingen an Swantjes Lippen.

»Gerne, aber ruf bitte vorher an.«

»Damit du mich abwimmeln kannst?« Lia wirkte verärgert.

Swantje wurde alles zu viel. »So ungefähr«, sagte sie trocken. »Wenn du mich jetzt bitte entschuldigst?« Swantje stand auf, um ihre Forderung noch etwas zu unterstreichen. Lia lief zur Haustür, sie sah Swantje nicht mehr an, rief aber lakonisch: »Dann bis bald, Frau Hansen!«

»Frau Hansen«, murmelt Swantje. »So wird es auch bleiben. Eine zukünftige Frau Clausen wird es nicht geben.«

Warum waren alle Mütter, die sie kannte, gleich? Würde sie ihrem Kind auch mal auf die Nerven gehen? Sie wollte alles dafür tun, um das zu vermeiden. Unbewusst strich sie über ihren Bauch.

Unverfrorene Wahrheit

Zwei Wochen später bummelte Swantje am Pier des Büsumer Hafens entlang. Sie war erstaunt, wie gut es ihr während der Schwangerschaft ging. Im Grunde könnte sie mit der Helene zum Fischen fahren, aber sie wollte lieber auf Nummer sicher gehen. Die See barg so viele tückische Fallen und Swantje wollte die Gesundheit ihres ungeborenen Kindes nicht aufs Spiel setzten. Justus hatte sie nicht mehr gefragt, ob sie seinen Kutter übernehmen würde. Langsam musste sie ihm ihre Entscheidung mitteilen. Sie würde keinen weiteren Kutter ihr eigen nennen.

Sie traf Justus allerdings nicht an, lediglich Heinrich von Held. Der schien zum ersten Mal richtig erfreut, Swantje zu sehen. Sie wollte schon vorbeigehen, als er ihr zurief: »Komm doch auf einen Kaffee rauf. Ich habe frischen gekocht!«

»Danke, ich hatte heute genug davon, aber ich komm auf einen Sprung zu dir.« Sie hatte keine Lust, ihm auf die Nase zu binden, dass sie Kaffee nicht vertrug.

»Du gibst die Seefahrt auf, Deern?«, begrüßte Heinrich sie amüsiert.

Swantje war verärgert, nur Justus durfte sie so nennen. Er tat es schon ihr Leben lang, es war eine schöne Erinnerung an die Zeit, als sie mit ihrem Vater zum Fischen rausgefahren war. Sie wollte Heinrich gerade sagen, dass sie nur auf Zeit eine Landratte sein würde. Doch Heinrich kam ihr zuvor: »War die richtige Entscheidung, du wirst sehen. Hat sich die Mühe gelohnt.«

Swantje konnte das Geschwafel von Heinrich nicht mehr hören. Als er dann auch noch seine dicke Pranke auf ihre Schulter legte, wich sie verstört zurück. Von welcher Entscheidung sprach er?

»Du hast Fiete auf die Nautiker-Schule geschickt?«, plauderte er weiter, dabei versuchte er ständig, sie zu umarmen. Der Küstenklatsch ging in Büsum schnell rum, wie an allen anderen Orten, aber Heinrichs Lobgesang auf Fiete verstand sie überhaupt nicht. Er hatte doch laufend über den Jungen geschimpft. Warum hatte er seine Meinung geändert? »Und nix für ungut, wegen der kleine Hilfestellung.«

Verwirrt starrte sie Heinrich an. Sie konnte seinen Worten nicht folgen. Sie war sonst nicht so schwer von Begriff, deshalb schob sie es auf die Schwangerschaft. »Ich verstehe nicht, worauf du hinauswillst«, gestand Swantje, die immer wütender wurde.

»Weißt du, ich habe lange überlegt, wie ich dir die Fischerei abgewöhnen kann. Da kam mir Fiete gerade im richtigen Moment vor die Flinte.« Heinrich lachte amüsiert.

Fast hätte Swantje ihm auf sie Füße gekotzt. Sie hatte zwar immer noch keinen blassen Schimmer, was Heinrich mit Fiete zu schaffen hatte, aber es keimte ein böser Verdacht in ihr.

»Sag mal, Heinrich, wie gut kennst du Fiete?«

Heinrich winkte ab. »Och, den kenne ich nicht, aber er ist leicht zu durchschauen. Ich musste ihn nur ein bisschen unter Druck setzten. Als ich ihm versprochen hatte, ihn für immer in den Knast zu bringen, wurde er gefügig.«

»Du hast was?« Swantje war außer sich. Langsam begriff sie, was Heinrich verbockt hatte. So richtig glauben konnte sie es immer noch nicht, denn auch Heinrich kannte sie bereits aus ihrer frühsten Jugend.

»Nun mal der Reihe nach, bitte.« War es wirklich möglich, dass Heinrich doch das Navi gestohlen hatte? Und er Fiete dann ... Swantje traute sich nicht, den Gedanken zu Ende zu denken.

»Na ja, am Ende bist du mir dankbar, nicht?«

Swantje hatte ihren Zorn kaum noch unter Kontrolle. Siegessicher begann Heinrich zu prahlen. »... und am Ende bist du froh, stimmt's?«

Swantje konnte kaum noch atmen. Heinrich hatte Fiete, der keine krummen Dinger mehr drehen wollte, so sehr erpresst, dass er es riskiert hatte, seinen Job zu verlieren. Armer Fiete, er musste ein schrecklich schlechtes Gewissen haben. Denn das wusste sie sicher, er war ihr ein guter Freund geworden und hätte alles für seine Chefin getan. Bis auf diese eine Lüge.

Sie konnte nicht nachvollziehen, was Heinrich dachte. Glaubte er allen Ernstes, er hätte ihr einen Gefallen getan? Was für ein verdrehtes Weltbild. Armer Fiete. Er hatte so viel investiert, um seinen Job zu behalten. Wie hatte Heinrich nur so grausam werden können? Wann hatte das begonnen? War er früher schon so gewesen? Als Swantje klein gewesen war, hatte sie immer ein wenig Angst vor diesem grimmigen Seemann gehabt. Aber ihr Vater hatte stets behauptet, dass Heinrich im Grunde ein herzensguter Mensch war. Swantje hatte ihrem Vater vertraut und Heinrich so genommen, wie er nun mal war. Ein Brummbär, wie er im Buche stand.

Swantje fühlte sich leer und ausgelaugt. Für ihre allseits gefürchteten Wutausbrüche fehlte ihr die Kraft. Sie wandte sich zum Gehen und würdigte Heinrich keines Blickes, als sie von Bord schlich. Die Augen tränenverschleiert, ging sie bis zur Mole. Dort setzte sie sich auf die Kaimauer und weinte. Warum war nur alles so schwer? Ihre Mutter hatte recht, sie war ziemlich weichgespült. So viele Tränen hatte sie nicht einmal in der Kindheit vergossen.

In diesem Moment lief die Theodor-Storm aus.

»Die haben mir noch gefehlt«, schniefte sie. Dabei schlug sie die Hände vors Gesicht, damit niemand ihre Tränen sah.

Sie hörte, wie Greg Jannis rief: »Jannis, da sendet jemand einen Notruf ab.«

Swantje sah durch ihre Finger hindurch, wie Jannis aus der Luke des Decks schaute. Er kletterte heraus und gab Greg ein Zeichen. Der Retter drehte bei und fuhr dicht an den Pier heran.

Swantje stöhnte. »Was wollen die denn schon wieder?«

Sie hörte Jannis etwas rufen, ließ die Worte jedoch an sich abprallen. Er musste ohnehin gleich aufgeben, denn so nahe an der Mole konnte Greg das Schiff nicht lange halten. Sie sah einfach nicht hin. Ein Geräusch neben ihr ließ sie hochschrecken. Jannis war mit einem Satz von Bord gesprungen, um direkt neben Swantje zu landen.

»Bist du verrückt geworden? Du weißt doch am besten, wie gefährlich sowas ist!«, schrie sie ihn an.

Jannis grinste.

»Ja, verrückt nach dir.« Ohne eine Antwort abzuwarten, kniete er sich nieder, um sie zu küssen. Wie sehr hatte sie das vermisst, die weichen, fordernden Lippen, die spitzen Bartstoppeln und seinen Duft. Swantje vergaß für einige Sekunden ihren Streit. Doch dann stieß sie Jannis weg.

»Ich glaube, du irrst dich, Jannis Clausen«, schimpfte sie. Jannis' Grinsen erlosch, um gleich darauf von einem bestechend verführerischen Lächeln ersetzt zu werden.

»Du bist der schönste, liebste Irrtum, den ich je gesehen habe.«

Swantjes Mundwinkel zuckten. Aber sie behielt die Beherrschung. »Du Glücklicher, ich kann auf diese Art Irrtum gut verzichten. Musst du nicht an Bord?«

Die Theodor-Storm drehte bei, um ohne Jannis auf Kontrollfahrt zu gehen. Jannis sah ihr nach. »Sieht nicht danach aus.«

»Ihr führt ein Lotterleben«, brummte Swantje.

Jannis setzte sich nun auch auf die Mauer und gewährte Swantje ein bisschen Abstand.

»Warum weinst du? Und warum liegt dein Kutter im Hafen, ohne dich?«

»Da muss sie mit klarkommen«, schniefte Swantje.

»Wen meinst du? Die Helene?«

»Wen sonst.«

»Du kommst auch klar?« Besorgt sah Jannis sie an.

Mit tränenfeuchten Augen lächelte sie. »Unbedingt. Ich gehe ja wieder an Bord, da kann mich niemand von abhalten.«

»Bin ich schuld?«

Erschrocken sah sie zu ihm auf. »Wie meinst du das?« Ahnte auch

Jannis, dass sie schwanger war? Hatte Lia etwas bemerkt? Teufel noch mal, blieb in Büsum kein Geheimnis verborgen? Fast wäre ihr ein *In gewisser Weise* herausgerutscht. Sie merkte, dass ihr Hals trocken wurde.

»Bilde dir nur nicht zu viel ein«, sagte sie stattdessen. Er sah sie mit seinen wunderschönen Augen an. Dabei liefen Schauer über ihren Rücken. Jannis saß dicht neben ihr, sodass ihre Oberarme sich berührten. Verdammt, wie sie seine Nähe vermisste. Swantje fuhr zusammen, als sie seine Hand in ihrem Nacken spürte. Sie beugte ihren Oberkörper vor und drehte ihn aus der Umarmung.

»Lass das bitte«, murmelte sie. Sofort zog Jannis den Arm zurück, dabei hinterließ er einen warmen Schauer auf Swantjes Haut.

»Verrätst du mir, wer dich zum Weinen bringt, damit ich ihm eine reinhauen kann?«

Swantje schnaubte verächtlich. »Da kannst du bei dir anfangen«, spottete sie verbittert.

»Okay, das darfst du erledigen. Wer kommt als Nächstes?«

Sie wies mit dem Kinn in die Richtung, in der Heinrichs Kutter lag. »Heinrich von Held.«

Jannis schaute in dieselbe Richtung. Seine Augen funkelten belustigt. Offenbar glaubte er ihr nicht.

Aber nach Späßen war Swantje nicht zumute. Sie berichtete Jannis, was eben auf Heinrichs Kutter ans Tageslicht gelangt war. Swantjes Bericht wurde zwischendurch von Schluchzern unterbrochen.

Jannis' Wut war in seinen Augen zu erkennen. Ernst sah es zum Kutter des Griesgrams hinüber.

»Dem werde ich gleich eine verpassen.« Er ballte die Fäuste und sprang auf.

Swantje zog ihn am Hosenbein zurück. »Lass, ich habe keine Beweise für seine Beichte, und du bekommst nur Ärger. Der ist mit allen Wassern gewaschen.«

»Das ist mir doch egal«, schnaubte Jannis. Aber er blieb sitzen und sah sie liebevoll an.

»Es tut mir unendlich weh, dich so aufgelöst sehen zu müssen. Ich wünschte, ich dürfte etwas für dich tun.«

»Danke Jannis, aber ich muss mir erst klarwerden, wie ich mit Heinrich verfahren möchte.«

Jannis nickte verständnisvoll. »Bist du dir über mich im Klaren?« Er strich ihr eine Haarsträhne aus dem Gesicht.

Swantje neigte ihren Kopf in seine Hand, die nun an ihrer Wange ruhte. Alles in ihr schrie nach seinen zärtlichen Brühungen, für einen Moment hätte sie schwach werden können. Dann rückte sie von ihm ab. »Nein«, sagte sie hölzern.

»Ich liebe dich Swantje, daran wird niemand etwas ändern können, am allerwenigsten du. Es tut mir unendlich leid, was zwischen uns vorgefallen ist.«

Warum musste sie nur schon wieder heulen?

»Was ist passiert, warum fährst du nicht mehr zum Fischen raus? Geht es dir noch nicht besser? Was haben die Ärzte gesagt?« Seine Blicke durchbohrten ihre Seele.

»Ich soll mich ausruhen.«

»Fiete arbeitet nicht mehr bei dir? Er hat seine Sachen gepackt und ist nach Flensburg in eine WG gezogen. Wusstest du das?«

Swantje hatte keine Ahnung, wie sie aus der Flut der Fragen entkommen sollte, ohne ihre Schwangerschaft zu erwähnen.

»Hat Fiete nichts gesagt?«

»Nee, der war ungewöhnlich wortkarg.«

Swantjes Laune hellte auf. Sie versuchte ein Lächeln. »Guter Junge.«

»Weil er nicht mit mir spricht? Das finde ich jetzt aber reichlich übertrieben, mit ihm hatte ich schließlich keinen Streit.« Jannis wirkte enttäuscht, fast beleidigt. Aus seiner Sicht war das verständlich. Ein Hauch seines herben Männerduftes wehte zu Swantje herüber und benebelte ihre Sinne. Sie dachte an die wunderschöne Zeit, als sie mit Jannis auf Krabbenfang gewesen war. An die Nächte voller Vertrauen und Leidenschaft. In ihrem Bauch flatterte es unaufhörlich. Vielleicht protestierte ihr Baby, weil sie sich schwach fühlte. Schwach neben dem Mann, der sein Vater war. Schickte es eine Warnung? Es hatte ein Recht zu wissen, wer sein Vater war. Dana war das lebende Beispiel dafür, dass man keine Spielchen mit so etwas trieb.

»Nein, weil ich es ihm verboten habe.«

Jannis wirkte verwirrt. »Mit welchem Recht ...«

Swantje legte den Zeigefinger auf seine Lippen und gebot ihm Einhalt. Dann sah sie ihm tief in die Augen, als ob sie versuchte, darin zu lesen. »Weil ich mit dir sprechen muss, niemand anders.«

»Das hast du ja nun, darf Fiete jetzt wieder mit mir reden?«

»Ich bin noch nicht fertig«, flüsterte Swantje. Eine Silbermöwe flog über ihre Köpfe hinweg, sie änderte die Richtung und zog auf das Meer hinaus. Swantje sah ihr sehnsüchtig nach. Das Meer, die Helene sowie das Brummen des Dieselmotors, sie vermisste sie nach zwei Wochen an Land. Ohne die Weite der Nordsee fehlte ihr etwas Grundlegendes. Die Luft zum Atmen und das Freiheitsgefühl der weiten See. Ebenso wie der Geruch nach frischem Fisch, Algen und Salz auf der Haut. Die See war für sie ein zweites Zuhause. Nicht immer harmonisch, aber das war an Land nicht anders. Ihre Familie war da das beste Beispiel. Plötzlich hatte sie eine Idee. Sie sah Jannis direkt an. »Du könntest etwas für mich tun.«.

Jannis schaute ziemlich perplex drein. »Wenn es meine Fähigkeiten nicht übersteigt«, erwiderte Jannis.

Swantje lächelte leicht, denn er hatte keine Wahl.

»Wenn ich zum Fischen rausfahre ... in deinem Frei Törn ...«

»Soll ich dich begleiten?«

»Nein, im Gegenteil ... du musst dann ...« Swantje schluckte. »Na ja, dann musst du ... auf unser Kind aufpassen.« Endlich war es raus. Wenn die Mutter fischen geht, betreut der Papa das Kind. So hätte ihr Sohn oder ihre Tochter immer ein Elternteil bei sich. Das schien Swantje fair, ihrem Kind gegenüber. Dann müsste sie nur für ein Jahr pausieren. Sie wäre ja auch abends da.

Ein Strahlen huschte über Jannis' Gesicht. Er schien erfreut, über die Nachricht, Vater zu werden. Stürmisch zog er Swantje in eine Umarmung.

»Kleine Fischerin, du machst mich zum glücklichsten Menschen der Welt, wir werden Eltern! Aber sieh mal, du musst doch nicht ...«

Weiter kam er nicht. Swantje versetzte ihm einen heftigen Stoß. »Damit eines klar ist, es gibt kein WIR. Ich lasse mich nicht einsperren. Wenn du dich um unser Kind kümmerst, wäre es für alle eine perfekte Lösung«, sagte sie härter, als sie es eigentlich wollte. Jannis musste wissen, woran er war, genau wie sie.

Jannis nahm sich zurück, nickte traurig aber bestimmt.

»Ich möchte für unser Kind da sein, das ist für mich keine Frage.« Leise fügte er hinzu: »Wenn du es erlaubst.« Er wirkte niedergeschlagen, aber Swantje blieb keine andere Wahl. Er hatte wieder versucht, sie von der Fischerei abzuhalten. Das durfte er mit ihr nicht machen. Niemand durfte das. Verstand er nicht, wie wichtig ihr ihre Arbeit war?

Swantje verabschiedete sich kühl von Jannis. Sie versprach ihm, ihn über die Entwicklung des ungeborenen Babys auf dem Laufenden zu halten und ihn mit einzubeziehen. Wenn es eine Ultraschalluntersuchung gab, würde sie Jannis informieren, damit er dabei sein konnte. Das waren die einzigen Zugeständnisse, zu denen Swantje bereit war. Mit dem Ergebnis des Gespräches mit Jannis war sie zufrieden, sie gab ihrem Kind die Möglichkeit, den Vater regelmäßig zu sehen und Jannis wäre nicht nur ein Sonntagvater. Nur die Liebe, an die Swantje ohnehin nicht mehr geglaubt hatte, blieb unerfüllt. Wenn Jannis doch nur nicht diese verkorkste Einstellung zu einer Partnerschaft hätte. Frau am Herd. Lächerlich.

Schwestern

Vier Monate, waren inzwischen ins Land gezogen, ohne dass Dana ein Lebenszeichen von sich gegeben hatte. Mit fortschreitender Schwangerschaft vermisste Swantje sie immer mehr. Da konnte auch der warme Sommer sie nicht trösten.

Die Touristen fielen in Büsum ein, als hätten sie kein eigenes Zuhause. Der Strand und die Einkaufsstraße waren überfüllt. Zu gerne hätte Swantje Dana von ihrem Baby erzählt. Es gab Nächte, da träumte sie von Dana, meistens erinnerten die Träume an glückliche Kindertage. Hin und wieder aber lag die erwachsene Dana neben ihr im Bett und kicherte mit Swantje. Ilse zog es vor, die Trennung von Dana zu verdrängen, sonst wäre sie vermutlich vor Trauer verkümmert. Swantje ermutigte sie oft dazu, Lars eine Chance zu geben. In solchen Momenten konterte ihre Mutter damit, dass auch Swantje einem gewissen Jannis Clausen ihr Herz öffnen sollte.

»Wir sind quitt, Kind«, erklärte sie.

Jannis war der Vater ihres Kindes, aber die Zweisamkeit mit ihm schien für immer vorbei. In der vergangenen Woche hatte sie Jannis mit einer Blonden in der Hafenkneipe Rotwein trinken sehen. Ob sie die richtige Kandidatin für seinen Herd war? Swantje hatte die beiden nicht beobachtet, aber sie hatte auch nicht vermeiden können, den einen oder anderen Blick auf sie zu werfen. Die Blondine sah nicht wie ein Heimchen aus. Swantje konnte sich natürlich auch täuschen. Viel schwerwiegender war der Stich in ihrem Herzen. Zwei Tage zuvor hatte er sie zu einer Ultraschalluntersuchung begleitet. Mit leuchtenden Augen hatte er erst sie bewundernd angesehen, dann konnte er den Blick nicht von ihrem Baby wenden. Jannis war so verliebt in das digitale Bild, dass es ihm die Tränen in die Augen getrieben hatte.

»Ist es nicht hübsch?«, hatte er gesäuselt.«

Swantje hatte einen Kloß im Hals gehabt, hatte dann aber trocken ausgesprochen, was bestimmt jeder dachte. Eine sonographische Aufnahme war kein Original.

»Na ja, ein bisschen hübscher darf es gerne noch werden.« Selbst die Ärztin hatte sie verständnislos angesehen. Danach hatten die werdenden Eltern mit dem Foto in den Händen einen Kaffee getrunken. Jannis war immer näher an Swantje gerückt, aber Swantje hatte ihn auf Abstand gehalten. Als sie sich verabschiedeten, hatte Jannis ihre Hand länger festgehalten, als es nötig gewesen wäre.

Swantje war auf dem Weg zu Mia. Ihr Kosmetiksalon war gut angelaufen. Die Kunden rannten ihr die Türen ein. Mia ging auf in der Liebe zu ihrem Beruf. Swantje hatte extra einen Termin bei Mia gebucht, damit die Schwestern Zeit miteinander verbringen konnten. Mia bot neuerdings auch Fußreflexzonen-Behandlungen an. Genau richtig für Swantje, um zur inneren Ruhe zu finden. Das Nichtstun war Swantje einfach nicht gewohnt. Ilse war bemüht, Swantje alle Arbeiten ums Haus abzunehmen. Aus Sorge um ihre Gesundheit, wie ihre Mutter stets behauptete.

Der Salon empfing sie mit warmen Farben. Überall standen Pflanzen, die an den letzten Urlaub im Süden erinnerten. Mia eilte auf sie zu. »Schwesterchen, schön dich zu sehen.« Sie gab Swantje einen flüchtigen Kuss auf die Wange und strich zärtlich über ihren Bauch. »Geht es dem Kleinen gut?«

»Sehr gut, aber es wird eine sie.«

Überrascht sah Mia auf. »Du weißt es schon?«

Swantje lachte. »Nein, dafür ist es noch zu früh. Ich bin aber trotzdem sicher, die Hansen Familie bekommt keine Jungs zustande. Das haben unsere Eltern ausgiebig versucht.«

Mia kicherte. »Ein Bruder hätte es auch sehr schwer bei uns gehabt.«

Die Schwestern lachten vergnügt. Mia zeigte Swantje die Kabine, in der sie die Behandlung durchführen wollte. Als Swantje hineinging, verschlug es ihr den Atem. Leise Teehausmusik erklang aus einem Lautsprecher. Die Beleuchtung war in warmen Terrakottatönen gehalten. Ein leichter Duft von Zitronen und Lavendel schwängerte den Raum. »Wow, ist das gemütlich.«

Mia freute sich über das Lob. »Ich hatte erst überlegt, nach einem Fischöl zu suchen, damit du dich wie zu Hause fühlst. Aber ich glaube meine Kundinnen wären nicht so erfreut, wenn es wie auf einem Kutter riecht.«

»Dir sei vergeben, es könnte ohnehin unerfüllbare Sehnsüchte in mir hervorrufen.« Swantje lächelte verlegen. Sie wollte nicht undankbar klingen.

»Du denkst aber nicht daran, zur See zu fahren, oder?«

»Sei unbesorgt, meine Risikobereitschaft hält sie in Grenzen.« Nie würde Swantje die Gesundheit ihres ungeborenen Babys aufs Spiel setzten.

»Das will ich dir auch geraten haben«, meinte Mia ernst. Sie begann mit der Behandlung und Swantje schloss die Augen. Sie grinste, früher hatte Mia alle Füße eklig gefunden, heute gingen pro Woche einige Treter durch ihre Hände.

»So, fertig«, flüsterte Mia nach einer Weile. Du kannst die Augen wieder öffnen, wenn du magst.«

Swantje seufzte wohlig. Mia hatte es drauf, so viel stand fest. Sie hatte Swantje in tiefe Entspannung versetzt, es fiel ihr schwer, in die Realität zurückzufinden.

Mia sah sie zufrieden an.

»Hübsch siehst du aus, wenn du vor dich hinschlummerst.«

»Ich kann aber nicht immer schlummern, um hübsch zu sein. Ich bin lieber voll bei der Sache.«

Mia zögerte.

»Vanessa Lange war gestern bei mir zur Behandlung«, verriet sie dann.

»Vanessa? Konntest du ihr helfen?«

»Ich glaube, das kann niemand, sie ist ziemlich sauer.«

Swantje blickte Mia verständnislos an. »Immer noch wegen der Party vor einigen Monaten?«

»Nicht ganz, sie ist sauer auf Dana, weil Mark ihr nach Hamburg gefolgt ist.«

Swantje rutschte vom Behandlungsstuhl. »Wirklich? Er weiß, wo Dana lebt?«

»Wie es aussieht, weiß er auch, was für Unterwäschen sie trägt.«

Swantje blies die Wangen auf. »Himmel und Doria, sie lässt auch nichts aus.«

»Wie es scheint, sind die beiden sehr glücklich.«

»Ich wünsche es Dana von Herzen und hoffe, dass es so bleibt.« Swantje überlegte. Wenn Dana in Büsum bei ihrer Familie keinen Halt mehr fand, so wenigsten bei Mark. Sie hatte es verdient. Trotzdem keimte ein leiser Hoffnungsschimmer, dass Dana vielleicht eines Tages zurück in den Schoß der Familie kehrte. Eine verliebte Dana konnte nicht mehr so verbittert sein. Swantje hoffte, dass sie irgendwann vor der Tür stand und sich versöhnen wollte.

»Ach Swantje, ich vermisse sie auch«, meinte Mia.

»Du willst doch bestimmt nicht, dass Dana wiederkommt, dann müsstest du deine Wohnung hergeben.«

Mia schnaubte. »Glaubst du, wirklich ich bin so egoistisch?« Sie zeigte mit dem Finger zur Decke. »Ich habe zusammen mit dem Salon im oberen Stockwerk eine Wohnung angemietet. So leicht werde ich nicht obdachlos. Außerdem wird es Dana nicht möglich sein, die Kanzleigemeinschaft in Hamburg so ohne Weiteres aufzugeben. Ihre Klienten in Büsum hatten schon Mühe eine neue Bleibe für ihre Steuern zu finden. Sie mussten sich im Umkreis von Büsum, Heide und Husum verteilen. Dana ist in Hamburg eine Verpflichtung eingegangen, da kommt sie nicht einfach raus.«

Swantje verstand das, aber sie hoffte, dass Dana trotzdem mal zu Besuch kam. Das wäre besser als nichts. »Ich rufe sie an«, sagte Swantje spontan. Eilig zog sie ihr Handy hervor.

Mia starrte sie an, als ob sie nicht alle Tassen im Schrank hätte. »Bist du verrückt? Dann weiß sie gleich, dass Vanessa bei mir gewesen ist, ich habe auch sowas wie eine Schweigepflicht.«

Swantje winkte lässig ab. »Ach woher, ich frage nicht gleich nach Mark, so wichtig ist der nun auch wieder nicht.« Swantje betätigte die Kurzwahltaste, die sie mit ihrer Schwester verbinden sollte. Gespannt lauschte sie dem Freizeichen. Es tutete eine lange Zeit. Gerade wollte Swantje enttäuscht auflegen, als Dana Stimme leise am anderen Ende der Leitung ertönte. Swantjes Herz machten einen Hüpfer, sie wagte kaum zu atmen.

»Moin, Swantje, was kann ich für dich tun?« Danas sachliche Tonlage schmerzte. Aber was hatte sie erwartet? Dass Dana in Tränen ausbrach?

»Hallo …« Swantje schluckte. »Wie geht es dir?«

»Danke gut«, sagte Dana und schwieg erneut. Doch dann kam ein schüchternes: »… Und dir?«

Swantje schossen die Tränen in die Augen.

Mia legte schnell eine Hand auf ihre. Dabei schaute sie Swantje besorgt an.

»Mir geht es auch gut«, schniefte sie ergriffen. Sie ärgerte sich, dass sie ihre Gefühle nicht im Griff hatte. »… Ich bin …«

»Ich weiß … herzlichen Glückwunsch.« Danas Stimme klang nun weicher.

»Woher?« Swantje drückte das Handy fest ans Ohr, um ihrer Schwester näher zu sein.

»Mark.«

»Mark ist bei dir? Ich freue mich für euch.«

Dana schnaubte. »Ich weiß nicht, mal sehen wie es sich entwickelt.«

Dafür, dass Dana monatelang überhaupt nicht mit ihr hatte reden wollen, schien sie nun recht mitteilsam. Daher traute Swantje sich zu fragen: »Kommst du mal wieder? Ich ... wir ... vermissen dich.«

»Kann schon sein, aber ich weiß noch nicht wann. Ich brauche noch Zeit. Bitte sage Mama nichts von unserm Telefonat. Ich möchte keine Hoffnungen schüren.« Dana machte sich Sorgen um das Seelenleben ihrer Mutter. Swantje ordnete das als positives Omen ein und drängte Dana nicht weiter.

»Ich behalte es für mich, allerdings ist Mia neben mir. Ich bin in ihrem Salon.«

Dana prustete. »Hoffentlich musst du danach nicht zum Hautarzt.«

Wow, Dana scherzte.

»Keine Sorge, sie hat meine Füße behandelt, die kommen später in die Socken.«

Mia, die Bruchtücke des Telefonats mitbekam, spielte die Entsetzte. »Ich kann nix dafür, wenn unser Nesthäkchen eine Mimosenhaut hat.«

»Da muss ich dir leider widersprechen, du Fachfrau. Bestimmt gibt es auch etwas auf Naturbasis. Swantje ist doch unsere Naturliebhaberin.« So viele lockere Sätze aus Hamburg.

»Nun streitet euch nicht, das ist nicht Sinn und Zweck dieser Plauderei«, schritt Swantje schnell ein.

»Wir streiten nicht«, kam es unisono aus den Mündern ihrer großen Schwestern.

Swantje lachte. »Ist fast wie früher, nicht?«

»Nur fast«, sagte Dana mit tränenerstickter Stimme. »Ich muss Schluss machen, ich erwarte eine Klientin. Macht es gut ihr zwei.« Dana wartete Swantjes Abschiedsworte nicht ab, sondern legte auf.

Wie betäubt starrten Mia und Swantje sich an. War das wirklich Dana gewesen? Ungläubig blickte Swantje auf ihr schweigendes Smartphone. Mia wischte verstohlen eine Träne aus ihrem Augenwinkel. Swantje schluchzte laut auf. Ein erster Schritt in die richtige Richtung war geschafft. Dana war auf dem Weg zurück. Die beiden Schwestern fielen einander in die Arme.

»Ich kann es kaum fassen, nach all den langen Monaten!«, rief Mia erleichtert.

»Wir sind eben doch aus demselben Holz geschnitzt, da wird auch Lars Keller nichts ändern. Gott sei Dank!« Swantje lachte laut.

Schnell legte Mia den Finger auf die Lippen.

»Pst ... es ist eine Kundin reingekommen.« Die Schwestern kicherten.

Seit sie schwanger war, verspürte Swantje immer häufiger das Bedürfnis nach Familienzusammenhalt. Die Vertrautheit sowie die Sicherheit, sich auf jemanden verlassen zu können, waren enorm wichtig für sie. Daher war sie glücklich, dass Dana endlich ans Telefon gegangen war. Dana sagte zwar, dass sie Zeit brauchte, aber irgendwann würde sie ihre Schwester in die Arme nehmen, da war Swantje sicher.

Klar Schiff

Beinahe ehrfürchtig betrat Swantje ihren Kutter. Mit dem schwankenden Schiffsboden unter den Füßen fühlte sie sich in ihrem Element. Sie hatte die Helene lange gemieden, um nicht in die Versuchung zu kommen, rauszufahren. Fiete hatte gestern angerufen, nachdem sie von Mia nach Hause gegangen war. Freudig hatte er ihr mitgeteilt, dass er seinen Kapitänsabschluss bestanden hatte. Er hatte die schnelle Variante gewählt und gebüffelt bis zum Umfallen. Das Rumsitzen auf den harten Stühlen hatte ihn dazu angefacht, den kurzen Ausbildungsweg zu gehen. Swantje hatte ihm so viel Ehrgeiz gar nicht zugetraut. Als einer der Besten war er nach seinem Abschluss ausgezeichnet und in die Welt entlassen worden. Swantjes Stolz auf ihren Schützling war unbeschreiblich. Er hatte sie nicht enttäuscht.

Fiete wollte noch mit einigen neuen Kapitänen feiern. Die Sau rauslassen, wie er meinte, bevor er in Büsum vor Anker ging. Swantje schmunzelte. Nachdem sie ihre Prüfung bestanden hatte, fand ihr Vater sie draußen am Deich bei den Schafen wieder. Im Vollrausch hatte sie den Heimweg nicht gefunden. Hoffentlich ging Fiete nicht verloren. Sie brauchte ihn hier an Bord. Die Helene sollte ihren Dienst endlich wieder antreten.

Sie öffnete die Luke zum Maschinenraum, um nach dem Rechten zu schauen. Unten angekommen, schlüpfte sie in ihren Blaumann, damit die Bluse, die Ilse ihr gekauft hatte, nicht beschmutzt wurde. Ihre Mutter hatte gemeint, dass sie in dieser Bluse bereits ein bisschen schwanger aussah. Bevor sie ihren Arbeitsanzug überstülpte, strich sie zärtlich über den inzwischen leicht gewölbten Bauch.

»Dann wollen wir mal, meine Süße.« Sie kontrollierte den Ölstand und füllte eine kleine Menge nach. Der Motor war trocken, er wies aber keine Leckagen auf. Alles schien in bester Ordnung. Es kribbelte in ihren Fingern, sie musste den Motor einfach einmal starten. Sie warf einen letzten Blick auf ihn und kletterte hinauf zur Brücke.

Hach, welch ein schönes Gefühl, hier auf der Brücke zu stehen. Sie holte tief Luft und ließ den Diesel laufen. Er gehorchte sofort, ein Strahlen huschte über Swantjes Gesicht. Dana hatte nie verstanden, warum sie diese Leidenschaft für die Gerüche an Bord verspürte.

»Irgendwie hast du einen Schaden«, hatte sie oft gesagt. Vielleicht hatte Dana recht damit, aber dann hatte sie eben einen Schaden. Gierig sog sie den Dieselgeruch ein. Am liebsten wäre sie losgefahren. Doch das Glück war nur von kurzer Dauer. Plötzlich stockte der Motor. Die Helene ächzte in den Winden, bis Swantje nur noch Stille umgab. Verdammt, was war das? Sie klopfte auf den Kartentisch, als ob sie dadurch eine Lösung herbeizaubern könnte.

»Wie konnte ich nur so blöd sein!«, schimpfte sie verzweifelt. Ihr war sofort klar, warum der Motor streikte.

Sie wollte gerade hinuntergehen, als es draußen auf der Gangway polterte. Sie schaute nach, wer da gekommen war. Ein außer Atem geratener Jannis stand vor ihr. Er funkelte sie an.

»Du willst doch nicht etwa rausfahren?« Er musste das ganze Stück von der Station der Seenotretter bis zu ihrem Kutter gerannt sein. Der Schweiß rann ihm an den Schläfen herunter.

»Wie kommst du denn darauf?« Swantje war mindestens genauso aufgebracht, wie Jannis es zu sein schien.

»Ich habe drüben den Motor gehört und dachte ...« Jannis bemerkte offenbar selbst, wie überstürzt er gehandelt hatte.

»Nee, ich mache nur einen Probelauf, Fiete kommt bald als frisch gebackener Kapitän, da wollte ich klar Schiff machen.« Sie zog die

Schultern hoch. »Aber nun läuft sie nicht. Ich vermute Wasser im Kraftstoff.«

Jannis kratzte nachdenklich sein Kinn.

»Hm, der Kutter hatte eine zu lange Pause. Komm, wir beheben das zusammen. Unbefangen griff er nach Swantjes Hand und führte sie die Treppe hinunter. Swantje fand die Geste reichlich überflüssig, denn ihre Treppe kannte sie. Aber sie genoss die Fürsorglichkeit des Vaters ihres Kindes. Auf der letzten Stufe blieb sie stehen, von dort konnte sie Jannis ohne Anstrengung in die Augen sehen. Was sie in seinem Blick las, bereitete ihr weiche Knie. Er war auch nach Monaten der Trennung noch ihr Fels in der Brandung. Obwohl sie glaubte keinen Felsen zu benötigen, fühlte sich seine Nähe doch gut an. Ihr Herz schien zu galoppieren.

Doch dann dachte sie an die Blondine, die er ausgeführt hatte, und löste die knisternde Situation auf, indem sie an ihm vorbeihuschte. Der Motor musste auf Vordermann gebracht werden.

Die lange Ruhepause der Helene hatte tatsächlich dazu geführt, dass Kondenswasser in den Kraftstofftank gelangt war. Daran waren die Temperaturunterschiede vom Tag zur Nacht schuld. Diesem Umstand verdankte sie, dass der Motor nach dem Starten ausging.

Swantje löste die entsprechende Schraube und Jannis holte einen kleinen Eimer. Gemeinsam entwässerten sie den Tank. Anschließend wechselte Swantje unter Jannis' kritischem Blick die Kraftstofffilter. Swantje spürte, dass Jannis ihr die Arbeit am liebsten abgenommen hätte. Aber sie gab ihm nicht die Gelegenheit einzugreifen. Schließlich musste sie diese Aufgaben seit Jahren alleine bewältigen.

»Du hast es drauf«, lobte er sie anerkennend. »Nun müsste die alte Dame ihren Husten überwunden haben.«

»Hoffentlich.« Zweifel lagen in Swantjes Stimme. »Ich hätte daran denken müssen, den Tank regelmäßig zu entwässern.«

»Hm, mindestens alle drei bis vier Wochen«, gab Jannis zu bedenken. »Mach dir keine Vorwürfe, du hattest wichtigere Dinge zu tun, der Motor krepiert nicht gleich daran.«

Swantje zog die Stirn in Falten. »Die da wären?«

Jannis grinste. »Auf unser Baby zu achten. Das hast du bisher gut gemacht, kleine Fischerin.«

»Ich möchte einen Probestart machen. Darf ich mal durch?« Jannis regierte nicht sofort. Swantje schob ihn ein Stück nach Backbord und drückte sich an ihm vorbei. Sie bemerkte, wie er ihr Handgelenk umfasste.

Sanft zog er sie zu sich heran. »Ich weiß, dass ich ein Idiot war. Ich hoffe, du kannst mir irgendwann verzeihen?« Jannis sah ihr tief in die Augen. Swantje versuchte, aus dem Griff zu entkommen. Aber Jannis ließ nicht locker. »Wirst du?«

»Hab ich das nicht längst?«

»Ich habe nicht die leiseste Ahnung.«

»Lass uns den Diesel starten«, sagte sie ausweichend. Dieses Kribbeln im Bauch, war das ihr Baby? Es war durchaus möglich, dass Jannis' Blicke es verursacht hatten. Seine Nähe bereitete ihr nach wie vor Herzklopfen. Es kostete sie Überwindung, ihr aufgewühltes Inneres zu ignorieren.

An der vorletzten Stufe der Treppe wäre sie fast gefallen, wenn Jannis nicht geistesgegenwärtig ihren Ellbogen gestützt hätte. Sie fand sich in seinen Armen wider. Sekundenlang verharrten sie so. Seine Lippen kamen näher. In ihrem Kopf schwirrte ein Schwarm Bienen, der ihr die letzte Beherrschung raubte. Jannis nutzte die Situation aus und küsste sie innig. Swantje leistete keinen Widerstand, sie wollte sich nicht mehr gegen ihn wehren, sie wollte bei ihm sein.

Jannis keuchte atemlos: »Bitte, sei mir nicht mehr böse, ich vermisse dich so unglaublich. Ich hätte niemals von dir verlangen sollen, das Fischen aufzugeben, ich weiß doch, wie viel es dir bedeutet.«

»Ich vermisse dich auch«, hauchte Swantje.

Die Abendsonne versank lautlos im Meer, während Swantje in Jannis' Armen lag. Um sie herum herrschte bis auf das Kreischen von ein paar Möwen Stille. Niemand wurde Zeuge ihrer innigen Verbundenheit.

Beim Einbrechen der Dunkelheit machten sie sich auf den Heimweg und gingen Hand in Hand am Pier entlang.

»Da haben wir aber richtig klar Schiff gemacht«, erklärte Jannis verliebt.

»Stimmt, aber den Probelauf haben wir vergessen«, erwiderte Swantje glücklich.

Sie schlenderten an Heinrichs Kutter entlang. Er bot ihn zum Verkauf an und war zu seinem Sohn nach Bremen gezogen. Swantje hatte zwar auf eine Anzeige verzichtet, aber Heinrich war vor dem Küstenklatsch geflohen. Swantje hatte nie vorgehabt, ihn vor den Büsumern bloßzustellen, aber irgendwie war die Geschichte doch durchgesickert. Und Swantjes Kollegen waren über den Verrat aus den eigenen Reihen mehr als erbost gewesen.

»Moin, Deern. Na, Kontrollgang?«, rief ihnen Justus von Bord zu.

»Alles klar Schiff, Justus. Bei dir auch?« Swantje winkte ihm zu.

»Bestens«, kam die brummige Antwort des alten Fischers. Lachend gingen die Verliebten weiter. Sie ließen ihre Autos stehen, weil Swantje meinte, dass ein Spaziergang allen dreien guttun würde. Natürlich waren die Pausen, in denen sie sich küssten, willkommen.

Nach einer Weile erreichten sie Swantjes Elternhaus. Keiner der beiden hatte das Ziel ausgewählt, aber irgendetwas hatte sie dorthin gezogen.

Wie versteinert blieb Swantje stehen.

»Das ist Danas Auto«, wisperte sie. Dann kreischte sie und trommelte mit den Fäusten an Jannis' Brust. »Das ist Danas Auto!« Mit zitternden Fingern holte sie ihre Schlüssel aus der Tasche. Weil ihre Hände so bebten, schaffte sie es jedoch nicht, ihn in das Schloss zu führen. In dem Moment riss Dana die Tür von innen auf. Stürmisch fiel Swantje ihr um den Hals. Sie lachte und weinte, schimpfte und fluchte.

Bis Dana sie ganz fest umschlungen hielt.

»Pst, du sollst dich nicht aufregen, Schwesterchen.«

»Du hast Nerven«, hauchte Swantje außer Atem. »Ich freue mich doch nur.«

»Ich mich auch«, flüsterte Dana ergriffen.

»Wir sollten ins Haus gehen«, unterbrach Jannis die aufgelösten Schwestern.

»Mama und Mia warten im Wohnzimmer«, sagte Dana.

Fragend sah Swantje Dana an. »Ich bin wieder da, keine Sorge. Ich habe mich mit Mama versöhnt.«

Ilse begrüßte Jannis herzlich. »Schön, dass ihr euch endlich wiedergefunden habt. Nun kann mein Enkel getrost auf die Welt kommen.«

»Ja Ilse, das kann er.« Jannis' Blicke wanderten zu Swantje, die ihn strahlend ansah.

»Das dauert noch«, meinte Mia aus der Sofaecke. »Bis dahin ist alles noch rückgängig zu machen.«

»Mia!«, schimpften Dana und Ilse gleichzeitig.

Nur Swantje lächelte. Sie kannte Mias Humor nur zu gut. Es gelang ihr immer, einen Spruch zum Besten zu geben, der alle in Entsetzten versetzte. Ilse blickte zum Fenster, welches zum Garten führte. Sie wandte allen den Rücken zu, offenbar um ihre Tränen der Rührung zu verbergen. Die drei Schwestern hatten sich viel zu erzählen und ihre Stimmen erfüllten das Haus. Das Leben war in die Hansen-Familie zurückgekehrt.

Dana trat vorsichtig zu ihrer Mutter und legte die Hand auf ihren Arm.

»Mama? Wenn du Lars liebst ...«

Ilse legte ihre Hand, an der ihr Ehering steckte, auf Danas.

Was wäre, wenn.

Nun drehte Ilse ihr Gesicht in Danas Richtung.

»Für mich gab es, seit ich Tristan kannte, nie einen anderen Mann als ihn, und es wird nie jemanden geben, der ihn ersetzen könnte. Lars ist ein Freund, einer meiner wichtigsten Freunde.«

»Eines Tages wird er vielleicht auch mein Freund«, flüsterte Dana und führte ihre Mutter vom Fenster weg zu den anderen Familienmitgliedern.

Danksagung

Ich bin dankbar
... für die Leserinnen und Leser, die mich ermutigen weitere Bücher zu schreiben.
... für die positive wie auch negative Kritik, die mich immer aufs Neue anspornt.
... für das Vertrauen und die Unterstützung des Forever Verlages.
... für die Liebe meiner Familie.
... für die Zeit, die ich habe, um meine Kreativität auszuleben.
... für die technischen Tipps durch meinen Exmann Armin Meyer, der mir geduldig meine Fragen beantwortete. Der nicht in Büsum, sondern auf Nordstrand bei der Deutschen Gesellschaft zur Rettung Schiffsbrüchiger seinen Dienst versieht.
... für die wunderbaren Menschen, die mein Leben bereichern.
... für die Tränen der Freude, die ich immer noch vergieße, wenn euch, liebe Leserinnen, meine Zeilen gefallen und ihr es mir mitteilt.

Als ich 2014 mein erstes Buch veröffentlichte, hatte ich einen Traum, der dank meiner Leserinnen und des Forever Verlags zur Wirklichkeit werden durfte. Ich schreibe Bücher, mit denen ich Leserinnen den Alltag vergessen lasse. Bücher, die anderen Menschen Freude bereiten. Denn das ist der schönste Lohn für eine Autorin.

Auf die Liebe.
Eure Anni Deckner